妖婚宮《ようこんきゆう》

魔界都市ブルース

菊地秀行

祥伝社文庫

一九八X年九月二三日金曜日、
マグニチュード八・五を超す直下型の巨大地震が新宿区を襲った。

後に〈魔震《デビル・クエイク》〉と名付けられたこの大震災によって、
区の外縁には巨大な亀裂が走り、
新宿は隔絶され、妖魔の巣喰う〈魔界都市〝新宿〟〉に変わった。

目次

早稲田ゲート
大曲
新小川町
山吹町
早稲田大
早稲田通り
諏訪通り
矢来町
神楽坂
喜久井町
弁天町
外苑東通り
戸山住宅
明治通り
大久保通り
若松町
原町三丁目
市谷加賀町
河田町
職安通り
余丁町
市谷本村町
曙橋
市谷台町
歌舞伎町
富久町
風林会館
荒木町
三栄町
四ツ谷ゲート
コマ劇場
靖国通り
四谷三丁目
メフィスト病院
新宿通り
大京町
若葉
新宿御苑
信濃町

魔界都市〈新宿〉
〈幸運区〉
下落合
高田馬場
ビッグボックス
中井
上落合一丁目
戸山公園
百人町三丁目
新大久保
大久保
新宿警察署
西新宿
新宿
秋せんべい店
新宿中央公園
西新宿ゲート

主な登場人物

秋せつら

〈魔界都市・新宿〉で、せんべい屋兼人捜しセンターを営む美麗の魔人。千分の一ミクロンの妖糸を操る。

メフィスト

死人をも甦らせる恐るべき美貌の〈魔界医師〉。

外谷良子

〈新宿〉一の優秀な情報屋。しかも太っている。

月島やしき

〈区外〉で急成長中のIT財閥二代目。

月島さおり

やしきの妹。

滝王真奈

月島やしきの婚約者。

森童子識名

真奈の元婚約者。〝すくみ眼〟使い。

本文扉イラスト・小畑健

第一章　捜《さが》し屋志願

1

仕事を終えた後の秋《あき》せつらの愉《たの》しみ、というか習慣は、〈秋人捜しセンター《DSM》〉——つまり、〈秋せんべい店〉の裏に当たる六畳間で、渋茶をすすりながらせんべいをぽりぽりやることであった。

せんべいは、昔風の幅広の品川《しながわ》巻きだったり、砂糖をまぶして真っ白になったざらめだったりしたが、渋茶は、近所のお茶屋で買ってくる最も廉価《れんか》なお茶の葉であって、これは、せつらが小学生の頃から変わらない。渋茶が好きな六歳児というのも珍しいだろう。ましてや、それが世にも美しい六歳児となれば。

現在のせつらを知る者にとって、そんな六歳児の素顔を明らかにするのも、胸高鳴る作業であったろうが、当人は、そんな過去など毛すじほども類推させることもなく、品川巻きをまとめて口の中へ放り込み、ぽりぽりやっては、妙に老人じみた仕草で渋茶をすすっている。時々、あつい、と中断するのが妙に年寄り臭《くさ》い。

〈秋せんべい店〉の店主を求めて押しかける観光客なら、幻滅するに違いない。いや、渋いわ素敵と、さらにモーションをかけるかも知れない。このあついをローレライの歌声と称した観光客もいる。〈区〉の観光局がこれを聞き、公式ガイドブックに書き込もうとしたが、さすがに、せつらがやめさせた。ただし、間違ってはいない。走行中の車から、電話をかけ、ハンドル操作を誤って事故った依頼主はざらにいる。

今夜の訪問者はどちらでもなさそうであった。

チャイムに呼ばれて受話器を取った。内線に切り換《か》え、どなた？　と訊《き》いた。

「J《ジェイ》だ」

間髪《かんはつ》入れぬ返事であった。珍しい。せつらの声を耳にした相手は、まず息を呑《の》む。美しすぎるのだ。

「これは珍しい」

せつらは呆《あき》れたような声を出した。こっちの方が百倍珍しい。

卓袱台《ちゃぶだい》をはさんで胡座《あぐら》をかくと、Jは、浅黒いいかつい顔で四方を見廻《まわ》し、

「噂《うわさ》には聞いていたが、今どき面白いオフィスだな。六畳間の和室で卓袱台か」

「不満でも？」

「いや――灰皿は出てるね。煙草《たばこ》いいか？」

「ええ」

「今日は頼みがあって来た」

「はあ」

「そんな声出すなよ。こっちはまともに顔も見られねえんだ。ちっとは愛想《あいそ》のいい返事を

してくれ」

「はあ」

Jは諦《あきら》めたらしく、苦笑を浮かべて、きっちり締《し》めていた紺《こん》のネクタイをゆるめた。糊《のり》の効《き》いているワイシャツの前ボタンも外し、

「やっぱり楽だな」

こう言って黄金《きん》張りのダンヒルで紙巻きに火を点《つ》けた。

気持ち良さそうな喫《す》いっぷりであった。吐き出した紫煙はせつらの美貌《びぼう》を隠した。

「すまんな」

「いいえ」

と手で払いながら、

「どちらの商社へお勤《つと》めで？」

濃紺に茶のストライプが入った高級スーツへ眼をやって、Jはにやりと笑った。せつらとは何度か会っている。

「いつも同じ嫌味とばすなよ。人捜《さが》し屋も見てくれは大切でな。あんたみたいな色男は別だが」

「はは」

せつらの声も表情も、相変わらず茫洋《ぼうよう》としたままだ。

「で、ご用件は？」

「それだ」

Jは一服で半《なか》ばまで喫いきった煙草を灰皿へ押し付け、眉《まゆ》をひそめた。

「何だこれ、店名じゃねえか。喫茶店《さてん》のをかっぱらってきたのか？」

「いや。黙って預かってきた」

「それをかっぱらうと言うんだ。おまえな、その顔で、これくれませんかと言や、店中のウエイトレスが灰皿抱《かか》えて集まるだろう。何セコイ真似《まね》してるんだ」

「くれなんて言えないよ」

「黙って預かってくるよりゃあマシだろ。ひょっとして、おまえ、他にも？――なに沈黙してるんだ。おまえな、ナンバー1がかっぱらいの常習だとわかったら、〈新宿〉の人捜し屋の評判は、瞬《またた》く間に地に墜《お》ちるぞ。少しは社会的責任を自覚しろ」

せつらは眼をしばたたいた。よくわからなかったらしい。少し沈黙が落ちた。ぽつりと言った。

「無理してるね。顔色が悪い」

Jは瞳だけ宙に向けてから、溜息《ためいき》を吐《つ》いた。

「まあ、いい。おれの仕事を代わってくれ」

「断わる」

少しの停滞もないやり取りである。しかし、どこかおかしい。

Jは全身の力を抜いた。片手で胸を押さえ、

「やっぱり、な。だが、頼めるのはおまえしかいないんだ」

「他にも人はいる」

「おれの上はおまえだけだ。どうあがいても、おまえがいる限りおれはナンバー2だ。今となっちゃ、良かったと思ってるが」

Jは〈新宿〉で五指に入る人捜し屋であった。

関係者によれば、ナンバー1はだんとつで〈西新宿〉のせんべい屋だが、後の四人は甲乙がつけられない。良く言えば実力伯仲《はくちゅう》、悪く言えばドングリの背比《せいくら》べだ。四人にある質問をすれば、全員、自分が上と認めるのは秋せつらひとりだと口を揃《そろ》えるだろう。

「正直、大した仕事じゃねえ。依頼されたのは四日前で、捜索期間は一年だ。捜すのは月島《つきしま》やしき、二七歳。このところ〈区外〉で急成長しているIT財閥の二代目だ。細《こま》かいことは、このディスクに入ってる」

上衣《うわぎ》のポケットから卓袱台に移った円盤《ディスク》入りのケースを、せつらはちらと眺《なが》めて、

「大した仕事じゃないけど、危なそうだね」

と言った。

Jは苦笑した。

「わかるかい？」

「救命車を呼ぼうか？」

「そうだな。まだ生命《いのち》は惜《お》しい」

Ｊは上衣の内側に手を入れて、咳《せ》き込んだ。卓袱台に赤い花びらが飛んだ。

「たぶん、〝屍肉虫《しにくちゅう》〟だ。右の肺もやられた。次は心臓だ」

せつらは卓上の携帯を取り上げ、緊急ボタンを押した。メフィスト病院と交《か》わした契約に基《もと》づき、〈新宿〉の全救命車のうち、最も発信地点に近い三台が急行する。一台にとどまらないのは、急行中にどんなアクシデントが起きるかわからないからだ。救命車を狙《ねら》ってちょっかいを出す悪霊《あくりょう》、妖物はうようよいる。

「五分で来る」

せつらは携帯を戻した。なぜ、病院へ駆けつけなかったとは訊かない。Ｊの仕事はせつらのもとを訪ねることだったのだ。

「おれがやられた状況も、来るまでにそこへ入れておいた。何とか頼まれてくれ」

「同業者の仕事は受けない」

Ｊは、間を置いて、長い溜息《ためいき》を洩《も》らし、

「わかった、また来るわ」

と言って、立ち上がった。

「見送りはいい。救命車くらい自分で乗れる」

ドアが閉じられてすぐ、せつらは三和土《たたき》へ下りた。

外へ出ると、Jは通りに立っていた。

その前へサイレン音とともに救命車が止まった。

白衣の救命隊員が路上へ散らばると同時に、Jは前屈《まえかが》みになって血塊《けっかい》を吐いた。

ナンバー2が担架《たんか》に乗せられ、車内へ運ばれてから、せつらは車へ戻ろうとしている隊員に、

「助かりますか?」

と訊いた。

「あの調子じゃ肺が丸ごと食われてますな」

と救命隊員は答えた。せつらの方を見ようとはしない。ここが誰の家か心得《こころえ》ているのだ。

「ですが――何とかなるでしょう。院長もおりますし。どうぞ、ご一緒に」

「え?」

「いや、患者と同席してらした方には付き添い義務があります。ご存じでしょう」

「はあ」

曖昧《あいまい》な返事だから、どっちにも取れる。隊員は、都合のいい解釈をした。

「ありがとうございます。そのままでどうぞ」

と開いたドアを指さした。

手術は二〇分ほどで終了し、待合室のせつらはその一〇分後に病室へ通された。Ｊが会いたがっていると言う。

帰ると断わったが、看護師は、

「担当医がお話を伺《うかが》いたいそうです。外部から〝屍肉虫〟を植え付けられたということで、刑事さんも見えております」

と言った。

「それと、報酬のお話もあるそうです」

「はあ」

「かなりの高額だとか」

「はあ」

せつらはベッドを見下ろした。

Ｊが薄く笑った。

「まだ悪運が残ってたらしい。迷惑をかけるな」

Ｊは眼を閉じていた。麻酔が効いているのと、やはり、せつら除《よ》けだ。

「いや」

「まだ、その気にならねえか？」

「うん」

病人を前にして、せつらの茫洋ぶりは、ある意味冷酷非情としか言いようがなかった。

「金の話をしようか」

Jは苦笑《にがわら》いを深くした。

ドアが叩《たた》かれたのは、そのときだ。

看護師は、Jの要求で退《しりぞ》けられている。せつらがふり向くより早く、スーツ姿の男たちが四人入って来た。

二人は、いかにもといったエリート風だが、後の二人は筋肉の鎧《よろい》を着込んだような体《たい》躯《く》と、目つきの鋭さからしてガードマンだ。前の二人の後方を守る風でいながら、右のひとりは身体をややドアの方へ向けている。スーツの右脇の線《ライン》が乱れているのは、拳銃を忍ばせているからだ。

「容態はどうだね？」

先頭の銀縁眼鏡《ぎんぶちめがね》が訊いた。右手にパソコン内蔵のアタッシェ・ケースをぶら下げ、口調は言葉の内容とは無関係な機械仕掛けだった。せつらには別の意味で眼もくれない。

「これは本郷《ほんごう》さん――みっともないところを。もう大丈夫です」

「担当医に聞いたよ。人工の肺を付けるそうだな。わかっていると思うが、必要経費とは認められん」

「もちろんです」

「正直、君には失望した。〈新宿〉有数の人捜し屋と聞いて依頼したが、何の成果も出せぬまま入院するとはね」

「申し訳ありません」

Ｊは頭を下げた。悪びれたところがないのが救いだった。この程度のことで恥じ入っていては、〈新宿〉の人捜し屋は務《つと》まらない。

本郷と呼ばれた男は、これが気に入らなかった。

「契約上、依頼が完了するまで君を馘首《かくしゅ》はできんが、これも契約によって、別の事務所を雇《やと》うことにした。君の入院中に彼が依頼を達成した場合は、君は無報酬になる。必要経費その他の費用も一切《いっさい》、契約に従って支払われん」

「では契約に従って」

とＪが言った。見上げる双眸《そうぼう》の光に、本郷は一瞬、息を呑んだ。

「――私の仕事は私の責任で選んだ人物に譲渡されます。そこにいる〈新宿〉一の人捜し――秋せつら氏に」

2

はじめて本郷がせつらの方を向いた。

Jがにやりと笑う。仲間内で〝ひとめ惚《ぼ》れ〟と呼ぶ現象がまたも生じたからだ。これは何度見ても面白い。

「これは……」

と言ったきり、本郷は世界から孤絶《こぜつ》した。自ら選んだ立場であった。鍛《きた》え抜いたはずの精神の殻《から》が、呆気《あっけ》なく破れ、美しいものを見た人間の心理が全身に露呈する。いや、美しすぎるものを見た人間の。彼は怯《おび》えを感じた。精神ではない。――魂《たましい》の。

「君は……君が……Jくんの仕事を……継続……」

これだけの台詞《せりふ》にたっぷり一分かかった。声が出ない。何と言ったらいいのかわからない。出るのは泡ばかりだ。

「いえ」

せつらの返事が、かろうじて彼を正気に戻した。必死にめまいをこらえ、七彩《しちさい》の霧にかすむ思考力をふり絞《しぼ》って、

「――そうか。それがいい。君は自分を知っているようだな」

最後の言葉は、美貌に忘我の域まで持って行かれた自分を保つための代償行為であった。

「はあ」

とせつらは返した。

「この街の人捜し連中は、実力以外のことで依頼人を煙《けむ》に巻こうという卑《いや》しい性癖《せいへき》があるようだ。ひとりは口先三寸《くちさきさんずん》、もうひとりは整った顔ときた。少しは自分の愚《おろ》かな手口を観察し、まっとうな捜索力を身に付けるよう努力したらどうかね」

Jの眼がある光を湛《たた》えて見つめていた。本郷ではなくせつらを。

「報酬は？」

ぽつりとせつらが訊いた。

「あン？」

本郷が眼鏡の縁《ふち》を持ち上げた。

「報酬」

茫洋たる声が、誰にもわからない理由で、本郷から言葉をたぐり出した。本郷はもうひとりの高級スーツを差して、

「こちらの月島平太《へいた》氏の御子息――やしき氏を捜し出したら、五〇〇〇万円、プラス必要経費だ。しかし、君は――」

　小春日和《こはるびより》を思わせる表情と声であった。秋せつらの受諾《じゅだく》はいつもこうだ。

「引き受けました」

　Jが、にやりと笑った。

「彼との契約書は読みました」

　春日が射《さ》しているような声が弾《はず》んだ。これがこう続くとは誰も想像しなかったであろう。

「ただし、契約書にこう付け加えて下さい。〝報酬は月島やしき氏の生死にかかわらず、支払われる〟と」

　何かにひびが入ったような沈黙が落ちた。すぐに本郷が、

「――何という莫迦《ばか》げた要求だ。君はやしき氏を生還させる自信がないのか？」

「人捜しに生命の有無《うむ》は関係ありません」

　非情とも冷酷とも取れる宣言であった。居並ぶ者たちは、天使の歌声を聴《き》く礼拝者のごとく恍惚《こうこつ》と頰《ほお》を染めている。

「すでに、その方は亡くなっているかも知れない。ここは〈新宿〉です。〈魔界都市〉とは、あなた方が付けた名前ですが」

「――しかし」

　と言ったきり、言葉を泳がせた本郷を、

「待ちなさい」

重々しい声がふり返らせた。

月島平太と呼ばれた初老の男は、声にふさわしい巨軀《きょく》を揺すった。本郷と同じくせつらの幻想をふり払ったのである。

「そちらの言い分がもっともだ。秘書が失礼したが赦《ゆる》してくれたまえ。優秀すぎて、常識を失念することがある」

「いいえ」

「詳《くわ》しい話はJくんから聞いてくれたらいい。わしとしては一刻も早く倅《せがれ》を見つけて欲しいだけだ。そのために〈区外〉の者も雇ったが了承してもらいたい」

「はい」

「社長――お言葉ですが」

と本郷が異議を唱《とな》えた。Jを指さし、

「彼の不様《ぶざま》な状態をごらん下さい。やしきさんの足取りひとつ捉《とら》えきれないうちにこの様《ざま》です。こんな男の推薦《すいせん》する人物など、この重大な仕事をまかせるに値《あたい》しないと思いますが」

嚙《か》みつかんばかりの勢いでまくしたてる秘書の言い分を、月島氏はすべて聞いた。

ハアハアと息荒らげる本郷を、どこか愉《たの》しげに見つめて、その鼻先へ指を突き付けた。

「？」

「顔だよ」

「は？」

　またＪが、にっと笑った。

「そちらの――秋氏の美貌に、わしは精神の奥まで揺さぶられた。夜ごと夢に出てくることだろう。虹《にじ》色の夢か、血まみれの悪夢かはわからんが、それは運命だ。秋氏の顔は人外《じんがい》のものだよ」

「………」

「君は最も本質的な大事を忘却《ぼうきゃく》していた。わしもここへ来るまで、いや、彼の顔を見るまでは気がつかなかった。それは、この街が、〈新宿〉が人外境ということだ。〈区外〉の我々には想像もつかない魔性《ましょう》の土地、生命ばかりか魂までも〈魔震〉が崩壊させてしまった世界だ。〈区外〉の誰が理解できる？　そんな世界へ入り込んでしまったやしきを救い出せる者がいるとすれば、彼もまた人外の存在でなければならん。そこの人――黒ずくめの君よ、君も人捜し屋か？　魔性の蠢《うごめ》く呪《のろ》われた街の深奥《しんおう》から、倅を連れて来られるな？」

「さあ」

　とせつらは茫洋と答え、Ｊは眼を閉じた。頭を抱えたいところだったかも知れない。

月島は、はっと血走った眼を見開き、我に返った証拠に、尋常《じんじょう》の表情を取り戻して見せた。

丸鼻の先から汗が光るすじを引いて落ちた。

全員がせつらを見つめた。二人の狂乱が、せつらの美によるものだと理解したのである。狂気を招くのは美術品ばかりではなかった。四〇万年の歴史が生み出したひとりの人間の顔であった。彼は秋せつらといった。

「確かに引き受けました。契約書は別途お作り下さい。では」

この挨拶《あいさつ》が形を失い、脆弱《ぜいじゃく》な音波に姿を変えて、小波《さざなみ》のように拡散してしまったとき、Jを含む男たちは、閉じたばかりのドアの向こうに消えて行った黒衣《こくい》の若者のことを憶《おも》い出した。

「お疲れのようですね、月島さん」

Jが声をかけた。

「そうだな、ひどく疲れた」

雇い主は気取らずに認めた。

「無理もない。おっしゃったとおり、あれはこの世のもンじゃない。おれたちが見たら精も根《こん》も尽《つ》き果てるのが普通です」

「あれが〈新宿〉の住人かね？」

「そう──です──ね」

「何を世迷《よま》い事《ごと》を──しっかりなさって下さい、社長」

本郷秘書が月島の前へ位置を移して声をふり絞った。

「確かに美しい男です。ですが、しょせんは我々と同じ、二本足で立ち、心臓で血を巡《めぐ》らせ、肺で呼吸する生き物です。母親の子宮から生まれたのなら、我々と一緒です。我々と同じものを食らい、少なくとも一日五時間は眠らないと調子が狂うでしょう。トイレにだって行くはずです。眼を醒《さ》まして下さい、社長」

執念のような悪罵《あくば》の連続であった。Jがベッドの上から、

「ヤケに、おれの後継者をケナすじゃないの、本郷さんよ。何か、彼が絡《から》んじゃ困る理由でもあるのかね？」

「そんなつもりはない！」

秘書は絶叫した。

「私は社長の指示に反対などしていない。彼はもう仕事に出た。私はただ、単なる美の虜《とりこ》になって我を忘れてしまった社長に、正気に返って欲しいだけだ」

「美てな単純なもんなんだよ。社長さんは確かに取り憑《つ》かれた。いま頭の中にあるのは、せっ──秋氏の顔ばかりだぜ。仕事を依頼したことも、その内容も、ははは、御子息のことも忘れ果ててるさ。そうでしょう？　けど、あんたはもっと厄介《やっかい》だ。なあ、怖がってるん

だろ？　あの男の美しさが怖いんだろ？　あの顔で〈新宿〉をうろついたら、何かこう、想像もできない――起こってもそれと理解できない――恐ろしいことが起きると感じているんだろうが？　そして、何も知らぬ間にすべては片がつき、気がついたら、おれたちみんな墓の下に横たわる死人に化けてるんじゃねえかってな？」

本郷の口から声が、額《ひたい》から汗がしたたった。Ｊの言葉だけで、世にも美しい顔が精神《こころ》の病んだ岸辺に打ち寄せて来たのである。

「私は……私は……」

「私は……ただ……」

「そうとも、あんたは正しいよ。おれたちは見ちゃならねえもンを見ちまったんだ。だけどよ、こうなったらもう、あんたの依頼を完遂《かんすい》できるのは秋せつらって男しかいねえんだ」

そのとき、同意の合図のように、ドアがノックされた。

3

背後から飛んで来た真紅《しんく》のフェラーリが、せつらの行く手を阻《はば》むように前方五メートルのところで反転してのけたのは、メフィスト病院を出て一〇と二、三分――〈新宿中央公園〉の高塀《たかべい》を左手に、「十二社《じゅうにそう》」の方へと向かう路上だった。

運転席から車と同じ色のボディ・スーツが立ち上がって、路上へ飛び下りた。思いきりよく短くした茶髪《ちゃぱつ》と、驚かせるのが目的みたいな豊かな胸とヒップ、大胆極《きわ》まりない胴《ウエスト》のくびれを見るだけで、性格が一目瞭然《いちもくりょうぜん》だ。加えて、嫌に大きなブルー・サングラスの下でせつらを見つめる両眼の険《けわ》しさときたら、その辺のチンピラなど青ざめかねない迫力であった。

「あなた、秋せつらさん?」

声も高い。

「はい」

とせつらは答えた。それがフェラーリの正面で、足も止めずに車体と娘の横を通って、もう真紅のかがやきから、離れようとしていた。

「ちょっと待ちなさいよ」

娘が追って来た。

せつらは止まらない。先に娘が足を止めた。二人の間は約七メートル。娘の右手がボディ・スーツの腰に掛かった。身体の線《ライン》を邪魔する突起物は何もない。だが、ぴゅっと音がして、そこから黒い鞭《むち》のような線が迸《ほとばし》るや、先を行くせつらの腰に巻き付いたのである。

「あっ⁉」

驚きの声を上げたのは、娘の唇であった。

二重三重に巻き付いたと見えた鞭は、次の瞬間、ばらばらに寸断されて五月雨《さみだれ》のように地面に散ったのである。

何が起きたかもわからず、娘は右手を上げた。そこから繰《く》り出されるものも何らかの武器であったろうが、その前にせつらがひょいと身を屈め、路上から何かを拾って立ち上がったのである。

「千円めっけ」

これを聞く前に、娘は彼が自分を無視した理由が、落ちていた紙幣であったことに気がついた。

「呆れた」

とつぶやいたのは、千円札を観察中のせつらに追い付いてからだ。こりゃ、何言っても無駄と思ったのか、少し待ったが、せつらの千円鑑賞はまだ終わらず、目下《もっか》、すかしをすかしているところなので、

「あたし、月島さおり——あなたに兄さん捜しを依頼した月島平太の長女です」

千円札をコートのポケットに仕舞いながら、せつらはこちらを向いた。

「それが何か？」

さおりは天を仰《あお》ぎたくなった。こんな無礼な男がこの世の中にと思ったのが最後の理性で、心臓にどかんときた。せつらの顔を見てしまったのだ。

「何て……何ていい男なの――これじゃあ堪《たま》らないわ」

と掛けていたサングラスのつるを撫《な》でて、

「いま、病院へ駆けつけたのよ。そしたら、みんなうっとりと――大の男が四人もよ。何訊いても、まともな返事が来ない。頭にきたから本郷を平手打ちしてやったわ。それであなたのこと知って追いかけて来たの」

「どうして？」

「もう。あたし、あなたの相棒になります」

せつらは視線を足下《あしもと》へ落とし、ぼんやりとアスファルトを見つめた。そのうち、会話しだすんじゃないかとさおりは怖くなった。

どうやら、さおりの発言を吟味《ぎんみ》していたらしい。すぐに顔を上げて、

「要《い》らない」

と言った。あまりの返事に、さおりは呆れ返った。

「ちょっと――何よ、それ？　助手がいると便利でしょ」

「足手まとい。女は駄目」

「どうして？」

「目立ちすぎ」

「服なら替えるわ。それに、車があると便利よ。あなた持ってないでしょ?」

「タクシー」

「お金がかかるわよ」

「必要経費」

「もう。とにかく、助手にしてもらいます!」

「どうして?」

「乗って下さい。中で話します」

「罠《わな》かな」

「違います!」

「家まで送ってくれる?」

「ええ、ええ。いいですとも」

「どーも」

せつらが乗り込むや、フェラーリはアスファルトの表面にタイヤのゴムを思いきりこびりつかせて発進した。

自分は兄と仲が良かった。その兄が〈新宿〉へ消えてとても心配している。だから、捜しに行く——さおりの話は要約すればこうである。

　対して、せつらは、足手まといの一点張りであった。

「わかりました」

　ついにさおりはうなずいた。涙目であった。どこに誰といても、まっ先に男が声をかけてくるような美貌にこれをやられては、血の通《かよ》った男どころか女でもおかしくなりそうだが、せつらにはどう見えるのか、フェラーリが店の前に着くや、勝手にドアを開けて、

「じゃ」

　さおりの方を見もせず下りてしまった。対して、さおりは何も言わず、これきりかと思いきや、せつらが裏の垣根に手を掛けたところで——

　凄《すさ》まじい警笛《けいてき》音が鳴り響いた。夜明けも近い家々に、たちまち明かりが点《とも》る。

　せつらがふり向いた。車に歩み寄って、

「——やめたまえ」

　と言った。効果は期待できない。叱責《しっせき》も茫洋としているからだ。

　しかし、さおりは手を離して、

「手伝わせてくれないのなら、毎日、同じ時間にこれやりに来ます」

　唇を真一文字《まいちもんじ》に結んで、固い決意を表わしたものだ。

　せつらが反応できずにいるうちに、

「あなたが邪魔したら、次は行く先々に付いて廻るわ。助手だと名乗って好き勝手やらせてもらいます」

せつらを知る者なら、おまえ、八つ裂《やざ》きの意味を知っているのかと罵《ののし》るところであろう。意外なことに、せつらはうなずいた。

「条件がひとつある」

と言った。

清楚《せいそ》と色っぽさが入り交じった顔が、喜びにかがやいた。

「何でも聞くわ、いえ、聞きます」

「僕の言うことには絶対服従すること――いい？」

「はい。所長」

「秋さん」

「わかりました。では、今日の指示を願います」

「午前一〇時に迎えに来たまえ。それからだ」

「了解！」

片手を振りながらさおりが走り去ると、せつらは通りに出て来た近所の連中に、すみません と詫《わ》びを入れ、垣根の戸を開いた。その背中へ、

「失礼ですけど」

黄金の床に真珠《しんじゅ》が落ちるような声であった。

「動かずにいて下さい」

そして、近づく気配もないのに、首すじ近くで夜気《やき》が揺らめき、

「つまらない虫がおりました。もう大丈夫ですわ」

と言った。せつらは表情ひとつ変えず、

「〝屍肉虫〟でしょう。二匹」

「ご存じでしたの?」

珠玉《しゅぎょく》のような声に驚きが慎《つつ》ましく揺れた。

「〝探《さぐ》り糸〟に虫の糸が触れました。放《はな》った奴は遠くにいます。捕まえようと思いましたが、虫をつぶされたと知って逃げました」

遥《はる》か彼方《かなた》からせつらへ付着させた糸を伝わって毒虫が渡り、それを察したせつらが、今度は虫の糸を辿《たど》って妖糸を放ったとは、声の主《ぬし》にも考え及ばぬことであったろうか。

虫の糸が渡された場所は、月島さおりと別れた路上だ。妖糸はそこから三〇〇メートルほどそれを辿ったが、そこで虫の糸は断たれていた。

「余計なことをしてしまったようですね」

「全くです」

「…………」

「でも、助かりました。〈区外〉の方ですね」

「私を見もせずに、おわかりですの?」

「失礼」

せつらはふり向いた。

ほとんど眼の前に、青いスーツ姿の女が立っていた。

白磁《はくじ》というべき肌には、うすく血管が滲《にじ》んで見えた。

酔いどれも息を呑みそうなボディ・ラインのしなやかさ——いや、何よりもその美貌。月も——せつらも嫉妬《しっと》するのではないか。

「秋せつらです」

「滝王真奈《たきおうまな》と申します」

二人は会釈《えしゃく》を交わした。

「——月島やしきさんの婚約者です」

「これは」

このひとことで間を持たせながら、せつらは、御曹子《おんぞうし》が逃げ出したのも、無理ないかと思った。

「失礼ですが」

「お手伝いさせていただきたくて参りました」

せつらは宙天を仰いだ。

月が出ている。からかわれているような気がした。

「お入りになりますか？」

月輪《げつりん》のような美貌がうなずいた。


滝王真奈が婚約者――月島やしきと知り合ったのは、半年ほど前である。真奈の実家は秋田《あきた》の山奥にある小村の地主で、たまたまひとり観光に来ていたやしきとは、秋田市内のバーで出会った。市の観光課に勤めていた真奈が、夜の飲み会で上司にホテルへ誘われ、困惑しているのを、居合わせたやしきが救ったのである。

翌日、真奈の方から礼の電話をやしきの携帯に入れ、半月後には結納《ゆいのう》を交わしていた。

結婚を告げられたやしきの両親も、東京へ出向いた真奈に出会うや、たちまち承諾し、真奈の実家へも訪れ、向こうからも両親が上京して、話は奇妙なほどとんとん拍子《びょうし》に進んだ。

「夢を見ているようだと、申しておりましたわ」

卓袱台の向こうで、真奈はうすく笑った。

「だと思います」

せつらは、Ｊから渡されたＣＤの内容を記憶に上らせた。Ｊの手術中にメフィスト病院のプレーヤーで確認したものである。

「ですが、結納以降が少しもたれましたね」

月島やしきの父――平太の経営する「ムーン・アイランド・インダストリイ」は、半年前まで青息吐息《あおいきといき》の状態にあったが、かろうじて持ち直し、今では〈区外《ブランク》〉でも有数の優良企業として、海外にも発展を遂《と》げている。やしきと真奈の半年間の停滞は、その建て直しに忙殺されたせいだと資料にはあった。

「月島さんが〈新宿〉へ身を隠された理由に、お心当たりは？」

せつらは本題に入った。

「ありません。私たちは上手《うま》くいっていました」

真奈の美貌を、ある風が吹き過ぎた。哀《かな》しみだったかも知れない。

「――と思います」

こう付け加えたとき、せつらの口もとに淡い微笑がかすめた。

「正直ですね」

真奈は姿勢を崩《くず》さず――最初から正座だったのである――こう応じた。

「彼は私を理解してくれていると思っていましたが、そうではなかったのかも知れません。人の精神《こころ》はわからない。それが知りたくて、私はここへ伺ったのです」

「僕のことは、月島さんから?」

「いいえ」

「僕と一緒にやしき——失礼、月島さんを捜すおつもりならお断わりします」

「なぜでしょう?」

問いもの静かな女だった。

「危険です」

とせつらは答えた。

「この街は〈区外〉の人たちの想像を絶しています。少なくとも三カ月は暮らしてからでなければ、頭がおかしくなるだけです。それと——」

「足手まとい?」

「はい」

「あなたも正直な人ね。わかりました」

「またか」

「え?」

「いいえ——どうなさるおつもりです? 嫌がらせでも?」

「え?」

「いや」

頭を振って向こうを向いたせつらへ、

「自分で捜します」

と言った。

「たとえ、あなたでも危険です」

とせつらは繰り返した。

「月島さんは、また心変わりするかも知れません。ここはそういう街でもあります。それをお待ちになったらいかがです？」

「あなたのような人でも、女を説得するには、当たり前のことしか言えないのね。もう一度お願いします。一緒に捜させていただけませんか？」

「駄目です」

答えてから、せつらはささやかな安堵《あんど》と不安を感じた。不安の方は、仕事に付きもののそれとは少し違っていた。

第二章　北の婚礼

1

「いま、お茶でも」

「失礼いたします」

同時に口を衝《つ》き、黙った。最も間の悪い瞬間が襲いかかってきたのである。

「あの――」

「はい」

とせつら。

と真奈。

「お茶、淹《い》れます」

「嬉《うれ》しいわ」

せつらは少し離れたところに置いてあるティー・カートを引き寄せ、内蔵してあるポットから湯呑《の》みにお湯を注《そそ》いだ。

それを卓袱台《ちゃぶだい》に載《の》せてから、急須《きゅうす》に湯を移すのを見て、真奈が、

「慣れてらっしゃるのね」

「何とか」

「ずっとお独《ひと》り?」

「はあ」

「どうしてだか、伺《うかが》ってもよろしいかしら?」

「いえ」

にべもない返事に、真奈は沈黙せざるを得なかった。

湯呑みが並んだ。真奈は両手で取り上げ、ひと口飲んで、

「とても、温かいわ」

と言った。

「おいしい。私、冷たいものが苦手です」

せつらの脳裡《のうり》を秋田という言葉がかすめた。それを読んだかのように、

「故郷《くに》は北ですけれど、一家の者はみな冬が嫌いでした。暗くて冷たい。私たちの大好きな青や緑がどこにも見えない白一色の世界。私たちのための場所が少しもなかったわ」

もう一度、湯呑みを傾けて、真奈は立ち上がった。

三和土《たたき》に下りたせつらへ、

「早く見つけて、とは言えません」

開けたドアの向こうに冬の夜空が広がっていた。婚約者のものとは思えぬ意外な言葉に、しかし、せつらは驚きもしなかった。

「あなたも来てはいけません」

と言った。

「危ないからですか?」

「――いいえ」

「本当に正直な方ですのね。でも、私はまた来ます。あの人を捜《さが》すためと――この街が気に入りました」

「………」

「ここの空気は誰でも吸えます。誰の肺にも合います。こんなに影の多い町ははじめて。あの中で暮らす人たちは幸せです。〈区民税〉は高いのでしょうか」

「支払える範囲だと思います」

何を言ってるのかとせつらは思った。

「特別控除もいろいろとあるようですが」

「よかったわ――それでは」

真奈は戸口を抜けて、ドアを閉じた。

六畳間へ上がろうとして、せつらはふり向いた。

外へ出た。

人っ子ひとりいない通りを、街灯が寂《さび》しく照らし出している。

真奈の姿はなかった。

代わりが用意されていた。

街灯の光が、かろうじて、トレンチコート姿の前面だけを舐《な》めている。二重三重に巻き付けた青緑のマフラーが異様に鮮明であった。

「今夜はよくよく」

つい口に出た。

ひどくのっぺりした顔だが、役者のような美形だ。奇妙な感覚がせつらの内部に生じた。生々《なまなま》しいのに、生きている感じがしない。せつらと同年配と思《おぼ》しいため、なおさらはっきりと感じられる。

「――よくよく何かね？」

男が訊《き》いた。ひどくぬらついた、そのくせ乾《かわ》いた声である。

「何でも」

せつらの答えは短い。すでにこの男の妖気を感じているのだった。

男は頭上を見上げた。

「いい月だ。故郷では冷たいだけだと思っていたが、この街で見ると、実に美しい。月ではなく私の精神《こころ》が変わったのだろうね、秋せつらくん」

月が変わるものか、と思いながら、

「何か用？」

つっけんどんに訊いた。男は月を見たまま、

「ひとつある。その他にひとつ——君のところへ今しがた、女が訪ねて行かなかったかね？」

せつらは沈黙した。答える必要もなかった。

「その女の名は滝王真奈だ。彼女の依頼を知りたい」

「………」

「君と一緒に婚約者を捜しに行きたい。そうだね？」

わかってるなら訊くなよ、とせつらはぼんやり毒づいた。

「で——何と答えた？」

せつらの口もとに、うすい笑《え》みが浮かんだ。またこいつ勝手に想像するなと思ったのである。当たれば当たったで、外れれば外れたで面白い。

男の美貌《びぼう》が怒りに引き歪《ゆが》んだ。せつらの思惑《おもわく》に気づいたのだ。

「——引き受けた。そうだな？」

せつらは、あ、とつぶやいた。

「この街でも真理は変わらないはずだ。女は嘘《うそ》つきだと、な。真奈の本当の婚約者は私だ」

「へえ」

「その返事と顔では信じていないな。だが、森童子家《もりどうじけ》の識名《しきな》は口が裂けても嘘はつかない」

すう、とせつらは後ろへ跳《と》んだ。何の予備動作も見せず三メートルも離れた路上に着地する。

「ふう」

声に出すと同時に、その頰《ほお》を光るものが流れた。男——森童子識名の妖気に触れたのだ。

秋せつらを戦慄《せんりつ》させた当人は、しかし、

「ほお」

と細い眼を丸くした。

「真奈が助けを求めるとは、どんな男かと思っていたが——やる。さすがに私の婚約者、人を見る眼は確かだ。呑むには惜しいが、私以外に真奈が精神《こころ》を寄せる男は必要ない。きれいにこの世界から消えてもらおう」

若い美貌の中に、爛々《らんらん》と二つの光点が生《しょう》じはじめた。

せつらはすでに眼を閉じている。〈新宿〉にも、眼による催眠術を仕掛ける妖物魔人は多い。

闇《やみ》に閉ざされた視界は、だが、赤光《しゃっこう》を留《とど》めていた。それがわずかに侵入した識名の眼光だと知るより早く、せつらの意識は失われた。

「森童子識名の〝すくみ眼《め》〟――ほんの一瞬でも見たら、精神《こころ》は私のものだ。来い――呑んでやる」

識名が手招きするや、その場に立ち尽《つ》くしていたせつらが、ひょろりと一歩を踏み出したのである。二歩目も――しかし、どちらも明らかに抵抗中の動きであった。

「意識は失われても、無意識が、禁忌《きんき》を犯《おか》すことに反対する、か。無意識の潜在能力だけは、私にも読めない。何にせよ、発揮される前に――」

彼は自らせつらの前へ進んだ。その両肩に手を掛けると、美貌に変化が生じた。顔全体が口から前へ突き出し、唇が耳まで裂けたのである。

同時にその巨大な口全体から、だらだらと涎《よだれ》が溢《あふ》れはじめた。

せつらの前で、かっと開いたその大きさ、毒々しい赤い口腔《こうこう》、そして、下顎《したあご》の内側から出入りする細い二裂《にれつ》の舌――これが、呑むという意味か。

ああ、いつの間に、その首はせつらの頭上まで伸びたのか。

びゅっ、とその顔がせつらの頭めがけて走った。

何とも奇怪な叫びが〈西新宿〉の夜気をつん裂いた。

識名は右の内腿《うちもも》を押さえてよろめいた。そこからみるみる黒血《こっけつ》がしたたり落ちて路面を染めていく。だが、冬の怪異はこれだけではなかった。識名がぴたりと路上に腹這《はらば》いになったのだ。

元に戻った美貌――その眼は骨に届くまで裂けた傷口よりも、路面を凝視《ぎようし》した。

「私としたことが――」

歯を食いしばって呻《うめ》いた。

「まさか、このような技を使うとは……糸使い」

そして、彼はなお立ち尽くすせつらを、まともに見たら発狂しかねない怨嗟《えんさ》のこもった眼で見上げた。そこには新たな攻撃の意識がなお、炎《ほむら》のように揺らめいている。

その表情が、ふっと崩《くず》れた。

「いけない、血が出すぎた。手当てをしなくてはならない。おのれ、秋せつら――森童子家の識名の名にかけて、今度こそ呑んでやる」

そのまま這いずって行くかと思われたが――現に、二、三メートル、ズルズルと身をくねらせて走ったが、彼はすぐに立ち上がり、右足を庇《かば》いつつ走りだした。路面に残る血の帯を、月光が寒々しく照らしていた。

せつらが意識を取り戻したのは、それから三〇秒ほど過ぎた後である。識名に一矢《いっし》――否《いな》、一糸報《いっしむく》いた瞬間に術は解《と》けはじめ、ここまでの時間を要したのだ。もって、識名の瞳《どう》術《じゅつ》の恐ろしさを知るべきであろう。

せつら自身、糸のような溜息《ためいき》を吐《つ》いて、

「ひえー、危なかった」

とつぶやいたほどである。もっとも、例のごとく茫洋《ぼうよう》と、はためにはどこが危なかったんだか、であるが。

路上に残された血の痕《あと》をぼんやりと見つめ、

「〝探《さぐ》り糸〟」

と彼は言った。「〝探り糸〟を、さらに張り巡らせておかなければ」の短縮形である。

〝探り糸〟とは、近距離乃至《ないし》遠方からの敵の接近や攻撃を事前に予知する妖糸の総称だ。真奈がはさみ取る前から、別の糸と〝屍肉虫〟の存在を教えたのもこれだし、いま、無意識の必死の反撃によって、識名の内腿を裂き破いたのもこの妖糸である。せつらの関係者も、それがあるとは知悉《ちしつ》しているものの、どこにどのように仕掛けられているかは、一《いっ》切籔《さいやぶ》の中だ。せつらの身体中に巻かれているのだという者もあれば、家の周囲に張り巡らされていると主張する者もある。

反対意見としては、そんなものを、そんな風に仕掛けたら、せつら本人どころか無関係の通行人も無事では済まないというものだが、目下《もっか》のところ、〝探り糸〟は存在する、ただし、仕掛け方や使用法は霧の中との見方が大勢を占める。

2

時間通りにさおりがやって来ると、せつらは車を〈歌舞伎町《かぶきちょう》〉へ向けるようにと告げた。

「もう何か摑《つか》んだのですか？」

「電話」

「え？」

「古河《ふるかわ》という情報屋から、今朝、お兄さんについて知っていると連絡があった」

さおりは、鳩が大砲で射《う》たれたような表情になった。

「兄やあなたのことが、いつ、そんな人たちに？」

「ここは〈新宿〉だ」

「何でもそれで片づけないでよ」

と口走ったものの、この街の恐ろしさ、不気味さは、さすがに知っていると見えて、声にも元気《パワー》がない。

せつらは〈新宿駅〉から〈新宿コマ劇場〉の横腹へとぶつかる〈セントラルロード〉を折れるよう指示した。

午前一〇時過ぎとはいえ、すでに人通りは多く、黒人、白人、アジア系の客引きが、相手を選ばず、片っ端から声をかけ、料金とシステムを説明中だ。彼らのほとんどは、朝から開いているバーや風俗店のスタッフである。

「おや」

と右側の助手席で人波を眺めていたせつらが眠そうな眼を開いた。さおりもつられてそちらを向いたが、おやの意味もわからず、平気で路上へ飛び出している子供たちを撥《は》ねてはいけないと、前方へ眼を戻した。

そこへ、もう一度、おやと聞こえた刹那《せつな》、さおりではない別の足がアクセルを踏んで、フェラーリは急発進を敢行《かんこう》した。

「きゃっ!?」

慌《あわ》てて右へハンドルを切ったノーズの前へ、何かに引かれるように、黄色いシャツ姿が飛び出して来た。

スピードはぎりぎり三〇まで落ちているが、人体に与える衝撃は、もろぶつかった黄色いシャツが五メートルも飛ばされたのを見ればわかるだろう。歩道の端に並んでいたゴミバケツを六個薙《な》ぎ倒さなければ、飛距離はさらに伸びたかも知れない。

「ちょっと――何すんの!?」

急ブレーキをかけてさおりは同乗者に眼を剝《む》いた。眼の隅《すみ》で、制服姿の警官が二人、駆け寄って来る。せつらの第二の「おや」の相手だと、さおりにわかるはずもない。たちまちアルコール濃度センサーにかけられ、免許の提示、事情聴取となった。さおりは、せつらがアクセルを踏んだと主張したが、せつらはかぶりを振るばかりで、

「とにかく、署へ来たまえ」

ということに落ち着いた。その辺は〈区外〉と変わらない。

フェラーリから連れ出されたとき、片方の警官とせつらが何やら話しているのが眼に映《うつ》った。

「ちょっと——よろしくって何よ！　あんたたち知り合いなのね！　ちょうど、そのお巡《まわ》りさんが来たもんで、あたしを追い出すために人を撥ねて——何てことすんのよ⁉」

卑怯者《ひきょうもの》、美しい変質者と罵《のの》しる声を背に、せつらは〈歌舞伎町二丁目〉の方へと歩きだした。

撥ね飛ばした男が、幼児暴行の常習犯だと知れば、さおりも大人《おとな》しくなっただろうか。今回証拠不充分で釈放された男をどうこうするつもりはなかったが、偶然現われた警官を見た刹那に考えが変わった。

「世のため、人のため」

とせつらはつぶやいた。本気かどうか疑わしい。眼の前には「トーク・ハウス〝カンバ〟」のドアがそびえている。情報屋との待ち合わせ場所であった。

密談《トーク》専門の店の内部は、刑務所かホテルを連想させる。細長い廊下の左右に並んだドアの向こうは、完全防音、防弾、耐熱、耐寒処理を施《ほどこ》した小部屋が会話者たちを待つ。トラブル防止のため、所持品一切はカウンターに預け、金庫に保管される。

古河は先に来ていた。

貧相な、無精髭《ぶしょうひげ》だらけの顔の中で、こればかりは妙に鋭い眼が、サングラスを通してせつらを映した。

丸テーブルを介《かい》してせつらが腰を下ろすと、無言で茶封筒が一枚、眼の前に放《ほう》られた。挨拶《あいさつ》も確認もない。せつらが当人かどうかはひと目でわかる。その結果おかしくならないためのサングラスである。

せつらも黙って封筒の中味を確認した。サービス判のデジタル・プリントが六枚と一枚のメモである。

メモには、

「プリント製作費一枚につき五〇万円」

と印字してあった。筆跡は残さない。

プリントは、高さ三メートルほどの位置から雑踏を写したものが三点。残りはそれぞれを引き伸ばしたものである。プリントの下に撮影日と時間が印字され、それぞれ一〇日前、一週間前、三日前の午後五時前後に撮《と》られたものと知れた。

どうやって撮影したのかと、せつらは訊かなかった。

〈新宿〉の主な通りや、怪人物がうろつく裏通りに四六時中カメラを仕掛けて通行人を撮影するのは、〈区〉や〈新宿警察〉の専売特許ではない。情報を糧《かて》とする者たちにとって、平凡な二四時間の雑踏に含まれる顔のひとつが、突如《とつじょ》、黄金に変わる可能性を見過ごすことはできないのだ。

彼らは個人で盗撮用のカモフラージュ・カメラを仕掛け、或《あるい》いは仕掛けた業者から、必要な時間分の情報を買い取って黄金を捜す。

古河のプリントも、あてもなく購入した何日分かの品の一カットであろう。

電子処理を施したプリントの表面に印《しる》された男女のひとりは、確かに月島やしきであった。拡大プリントもそれを証明した。

「どーも」

プリントとメモを戻した封筒をコートのポケットに仕舞い、せつらは立ち上がった。

「三日以内に」

振り込みのことである。

ぽつり、と古河が洩《も》らした。

「写した場所は書いてねえぞ」

無反応でドアの方へと向かうせつらに、

「わかるのかい、それだけで?」

「何とか」

「どうやってだ?　教えてくれ、一枚分の金はいらねえ」

開閉ボタンに指を押し付けたところで、せつらはふり向いた。

「左側にビルが写ってる。〈大京町《だいきょうちょう》〉の『角南《かくなん》ビル』だ」

古河の顔が驚愕《きょうがく》に歪《ゆが》んだ。それは、〈新宿〉のどこにもありそうな平凡な造りの建物であった。

「秋せつら――〈新宿〉一って名称は嘘じゃねえな。楽しい出会いだったぜ」

「どーも」

次の行動は決まっていた。数日にわたってほぼ同じ時刻に同じ場所を移動している以上、やしきの生活圏はその周辺に限定されるはずだ。

古河がどんな方法で、この件を知ったのか、せつらには何の興味もなかった。

所持品を受け取ろうとカウンターに行くと、別の係が待っていた。

せつらを見て、長い溜息を吐きながら所持品をカウンターに載せ、

「まいったな。田辺《たなべ》の奴がおかしくなるわけだ」

と愛《いと》しげにサングラスを撫《な》でた。

自動ドアが開いた。

眦《まなじり》を決した赤いボディ・スーツ姿を見て、せつらが、

「ほお」

と言った。

「よくもペテンにかけてくれたわね」

怒りでスーツ以上に赤く染まった月島さおりは、白い歯をがちがち鳴らして喚《わめ》いた。

「いいこと、今度あたしを騙《だま》そうとしたら、絶対にお返ししてやるからね」

「どうやって釈放を？」

火を噴《ふ》くようなさおりの言葉も丸きり聞いてないようだ。

一瞬、何とも情《なさ》けない顔をこしらえ、娘はすぐに、

「パパのコネよ。〈新宿〉に顔が利《き》く〈区外〉の人間もいるわけ」

「どうしてここへ？」

「あなた自分のことわかってないの？　その顔でうろつくのは、おれはここにいると大声で宣伝してるのと同じだわ。捕まったとこからここまで、目撃者には不自由しなかったわよ」

せつらの後ろで、カウンターの係員が深々とうなずいた。

さおりの手がせつらの右肘《ひじ》を掴んで、

「さあ、いらっしゃい。どうせ兄貴の情報、仕入れたんでしょ。どこにいるの?」

せつらは容疑者状態で店を出、フェラーリに乗り込んだ。

ハンドルを握って、さおりは、

「そうだ。兄貴に会うなら、少しぐらいお洒落《しゃれ》しないとね。お腹《なか》も空《す》いたし。ね、食事と買い物に付き合ってよ」

「駄目」

「どうして!?」

「ライバル」

「パパが雇ったって奴? よしてよ、〈区外〉のアマチュアが〈新宿〉で何ができるっていうの? 三日で妖物の餌《えさ》よ」

「別のライバル」

「え? ——ひょっとして、さっきの情報屋から? ね、どんな奴ら? 武器調達しよ」

「絶対服従」

むうと呻いて、さおりはうなずいた。約束は守る性質《たち》らしい。

3

プリントの通りに着いたのは、一二〇分後だった。路地や小路《こうじ》が複雑な入れ子構造を構成し、しかもどこかで空間まで錯綜《さくそう》しているらしく、土地の人間らしい連中が角を曲がると、たちまち見えなくなってしまう。空間の歪みを承知で、利用しているらしかった。〈区〉の統計によると、年にひとりは戻って来ないという。

「ねえ、どうするの？　時間も早いわよ」

パーキング・メーターのところへ止めたフェラーリの車内で、さおりが通りを眺めながら、情けない声を出した。やしきのことは、ここへ来る途中で伝え、プリントも見せてある。

「聞き込み」

途端に、さおりは眼を剝いた。

「えー？　マジー？　それって古い刑事ドラマでやってるやつでしょ？　一軒一軒廻って、成果ゼロなんてしょっちゅうよ」

「現実だよ」

せつらは澄まして――だかどうだかよくわからないが――通りの方へ顎をしゃくった。

「ここで待ってる。月島さんのプリントを持って、この辺で見かけたことがないか、店を廻ってきたまえ」

「何軒よ?」

「月島さんの情報が入るまで」

「もう。この鬼軍曹。ビリーって呼んでやるわ」

「はいはい」

憤然《ふんぜん》とさおりが車を下り、すぐ横の喫茶店へ入って行くのを確かめ、せつらはカー・ステレオで、株式市況を聞きはじめた。

五分ほどで、かたわらに気配が止まった。

頭上から声が降ってきた。

「ひょっとして、あんた秋せつらか?」

ふり向くと、濃い茶のスエード・コートを着た男が、ドアにもたれている。せつらのことを知っててか、カッコつけか、濃緑のサングラスを掛けている。

「どなた?」

「垂木陽三《たるきようぞう》――〈区外〉の私立探偵だ。よろしく」

名刺が出された。指二本ではさんだところなど、自分でもスマートなやり口と思っているのだろう。にやけてはいるが、それなりに整った顔立ちだ。

「名刺はないけれど」

せつらが答えると、垂木は軽くかぶりを振って、

「いいって。それより、別のものを提供してくれないか？　あんたも追っかけてる月島やしき氏の情報をさ」

「あなたと同じです」

垂木は人差し指を立てて素早く振った。

「とぼけるなよ、色男――しかし、この世の中にはとんでもないハンサムがいるもんだな。なら、他人にも優しくするもんだぜ。なあ、こんなところで出会ったんだ。おれは〈区外〉の人間、あんたは〈区民〉だろ。どうしたってあんたの方に一日《いちじつ》の長がある。ここを教えた奴から何か手に入れたんだろ？　頼むぜ」

「古河」

とせつらは言った。

一瞬の間《ま》を置いて、垂木は表情を変えた。

「あんたもか――あの情報屋、二重売りしやがったな――ん？」

せつらは三本の指を立てていた。

「三重売りか？」

「可能性」

「――こうなったら早いもの勝ちだな」

探偵はつぶれたような声を出してから、せつらに顔を近づけ、小声で、

「幾《いく》らで手を引く？」

と訊いた。

「金ならある。〈新宿〉の相場は知らないが、不満は言わせないぜ」

「今回の報酬プラス必要経費とボーナス五〇〇〇万」

「おい」

垂木は別人のような声で凄《すご》んだ。

「その顔なら誰でもまいるだろうと考えたら、大間違いだぜ。おれはコケにされるのが嫌いでな。NOと判断してもいいんだな？」

「どうぞ」

明らかにせつらは面倒臭がっていた。

「ようし、わかった。また――いや、ここで話をつけちまおう。顔を貸しな」

ふり向いた。せつらではなく、垂木が。

彼の肩に手を置いたのは、他に判断のしようもないやくざたちであった。

「こっちの台詞《せりふ》を先に言ってもらってありがとうよ、さ、行こうじゃねえか、垂木さん」

探偵は、じろりと声の主――五分《ごぶ》刈りの大男を見つめた。慌てた風はない。

「どこの組のもンだ？」

物言いも丁寧《ていねい》である。男たちはうすく笑った。弱気と見たのだ。

「〈区外〉であんたが迷惑かけた社長さんから、依頼を受けたのさ。〈新宿〉へ入ったときから尾《つ》けさせてもらったぜ。さ、いいから来なよ」

大男が指に力を入れた。その甲《こう》を垂木の指がつまんだ。

「ぎゃっ⁉」

短い悲鳴と同時に大男は跳びのいた。

驚愕の眼が手の甲を見つめた。赤い点が盛り上がっている。猛禽《もうきん》についばまれでもしたかのように、男の甲の肉はつまみちぎられていたのである。

「野郎」

台詞は普遍的だが、やくざたちは〈区民〉であった。

日中、人通りも多い路上で凶器を閃《ひらめ》かせた。

全員の両手が、みるみる長大な鋼《はがね》の刃《やいば》に変わっていく。通行人が悲鳴と舌打ちの間を逃げまどい、たちまち遠巻きにする。

凶刃《きょうじん》は一斉《いっせい》に振り下ろされた。〈新宿〉のやくざは同士討ちを気にしない。棒立ちの垂木は為《な》す術《すべ》もなく分断されるはずであった。

火花と悲鳴と鈍《にぶ》い打撃音の交響。

そして、風が荒れ狂った。やくざたちはまさしく豪風に巻かれ、宙に舞い、容赦《ようしゃ》なく路上へ叩き付けられていた。全員頭から。嫌な音に、飛び散る血潮《ちしお》と脳漿《のうしょう》が重なった。

せつらが顔を背《そむ》けたのは、惨劇ぶりよりも風に打たれたからだ。

フェラーリが大きく揺れ、止まると同時に、

「こんなもんさ」

垂木陽三がドアにもたれて、白い歯を見せた。

「〝超加速〟」

とせつらはつぶやいた。〝超加速〟――瞬時に超音速で移動する能力と、それに耐える肉体を、〈区外〉の私立探偵は備《そな》えていたのである。

いかなる凶器をもってしても、瞬《まばた》きの間に数百メートルを走破する目標を捉《とら》えることは不可能に近い。ましてや、その一撃を食えば、どんな強靭《きょうじん》な改造人間といえど、再起不能に陥《おちい》るに違いない。

「やるもンだろ。〈区外〉にも〈新宿〉向きの薬を調合できる学者がいるんだよ。以前、無報酬で助けてやったことがあってな、その礼に貰《もら》ったんだ。筋肉も骨も、加速状態の間は強度を増すらしいぜ」

「結構なお点前《てまえ》で」

「あんたとこうなるつもりだったが、気を削《そ》がれちまったな。運命だ、運命――またな」

軽くせつらの肩を叩いて、いまの神技《かみわざ》にふさわしい、飛ぶような足取りで、通りの向こうへ消えてしまった。

せつらも引き上げるのが得策と判断した。警察が駆けつけたら面倒なことになる。

喫茶店の方へ眼をやると、隣《となり》のブティックのドアが開き、ベージュのハーフコートを着た娘が現われた。どう見ても超高級なカシミヤの上に乗っているのは、さおりの顔であった。

せつらを見て手招きする。いわくありげな眼差《まなざ》しが、せつらをフェラーリから下ろした。

「いつここへ?」

「先生が、ヘンな奴に絡《から》まれてるときよ。せっかく着替えできるチャンスが隣にあるのに、サテンなんかに入ってられないでしょ。それに、聞き込みやるなら、どっちが先でも同じことだわ」

こうまくし立てながら、店内へと戻る。後追いしながら、せつらは、あれ? という表情になった。

奥のレジの前に、中年男が大の字を描いている。鼻から下は紫色に腫《は》れ上がり、唇はタラコだ。前歯はだらしなく広げた足の間に散らばっていた。

「あの」

こいつがね、とさおりは血まみれの中年男を指さし、

「下着選んで試着したいって言ったら、そこのフィット・ルームへ通したのよ」

「下着?」

「替えるなら、そこからじゃない。ところが、ブラとパンティ着け終わったとき、何か胸騒ぎがしたわけ。見廻すと、あったのよ。天井の照明——内側《なか》に隠し撮り用のカメラが仕掛けられてたの。それでヤキ入れてやったわけ。お詫《わ》びの印《しるし》にこのスーツもコートもサービスしてくれたから、まあいいか、と」

「パンチ?」

「とんでもない。膝《ひざ》よ」

「行こう」

「ちょっと」

さおりはせつらの肘を摑んだ。

「来てもらったのは、ヤキの入れ方見せるためじゃないわ。ついでに兄貴のこと知ってるかどうか、プリント見せてみたの。そしたら——」

せつらは怯《おび》えと恍惚の入り交じった眼で自分を見上げる不幸な店主へ、こう話しかけた。

「どこにいるか、ご存じ?」

店主はうなずいた。

さおりがうなずいた。

問題のブティックからフェラーリで五分もかからぬ小さなアパートの一階だ。

ドアのプレートには羽柴《はしば》とある。

不幸なブティックの店長が口にした名前であった。月島やしきは、名前を変えて、このドアの奥に暮らしているらしい。

半月ばかり前に、ブティックを訪れたとき、妻と思《おぼ》しい二〇代の女性を連れていた。スラックスを買い、サイズ直しのために書き込んだ住所が、ここだったのである。

さおりは電話をかけようとしたが、せつらが止めた。怪しまれるのを警戒したのである。直接押しかければ、少なくとも女性はいるはずだ。後はやしきの向かった先を訊き出して急行するも、帰宅を待つもいい。

「何だか、呆気《あっけ》ないわね」

さおりが唇を尖《とが》らせた。これでおしまい、と思ったのである。

せつらは答えない。

白い繊指《せんし》がブザーを押した。

「兄貴――いるかなあ」

さおりは不安そうである。

返事はすぐにあった。

「はいよ」

野太い男の声であった。

第三章　平凡な主婦

1

恫喝《どうかつ》するのに慣れている刺々《とげとげ》しい口調であった。

「羽柴と申します。こちらに兄がおりませんでしょうか?」

ひと声の応答で、相手が兄ではないと、さおりにはわかっていた。丁寧《ていねい》な物言いが、相手への怯《おび》えからではないことは、気迫満々の表情からも明らかだ。

一瞬の間《ま》があって、

「あんた——妹さんか?」

向こうも穏《おだ》やかな口調に変わった。こっちは慣れていないのが見え見えだ。

「はい」

「わかった。いま開けるよ。——誰かと一緒かい?」

せつらは音もなくさおりから離れた。

「いえ」

ロックを解除する音がして、ドアが開いた。

生まれたときから殴《なぐ》られっ放しに違いない破壊された顔が、相撲取り並みの身体《からだ》を従えて現われた。戸口が広がりそうだ。

さおりとその左右を素早く眺《なが》めて、

「入んな。兄貴は中だ」

と顎《あご》をしゃくる。

「……はい」

とさおりは、おっかなびっくりうなずいて見せた。むろん芝居だ。

「何してんだ、来なよ」

「……でも」

おずおずと後じさるのを、男は、面倒だなと吐き捨て、廊下へ出て来るや、さおりの手首を摑《つか》んだ。

「来なよ」

引きずり込まれた先は六畳のダイニング・キッチンだ。男がドアを閉め、ロックをかけて、奥の六畳間へ連れ込んだ。

さおりは、拳《こぶし》を口に当てて驚きの声を抑《おさ》えた。

安物のキャビネットくらいしかない和室には、四人の男たちがたむろしていたのである。

「ほら、そこへ行きなよ」

押されて、男たちの真ん中に座り込んだ。

「あの――何ですか、皆さん？　ここで何してるんですか？」

男たちは答えず、最初の男と同じ訝《いぶか》しげな眼つきでさおりを凝視《ぎょうし》している。

「羽柴の妹らしいぜ」

最初の男が言った。

男たちに薄笑いの波が渡った。

「――とてもそうは見えねえな。おい、本当に妹なのか?」

「はい」

蚊《か》の鳴くような声である。男たちの眼には、狼の群れの中に飛び込んで来た子羊のように見えたに違いない。

「そうか。じゃあ、兄貴の居場所は知ってるな?」

「いえ――あの人は家を出て――やっとここを捜《さが》し出したんです」

「ほお、知らねえってのか?」

「はい」

「まあ、いい。嘘《うそ》か本当か、これからじっくりと聞いてやる。そのムチムチボディにな」

乳房に腰に太腿《ふともも》に、陰火《いんか》のような好色な視線が集中していることは、わかっていた。

「あの……皆さんは、どこの方?」

男たちは一斉《いっせい》に笑った。これから獲物《えもの》を食らい尽《つ》くそうとする肉食獣の高笑いだ。別のひとりが、

「見りゃわかるだろうが。〈新宿〉の金貸し——取り立てさ」

「兄が——借金を？」

「ああ。おれたち五人からな。合わせて三〇〇〇万ばかりだ」

「そんな少額」

呆気《あっけ》に取られて洩《も》らした言葉に、男たちも一瞬、呆気に取られたが、たちまち、これまでとは違う、経済的欲望を剝《む》き出しにした。

「三〇〇〇万が、はした金だあ？　まあ、元金は二〇〇〇万とちょっとだけどな。おい、姐《ねえ》ちゃん、羽柴てな何者だ？　隠さず白状しちまや、この場で天国に行かせてやるぜ」

「え？」

来なよ、とひとりがその手首を摑んで抱き寄せた。胡座《あぐら》をかいた両脚の中に、さおりの顔を近づけて、

「まず、倅《せがれ》を出しな」

と命じる。笑い声が起きた。

「あの……どうやって、ですか？」

さおりは怯えきった声で応じた。笑い声が高まる。

「おいおい、こんな色っぽい顔して何とぼけてやがる。おめえにだって、彼氏ぐれえいるんだろ——いつもやってることを、相手を替えてやろうってだけさ」

「やです」

さおりは身じろぎした。

男たちは一斉に笑った。陽気な声のない、淫靡《いんび》な笑いだった。さおりの仕草《しぐさ》には、本人も意識しない色っぽさがある。男たちの脳裡《のうり》には、すでに組み敷《し》かれて悶《もだ》える彼女の裸身が明滅していた。

「そう言うなよ」

ひとりが肩を摑んだ。

「あなた方——本当に兄の行方《ゆくえ》を知らないんですか?」

「ああ。でなきゃいい年食った野郎どもが、朝からこんなとこで雁首揃《がんくびそろ》えてやしねえよ」

「わかった。もう、あんたたちに用はないわ」

今までとは、がらりと変わって、やくざ顔負けの眼技《がんぎ》で、舌舐《したな》めずりしている顔を見廻した。驚きの表情を浮かべた男たちの間を、殺気の風が吹き抜けた。

「失礼します」

と断わってせつらが入って来たのは、それから一分ばかり後である。

「あ、ちょうど片づけたとこです。見張っててくれたの?」

「何とか」

六畳間へと足を踏み入れてから、改めてせつらは溜息を吐《つ》いた。

畳《たたみ》にも壁にも、押入の襖《ふすま》にも血が飛び散っている。なかなかに芸術的な意匠を表現したような血しぶきもあった。

狭い一室に、ごつい男たちがまとめて失神しているのは、特異な光景であった。しかも、全員白眼を剝いて顔がひしゃげているとなれば、なおさらだ。

「空手？」

「いえ、うちの〃団〃専用喧嘩《けんか》術――素手だけじゃありません」

「〃団〃って何？」

さおりは、ははと空笑《から》いした。それきりだ。

「彼らは？」

せつらもこだわらない。

「兄が借金してて――取り立て屋です」

「誰かしゃべってくれるかな？」

「まかせといて。こいつに手加減してあります」

いちばん若い男の襟《えり》を摑んで上体を引き起こすと、さおりはいきなり腰のあたりを蹴《け》とばした。

「ふぐ」

と呻《うめ》いて、男は意識を取り戻した。ぼんやり顔が正気に返った途端、へなへなと溶けたのは、せつらの顔を見たせいだ。

「あっち行ってて下さい。駄目だわ、こりゃ。所長、いえ、秋さんの顔見たら、みんな色ぼけになっちゃう。質問だけしてくれれば、私が訊《き》き出します」

「はい」

せつらはダイニングへ戻った。ふり返って、

「まず、名前と年齢を」

「ほら、聞こえたでしょ?」

さおりが膝《ひざ》で男の後頭部をどついた。

「てめえ」

「何よ?」

「いや——なあ、いまの彼に、もっぺん会わせてくれねえか」

さおりは激昂《げっこう》した。

「何言ってんのよ、こんないい女を差し置いて——でも、まあ仕様がないわね。いいわ。頼んであげる」

「ホントかい!?」

男は満面に歓《よろこ》びを湛《たた》えた。身体が震えている。感動のせいだと知って、さおりは絞《し》め殺してやろうかと思った。

「ええ、本当よ。その代わり、質問に答える?」

「あ、ああ——もちろんだ。何でも訊いてくれ」

さおりは腕を組み、この糞野郎《くそ》とつぶやいた。胸を暗く閉ざす感情は、敗北感そのものであった。

「さ、何でも訊いてくれ」

とやくざは子供のように凶悪な顔をほころばせた。


結局、わかったのはやくざどもの名前と年齢、組名と取り立てを依頼した金貸しの名前ばかりで、やしきの行方は杳《よう》として霧に包まれていた。

せつらとさおりは室内を調べたが、着の身着のまま逃げたらしい後に残された荷物は、男の独《ひと》り暮らし、それも、すぐに引っ越すのを前提にしたと思《おぼ》しい安物の集まりであった。

「いつでも逃げられるようにしてたのね、兄貴」

とさおりが嘆息《たんそく》したのは、近くのダーツ・バーへ入ってからだ。質問に答えたやくざは、その場でぶちのめした。今頃は美しい人捜し屋と結婚した夢でも見ているに違いない。問題はどちらがウェディング・ドレスを着るかだろう。

「よっぽど、あの女から逃げ出したかったんだわ」

宙に眼を据《す》え、拳を握りしめるさおりへ、

「嫌いなの?」

とせつら。どうでもいい口ぶりであった。

「ええ。最初から。何から何まで気に食わなかったわ。顔立ちも声も仕草もね」

「どの辺が?」

「あの女――人間だと思います?」

「………………」

せつらの沈黙をどう取ったか、さおりはこう続けた。

「あたし調べたんです。あの女の実家まで。人を雇《やと》って。おかしなところは何もありませんでした。随分《ずいぶん》と古い――記紀《きき》の時代まで遡《さかのぼ》れるくらいの旧家だというだけで、おかしな点は何も。だからって、あの女も普通の人間ってことにはなりません。兄貴を見るいやらしい流し目、口もとに手ぇ当ててほほほと笑うだけでも上品すぎて気味が悪いのに、眼は少しも笑ってないんです」

「考えすぎじゃない?」

「絶対に違います!」

さおりはテーブルを叩いた。バタード・ラムのグラスが撥《は》ね上がり、傾いたソーダ水のグラスとぶつかった。どちらがどちらの飲み物かは言うまでもあるまい。

突然の激昂にふさわしい反応は、しかし、そこまでだった。さおりの手はグラスを握りしめ、その肩は震えはじめていた。

「わからない。あたしには何にもわからないけど、あの女、違うのよ。絶対に兄貴を救い出して、正体を暴《あば》いてやる」

小刻《こきざ》みに痙攣《けいれん》する娘の頬《ほお》を、せつらは無言で見つめた。常軌《じょうき》を逸《いっ》した怒りが、精神コントロールの枠《わく》を外《はず》れて、さおりを支配しているのは明らかだった。

ストローから口を離し、

「怒ってる?」

とせつらは訊いた。

「いえ」

さおりは激しくかぶりを振った。支配しているものから逃亡したいのだった。

「なら——怖い?」

若々しい美貌《びぼう》が、きっとせつらをにらんだ。

「莫迦《ばか》にしたような質問、しないで下さい。あたしのことなんか、気にもしてないくせに」

2

鋭い口調であった。目に涙さえあった。さすがのせつらも——ちっとも変わらなかっ

た。春うららの声で、

「はあ」

と言ったきりである。

「もういいですっ！」

さおりはそっぽを向いてしまった。こういうときは待つしかない、と男ならわかっている。

秋せつらは別であった。

ちゅるると緑色の炭酸水を吸って、

「当たってみたまえ」

と言った。

憤然《ふんぜん》とこちらをにらむさおりも無視して、

「ね？」

と念を押したほどである。さおりは、眼を閉じて、はいと言った。呆《あき》れ返る前に、諦《あきら》めたのである。

「――で、どこを当たるんですか？」

せつらが答えた。

「えーっ⁉　高利貸しじゃないんですか？」

「彼らに何がわかる？　お兄さんの人相を聞いてどうするの？」

「わかりました。行きます」

「暴力沙汰《ざた》はご法度《はっと》」


三〇分後、意気揚々《ようよう》と店を出て来るさおりを見て、
とせつらは店の方を向いた。

「またやったね」

「あれだけの目に遭《あ》わせたのに、またしらばくれるものですから」

「いい度胸だ」

せつらも認めざるを得なかった。さおりのヌードを盗撮しようとして、半殺しの目に遭ったブティックのマスターも、まさか二度目の訪問を受けるとは思わなかったろう。

「骨は折ってません」

とさおりは胸を張った。

「えらいね」

と応じてから、たっぷりしたバストの前で右手を広げた。

「はい」

と載せられたのは、一枚のミニ・ディスクである。

ベルトに付けてあるポータブルPCに装着して、ディスプレイを眼に当て、スイッチを入れると、画面に鮮明な像が浮かび上がった。

フィット・ルームに若い女が入って来た。薄いグレーのスラックスを手にしている。四方を見廻してから、女はスカートを脱いだ。細面《ほそおもて》の顔と外見からは意外としか思えない豊かなヒップが現われた。白いパンティが食い込んでいる。

スラックスを合わせ、鏡を覗《のぞ》いてから、女は納得したようにうなずいて、すぐにスカートに穿《は》き替えた。

ディスプレイを下ろしたせつらへ、

「顔はわかったでしょ？　何とか捜せます？」

さおりの声は期待に揺れていた。店内で覗いてきたらしい。

「ああ」

せつらの答えは、いつものように素っ気なかった。

これから、一人の女の人生に踏み込んで行かなければならない。夕暮れまでもう少しあった。

平凡な夕餉《ゆうげ》が終わり、平凡な一日は平凡な終幕を迎えようとしていた。御笠礼子《みかされいこ》は軽い溜息を吐いた。

いつもなら、これから先の人生に思いを馳《は》せた結果なのだが、今夜のは違っていた。なんて美しい時間だったろう。それも、あの男性《ひと》が美しかったからだ。話が終わっても、礼子は自分から話題をふった。ずっと話し合っていたかった――いや、正しくは、彼の顔を見ていたかった。これから蜿々《えんえん》と続く紙を舐めるような時間《とき》を忘れさせてくれる顔――美しい、ではなく、美しさ、と礼子は胸の裡《うち》で数えきれないほどつぶやいていた。

礼子は二三歳であった。二十歳《はたち》で結婚してから、〈大久保駅《おおくぼ》〉近くのマンションで夫の新蔵《しんぞう》と二人暮らしだ。三七歳の新蔵は、製薬会社の部長であった。あちこちから遣《や》り手だという評判を聞くが、礼子には口の重いつまらない男としか思えなかった。その地位だけで未来を決めてしまった自分の浅はかさを恨《うら》んでも始まらない。

今夜も、帰宅してから口にした言葉は、

「ただいま」

「風呂」

「飯だ」

これきりであった。せめて、熱い、不味《まず》いと付け加えてくれたら、礼子は明日いっぱい幸せな気分でいられたろう。

夫――ではなく生活に反抗し、何度も喧嘩を繰《く》り返した挙句《あげく》、礼子は大人しくなった。

そして、代わりに、笑わなくなった。新蔵は何も言わなかった。

携帯が鳴ったのは、洗いものの最中であった。

耳に当てると、若い女の声で、

「羽柴さんからの伝言です」

と聞こえた。

「——何でしょう?」

あの男性とさえ会わなかったら、居間の新蔵にも届く喜びの声を上げていただろう。

ひと言伝えて電話は切れた。

礼子は、ぼんやりとその意味を考えた。

すぐに行きます、だと思ったが、よく考えると違うような気もした。

羽柴の言葉そのものかも、女の意思なのかもわからない。伝言と言った以上、羽柴のものだろうが、今はどうでも良かった。

「誰からだ?」

いきなり訊かれても、驚きはしなかった。いつ新蔵が来たのかは不明だが、今ならジェット機が飛び込んで来るなら来い、だ。

「誰からだ、電話?」

いらだった声である。普段は礼子のことなど気にもしないくせに、他人とのコミュニケーションには、異常に神経を尖《とが》らせるのが、新蔵という夫だった。

「間違い電話よ――何言ってるのか良くわからなかったわ」

「本当か？」

「嘘ついても――」

と言いかけて、本当よ、で片づけた。――仕方がないでしょうと答えるのも面倒臭かった。

「この頃、おまえ少しおかしいからな――今日は特に、だ」

「そうかしら」

礼子は、残っていた皿にスポンジと洗剤の泡をこすり付けはじめた。

「隠し事はよせよ。おれたちは夫婦だろ」

「そうね」

だったら、夫婦らしくしなさいよ、と思った。二人で映画や芝居くらい行ったらどう？　女房の誕生日くらい覚えていたら？　プレゼントなんか要《い》らないから、おめでとうのひとことくらい言っても罰《ばち》は当たらないんじゃない？

「昨日、女の人から電話がかかってきたわよ」

新蔵の方を向かずに言ったが、彼が凍りついたのはわかった。

「あなたがいるかって訊くから、お名前はと訊き返したのよ。がちゃん、だったわ。きっまでも続く。

「でも、随分《ずいぶん》と色っぽい声してたわよ。あなた好みの。もったいない」

皮肉を利《き》かせたつもりだった。これくらいのお返しはしないと、ネチネチいびりがいつまでも続く。

「あ、ああ——そうだろ」

と間違い電話ね」


いきなり左の首すじに、生あたたかいものが貼り付いた。

「ちょっと——何するの?」

「いいじゃないか、礼子」

「ごまかさないでよ。あなたがどこの女と何してようと、構やしない。つまらない照れ隠しに触らないで」

「そう言うなって」

夫はブラウスの上から乳房を揉《も》みはじめていた。結婚する前から、一度もぞくりとしたことのないのを、礼子は憶《おも》い出した。

そのとき、チャイムが鳴った。

「ほら、お客さまよ——さっきの電話の女《ひと》じゃない?」

こう言って、なぜか、ぞっとした。

「莫迦なこと言うな!」

「じゃあ、出てみたら。私が会ってしまうより、二人で話を合わせといた方がいいわよ。乗り込んで来たにせよ、追い返すにせよ、ね」

「いい加減にしろ」


新蔵は部屋を出て行った。壁のインターフォンで訪問者を確かめようともしない。つまり、相手の女が押しかけてもおかしくはないのだ。勝手にしなさいよ。礼子はうんざりした。いっそ縁を切ってやろうかとも思ったが、そうなれば向こうの思う壺《つぼ》だ。こちらから切り出せば、財産分与の裁判で不利になる。

夫が戻って来た。三分と経《た》っていない。ただの間違いか勧誘かと、礼子は残念半分、安心半分の気分だった。

「どなたでしたの?」

これ以上なく嫌味ったらしく訊いた。反応は意外なものであった。沈黙だったのである。礼子はふり向いた。怪訝《けげん》な顔が迎えた。

「どうしたの?」

「いや、誰もいないんだ。悪戯《いたずら》だったらしい」

「あら、そう」

と返しながら、礼子はまたぞっとした。理由はわからない。

そのまま放っておいたら、また出て行った。

わざと時間をかけて皿洗いを片づけ、礼子は居間へ入った。

いない。

もう寝たのかと時計を見たら、八時を少し廻ったところである。いつもより四時間も早い。

寝室へ行ってみようかと思った。

なぜだろう。足が動かない。

いつものマンション内だ。

「おい」

微《かす》かだが、恫喝の声である。

「あなたは⁉」

愕然《がくぜん》とふり向いた。

TV画面で、男と女が向かい合っていた。音量を大きめにするのは新蔵の癖《くせ》であった。

リモコンで消した。

しん、となった。沈黙は礼子の孤立を否応《いやおう》なしに証明した。

「ねえ」

と声をかけてみた。

返事はない。当然だ。この部屋には礼子ひとりしかいないのだ。

今夜、行くところはひとつしかなかった。

数分後、礼子は寝室のドアノブを摑んでいた。

「新ちゃん」

と呼んだ。昔の呼び方だった。

寝室には皓々《こうこう》と明かりが点《とも》っていた。

だから、ベッドの上にいるものも良く見えた。

白い蛇がとぐろを巻いている。

持ち上げた首の太さはふた抱《かか》えもありそうだったが、それは、蛇の口からこぼれている人間の片足から割り出した概算で、本当は二〇センチもなかった。足は新蔵と同じズボンと靴下を穿いていた。

3

礼子は眼を閉じた。足裏から何ともいえない気配が伝わってきた。むず痒《がゆ》い。

ドアを閉じた。その奥にいるのは、見てはならないはずのものであった。礼子のいるマンションの部屋とは何の関係もない悪夢の一室だ。

ゆっくりと廊下を下がった。

閉じたドアが、ゆっくりと開くのが見えた。これって、何の冗談？

蛇の頭が出て来たじゃないの。あら、鎌首《かまくび》をもたげて、こっちを向いたわ。新ちゃんの足はどこへ行ったの？　やだ。あたしを見つめたまま近づいて来るじゃない。

礼子は居間へ戻った。後退するしかなかった。玄関へ逃げるなど頭へ浮かばなかった。眼を閉じたままなのに、何かにぶつかりもしなかった。

居間の真ん中で、礼子はようやく眼を開いた。

眼の前で蛇の頭がこちらを見つめていた。

逃げようとした。動けない。あら、縛《しば》られているわ。蛇の胴にぐるぐると。

言いようのない感覚が全身をこすった。蛇が身を震わせたのである。どのような魔性《ましょう》の技か、礼子の衣裳《いしょう》はブラとパンティに到るまで剝《は》ぎ下ろされていた。

もう一度、眼を閉じた。覚悟を決めるための儀式だった。何も起こらない。眼を開けた。

「来たわよ」

妖艶《ようえん》な美女の顔が、妖《あや》しく笑いかけた。

と美女は言って、朱唇《しゅしん》の間から紅《あか》い舌をちらちらさせた。先が二つに分かれた蛇の舌であった。

声も出せずにいる礼子へ、

「教えて欲しいことがあるの。でも、あなた、見かけよりずっといやらしい肉体《からだ》を持ってるわね。少しお相手してちょうだい」

顔が近づいて来た。鼻先が当たった。何をされるのか——血が凍った。その一方で、身体の奥の奥で何か蠢《うごめ》いている感じがした。

女の舌が唇をこすった。

礼子は唇を開いた。

舌が入って来た。

ずっと。ずううっと。それは食道を下りて、礼子の胃にまで届いた。

「これが、私のセックス」

舌を使わず女ははっきりと口にした。

「腹ごなしにはちょうどいいわ。ほら、抱かれ心地《ごこち》はいかが？」

縛《いまし》めが、ずるりと動いた。数千枚の鱗《うろこ》にこすられたような感覚が、礼子を震わせた。

そのことごとくが快感であった。

「凄《すご》い……凄い……わ」

「でしょ。さらに、こうしたら？」

ジーンズの内側へ何かが入って来た。後ろからだった。

尖ったものが肛門に触れた。

「あ……そこは……やめ……」

「大丈夫。ここは上からよ」

女の言葉の意味を理解する必要はなかった。

肛門の内側から這《は》い出して来たのは、女の舌であった。その異様な快楽を堪能《たんのう》する暇《いとま》もなく、礼子は別の快感の虜《とりこ》になった。

秘部をまさぐられている、と思ったのはその一瞬だけで、礼子は怒濤《どとう》に似た快楽の波に全身を犯された。

声も出ない。すでに断末魔《だんまつま》だった。

それは秘部の口で、ちろと動いた。

礼子の喉《のど》から両生類に似た叫びが上がった。

「そろそろとどめね」

女が耳もとでささやいた。

異形《いぎょう》のものも、これに関しては人間とさして変わらないようであった。

ぐうんと入って来た。

悲鳴を上げる前に、礼子の意識は快楽地獄の狂宴に参加した。少なくとも、今夜の彼女は平凡な主婦とはいえなかった。

戻って来た女を助手席に乗せるや、すぐに車を発進させて、

「どうだった？」

とハンドルを握った男は尋ねた。

女は顔をそむけて、

「煙草臭いわね。あまり近づかないで。しゃべったわ。彼が身を隠しそうなところは二軒。意外と少ないわね」

「大したもんだ。おれらプロでもそう簡単には口を割らせられねえ。なあ、どうやったんだい？」

「知りたい？」

女は弄《いら》うように男を見た。男はぞくりとした。股間が盛り上がってくる。恐怖のせいか、官能のせいかはわからない。

「――いいや、やめとこう」

女はうなずいた。

「それがいいわ」

「で、どこだい？」

「内緒よ」

「悪いけど、私、人――他人を信用できない性質《たち》なのよ。もちろん、あなたの摑んだ情報は教えていただくけれど」

「こいつはわがままな相棒だな。組もうと声をかけてもらったときは、しめた、その日のうちに寝てやると思ったもんだが。こんなに凄いタマだとは思わなかったよ」

「何ですの、タマって？　いやらしい」

少し間を置いて、男はホイールを叩いて笑いだした。

怪訝そうに見つめる女へ、

「おかしな女だな。ヨーロッパの超セレブかと思われても当然の洗練度なのに、時々、田舎《いなか》出のお姐《ねえ》ちゃんに化ける。なあ、秋田の出だったよね」

「そうよ」

「伝説の宝庫だな」

と言ってから少し考え、

「なあ、ひょっとして――」

「何かしら？」

また同じことが起きた。

「やめとこう」

「え？」

と答えたのである。

「あんたのいいようにしな。ただし、いつか寝てみせるぜ。それも、絶対に泣き叫ばせて、おれの足の指を舐めさせてやるぜ」

「楽しみにしてるわ。では——〈河田町《かわだちょう》〉へ向かってちょうだい」

男の表情が少しこわばった。

「これからかい？」

「人捜し屋さんが、先に来たようよ。次も先を越されたい？」

「あの野郎」

男は呪詛《じゅそ》のように吐き捨てた。

「ま、仕様がねえ。深夜の〈河田町〉なんて、どんな妖物も近づかねえ〝ノー・ガイド・プレイス〟だが、秋せつらだけは別だ。おれも〝別〟になってみるか」

「頼もしいこと」

「そう思ったら、激励のひとつくらいしてもいいんじゃねえの？」

「何をして欲しいの？」

「熱いキッス」

「お断わりします。煙草を喫《す》う男《ひと》とは」

「あれま」

「その代わり——イカしてあげるわ」

「え?」

男は眼を剝いた。驚きを押しのけて、歓《よろこ》びと好色が顔を埋めた。

「イカして——って、本当かよ?」

「ええ」

「ど、どこで?」

「お好きなところで」

「あんた、婚約者を捜してるんじゃないのか?」

「もちろんです」

「いーのかよ?」

「お嫌ですの?」

「とんでもない。けどさ」

「あなたとセックスするわけじゃありません。御礼のつもりです。口でするくらい平気だわ」

「えらい婚約者だな。なあ、おれがとっても悪い奴で、婚約者にしゃべるぞと、肉体を要求したらどうするつもりだ?」

「してごらんなさいな」

妖しい光がこぼれはじめた両眼で見つめられ、男は熱くなりかけていた身体の芯《しん》が、みるみる凍りついていくのを感じた。

地図上の〈河田町〉へ入る前に、車は私有の駐車場へ入った。

車を止めると同時に、男は準備に取りかかった。

あたりに人がいないのを確かめ、素早くジッパーを下ろす。

そそり立った器官には青すじが走っていた。

「頼むぜ、おい」

興奮しきった声である。

「私のは、少し変わってるわよ——いい？」

「満足させてもらえるなら、文句は言わねえよ」

男にとっては嘘偽《いつわ》りのない心境の表現であった。

事は極《きわ》めて淡々と行なわれた。

女が含んだだけで、男は呻き声を上げた。

「何だか、凄《すげ》えな、おい。変わってるって——これなら、大——歓迎——だぜ」

こらえきれず、男は泣くように呻いた。恐怖に近い驚きが法悦《ほうえつ》の間に閃《ひらめ》いた。女の吸い方と舌使いは尋常《じんじよう》ではなかった。

特に舌が。猥褻《わいせつ》なほどねっとりといやらしく、そのくせ鋼線の鋭さで男のものを緊縛し、突いてくる。肉に毒が沁《し》み込むように痛み、血が別のものに変わっていく。男は快楽の絶頂で怯えた。

そして、放った瞬間、男は失神した。

気がついたとき、時間はさほど経っていないと、神経が告げた。

女は前方を見つめたまま身じろぎもしない。

「良かった？」

と訊いた。

「最高……だぜ」

ひとこと放つごとに、唇の端から涎《よだれ》がしたたった。

「あれが溶けそうだった。一生分イッちまったような気分だよ」

「それだけ？」

女は前方を向いたまま訊いた。

「いや。夢を見た。こう何か、でかい口に頭から呑《の》み込まれる感覚だ。そしたら、おれの身体が溶けだしてよ……くう……堪《たま》らんぜ、あの何とも言えねえ感じ……溶けるって、あんなに気持ちのいいものなのか」

「どうかしら」

「あんな感じなら、もう一遍《いっぺん》味わってみてえもんだ。なあ、またいいだろ？」

「私はいいわよ」

「おれだって――よ」

男は女の膝に手を伸ばした。触れるまで三〇分もかかったような気がした。その間、男は法悦境に暮らしていた。

手に触れる空気は、なまめかしい唇と舌のキスであった。女の膝は、タイトスカートを通しても妖しく蠢き、男の手を秘所の内部のように肉で包んだ。

「触れただけでイキそうだ。凄えぜ。おまえ――何者だ?」

「ただの、男に逃げられた婚約者よ」

「おめえを捨てるなんて、この世で最高の大莫迦だな」

口調が酔っている。まるで生《き》のウィスキーを一〇リットルも流し込んだようだ。しゃべってるのは肝臓に違いない。そそのかしてる情婦は心臓か膵臓《すいぞう》だ。

「気の毒に」

「なに?」

「何でもないわ。彼はこの街が好きだったの」

「へ?」

「私の嫌いな匂《にお》いが、あちこちからするの。以前、故郷でよく嗅《か》いでいた匂いだわ。曾《ひい》お祖父《じい》さまの代から、私たち一族は、自分たち以外のこんな匂いを消し去ろうと戦っ――努力してきたの。それがここにはむせ返るほど溢《あふ》れてる。あの人がこの街へ逃げた理由も、何となくわかるわ」

「そうかい。おれは逃げるつもりなんかねえぜ」

「嬉《うれ》しいわ。頑張って。彼を見つけ出せたら天国へ行かせてあげる――名探偵さん」

男は女に抱き付き、それだけで達しかけた。この女の肉体がなくなったらどうしよう。全身を流れる数十キロの血の道の流れに、不安という名の毒素が混入しはじめた。

「安心してまかせときな」

それは、女よりも自分に対して放った言葉であった。

「秋せつらより、絶対に早くあんたの婚約者を見つけ出してやる。だからよ、結婚してもおれと」

「いいわよ」

〈区外〉の私立探偵、垂木陽三の頬を優しく撫《な》でながら、滝王真奈はその耳たぶを嚙《か》んでやるに留《とど》めた。これ以上したら、使いものにならなくなるからだった。

第四章　〝主《ぬし》〟の気配

1

本当は、日が落ちてから〈河田町〉などという場所へは行きたくなかった。秋せつらであろうとも。

平凡な人妻から訊《き》き出した二つの地名のうち、〈矢来町《やらいちょう》〉のマンションは空《あ》き部屋であった。もともと、

〝羽柴さんの口から出た〈新宿〉の土地〟

にしかすぎない場所である。細かい住所も、せつらが現場で探《さぐ》り出したものだ。人妻の家を出てから三時間も経《た》ってしまったのはこのためである。

嫌だ嫌だと思いながらの訪問は、昼来ても同じことだからだ。

せつらが〝主《ぬし》〟を葬《ほうむ》り去った今でも、〈河田町〉が〝最高危険地帯《モースト・デンジャラス・ゾーン》（MDZ）〟の看板を撤去できないのは、〝主〟の置き土産《みやげ》ともいうべき怪異が、熄《や》むことのない不気味な狐火《きつねび》のごとく続いているからだ。

せつらの前に、青白い住居の列が青白い月光を浴びていた。〈魔震《デビル・クエイク》〉後に、何も知らず建設された被災者用の仮設住宅である。

建設中から生じていた不可思議な出来事のせいで、今は廃屋《はいおく》の連《つら》なりにすぎないが、そ

れでも――

前方に弱々しい輝きが幾《いく》つか見えてきた。他所《よそ》へ行く当てもない被災者の他に、ホームレスたちが数名暮らしているという。

歩を進めると、五軒ほどの窓から洩《も》れる光とわかった。一軒の住宅の窓の前に、家族らしい人影が、安物の椅子《いす》に掛けたり、立ったまま、コーヒーカップやグラスを傾けている。

微笑《ほほえ》ましいというには不気味さが目立つ憩《いこ》いのひとときであった。

せつらを認めて、おさげ髪の娘が椅子から立ち上がり、石像と化した。顔が見えたのだ。

様子に気づいた兄らしい二人と両親、祖父母も次々と後を追う。せつらにとっては最高の状況であった。彼の美貌《びぼう》は催眠術に等しい効果を人々に及ぼす。いかなる問いにも偽《いつわ》りなく答える人々を、〈新宿〉で捜《さが》すのは不可能に近い。

「失礼します」

と頭を下げ、うすく笑っただけで、女性陣は全員、胸に手を当てて切なげに呻《うめ》いた。

よろよろと椅子にへたり込んだのは、――どういう理由《わけ》か――皺《しわ》だらけの祖母であった。

月島やしきの写真を見せて、見かけたことはないかと尋ねた。

全員がうなずいた。

「どちらに?」

「案内します」

とおさげ髪の娘が申し出た。

「あら、それは母さんがするわ」

細いくせにバストだけが異様にせり出した中年女が異議を唱えた。

「何言ってるの、邪魔しないでよ、母さん。いい年齢《とし》して、妬《や》いてるの?」

「何てこと言うの、美紀《みき》。あんな所へあなたを行かせたくないという親心じゃあないの。ここにいなさい。いいわね」

娘はそっぽを向いた。おさげ髪がしなった。

「じゃあ、ご案内します」

愛想《あいそ》をたっぷりとまぶした笑顔を見せて、母親は歩きだした。手には大型のマグライトを握っている。

一〇メートルも行かないうちに、木立《こだ》ちを編《あ》み上げたような森へ入った。左右からさし交《か》わす枝が天蓋《てんがい》をこしらえ、月光もシャット・アウトしてしまう。

旧〈フジTV〉に〃主〃が棲《す》みつく以前から、周辺の住宅地には草が生《は》え、〃木が育ち、不気味な〃森〃が形成されていたが、今に至るも、一種の原生林じみた奥深さと不気味さを湛《たた》えて、〈区〉の処分を許さない。

「不思議な場所よね」

と母親が話しかけてきた。

「何度も〈区〉の調査隊が、伐採《ばっさい》を前提に〝森〟へ入ったのに、いつまでも手がつかずにいるなんて」

「はあ」

とせつらは応じたきりだが、その辺の事情は言うまでもなく心得ている。

伐採用の調査団は四度〝森〟へ入った。そして、全回、〝伐採可能〟のレポートを提出したのである。それが人手を経《へ》て〈区長〉の手許《てもと》に届くとき、全て〝伐採不可能〟に変わっていた。

〝森〟の処理を企《くわだ》てたのは〈区〉のみではなかった。いつの間にか——万国共通の現象であるが——広まった〝森〟の奥に眠る得体の知れない宝を求めて、二桁《けた》を超える連中が、ジャングル・ブーツで踏み込み、二度と戻らなかった。その次に訪れたのは、同じ目的だが、手順を踏もうと考えた、電動ノコと焼夷弾《しょういだん》を背負った男たちであった。彼らのその後も不明である。

その〝森〟の内部を母親は、娘に言った言葉は別世界の言語みたいな顔のまま、平然たる足取りで進んで行く。

せつらの鼓膜を、かすかな音が揺らした。

遥《はる》か前方――旧〈フジTV〉の社屋《しやおく》がそびえる丘の上から、何かが滑《すべ》り下りて来る。転がるのではない、引きずるような音――長い長いものを。

わずかに遅れて、背後から別の音が近づいて来た。走り寄る足音だ。

母親がふり向いて、怒りの形相《ぎようそう》も露《あら》わに、

「あの娘《こ》ったら、もう」

と拳《こぶし》を握りしめた。

「あたしの手柄なのに。どうしても邪魔するつもりね。ごめんなさい、少し待ってて」

せつらの返事を待たず、こちらもやって来た方へ走りだした。

この間に、丘を下る音は絶えている。

生きてたかな、とせつらは考えたかも知れない。

社屋での〝主〟との死闘は、今も記憶に鮮《あざ》やかだ。人類の誰もが見たはずもない大蛇《おろち》の首をチタン鋼の妖糸が斬《き》り落としたとき、〝主〟は見るはずもないものになったのだ。

だが、今の音は。

背後で女の悲鳴が上がった。せつらの耳なら年の差まで識別できたはずだが、闇の中でも朧月《おぼろづき》のようにかがやく美貌からは、月と等しくいかなる感情の動きも読み取れなかった。

足音はすぐに再開された。

草を踏み分けつつ光と人影が走り寄って来る。美紀と呼ばれた娘であった。おさげ髪が揺れている。

せつらの前で立ち止まり、せわしなく呼吸を繰《く》り返しながら、

「母さん……帰ったわ……案内は……私が……します」

その右手の甲に残る、赤いものを荒っぽく拭《ぬぐ》った痕《あと》に、せつらが気づいたかどうか。彼は、

「はあ」

と言った。それだけが、この娘の身体《からだ》と精神《こころ》が潜《くぐ》った行為への報《むく》いであった。

「こっちへ」

美紀は先に立って歩きだした。せつらの方を向いても顔を見ようとはしない。危険だと、ひと目で悟ったのだ。すでに顔は母親同様、恍惚《こうこつ》と溶けている。

「ひとりじゃ危ないわ」

と美紀は虚《うつ》ろな声で言った。

「みんなそう注意したのに、あの人はひとりで住んでるの」

この先にも仮設住宅があると、せつらにはわかっている。〈新宿〉の中で〈新宿〉の眼を逃《のが》れるには、もっとも効果的な場所のひとつに違いない。

「今まで何人もそんな人が来たわ。借金や事件を起こして追われてる人ばかり。でも、みんなすぐ——一週間もしないでいなくなってしまう。あなたの捜している人もそうだと思ってたわ」

「違った？」

せつらのつぶやきに娘はうなずいた。

「覗《のぞ》きに行くといつも無事でいたわ。あたしたち信じられなかった」

「無事ってなぜ？」

「守られているのよ」

「誰に？」

美紀は沈黙した。沈黙は長く続いた。美紀はこらえきれなくなった。春霞《はるがすみ》のようなせつらの問いは、抵抗できない魔力を潜《ひそ》めているのだった。

「——わからないわ」

ようよう口にした。ひと呼吸《いき》置いて、

「——〝主〟？」

とせつらが訊いた。

答える代わりに、娘は後方をふり向いた。せつらはその前に向いている。

またも足音が近づいて来るのだ。

「誰だい？」

美紀は首を振った。

「こっちへ」

かたわらの巨木の陰に、せつらは身を隠した。美紀も後に続く――というより見えない手で引かれるように移動してのけたのだ。

「母さんかな？」

美紀がきょとんとしてから口にした。

「他、五名」

せつらの言葉が正しいのは、一分でわかった。

巨木の前に、ひどくぎごちない足取りで、六つの影が通りかかったのである。

美紀の家族だ。

先頭は母親であった。右の乳房の上に、果物ナイフが突き刺さっているが、誰も気にする風はない。

せつらのかたわらで気配が動いた。美紀が歩きだすのを、せつらは止めなかった。彼女も招かれたのだ。

娘が加わっても他の家族は気にする風もなく森の奥に消えた。

せつらは後を追いはじめた。

密閉状態に近い森の中だが、どこかから光は洩れてくるらしい。常人ならそれでも歩くのに躊躇《ちゅうちょ》しそうな闇の道を、せつらは苦もなく歩いた。二〇メートルばかり前から、美紀の気配から足取り、息遣《づか》いまでが指に伝わってくる。娘の腰に巻き付けた妖糸の為せる業《わざ》であった。

その気配が突然、浮き上がった。垂直に上昇していく。

凄《すさ》まじい力と争う前に、せつらは糸を解《ほど》いた。用済みの案内役のために、死力を尽くす必要はなかった。

家族の気配も消えていた。みな吸い上げられてしまったのだ。

代わりに――

五メートルばかり離れたところに、新しい案内役が立っていた。

白い着物に白い帯を結んだ娘である。年齢は美紀とさして変わらず、腰まで垂《た》れた黒髪が妖《あや》しく、艶《つや》やかに揺れている。右手にかがやく提灯《ちょうちん》は、TV時代劇でしかお目にかかれまい。

「もうひとり――いたか」

女はねっとりとした美貌にふさわしい、媚《こ》びるような眼でせつらを見つめた。

2

「はあ」

とせつらが応じるより早く、女は空《あ》いている左手で眼のあたりを隠し、よろめいた。

「私としたことが——ミスったわ。こんな美しい男がいるとは……まだまだこの世は愉《たの》しいわね」

「知ってる？」

せつらは家族に見せたのと同じ写真を女の前にかざした。少し充血した黒瞳《こくどう》が、写真からせつらを映しかけ、すぐに背《そむ》けられた。

「会いたいの？」

傲岸《ごうがん》な口調だが、せつらの吐息ひとつで塵《ちり》と化してしまう。美しい人捜し屋はすでに女の首に手綱《たづな》を付けてしまったのだ。

「ぜひ」

女は短く何度もうなずいて、

「案内してあげる。けど——帰った方がいいわよ。その人を捜しに来た人間はいないけど、これ以上奥へ向かった者は戻って来た例《ためし》がないわ」

「仕事でね」

茫洋《ぼうよう》たるせつらの返事である。女は溜息《ためいき》を吐《つ》いた。止めるのを諦《あきら》めたのか。返事の響きに魂《たましい》を震わせたのか。

「そんなきれいな顔して――ずいぶんと頑固さんらしいわね。いらっしゃい」

「はあ」

右手の下を朧に照らす女を先に、せつらは歩きだした。

「冷たい男ね、あなた」

と娘が咎《とが》めるように言った。

「よく言われる」

「でしょ。あなたにひと目会ったら、一生尾を引くわ。冷たくされてもされなくても、あなたを忘れない。未練たらたらってやつよ。ねえ、霊能者か霊視人に見てもらったら？あなたに恋した女から、写真で見たことがあるだけの女まで、万単位でうろついているわよ。それも、ほとんどが生霊《いきりょう》だと思うわ」

「ははは」

愛想笑いとも疲れているとも取れる笑いをせつらはした。

「さっきの家族、気にならない？」

「特に」

「本気《まじ》で冷たい男ね。少なくとも女二人はあなたのために、刃物まで振り廻したのよ。それでも、知ったこっちゃない？」

「頼んでないし」

青銅の像の表面を流れる雨水のように無縁なのであった。

「あなたって、女を不幸にするだけね。これもよく言われるでしょう？」

せつらがどう答えるつもりだったのか、或《ある》いは無視を決め込む気だったのか、なかなかに興味深いところではあるが、結果は永遠の謎に終わった。

女が不意に足を止めたのである。

一〇メートルほど前方に、仮設住宅がぼんやりと蹲《うずくま》っている。提灯の光がようやく先頭の一軒に届くくらいの闇の中で、せつらの眼だけは、白い住宅の列が行進する幽鬼のように続いているのを看《み》て取った。

どの家の窓も黒く閉ざされている。その中の一軒にやしきが暮らしているのだろうか。

「どうも」

とせつらは心持ち頭を下げた。礼である。

「いちばん奥にいるわ。でも……」

女は指さして口ごもり、不意に後じさった。

「お願い——戻って。あなたなら戻れる。私に魅《ひ》かれなかった、ただひとりの人だから」

茫洋たるせつらの美貌に、納得したという風な表情がかすめた。

「チョーチン・アンコウ?」

指さしたのは、女の提灯ではなく、女自身である。

深海に棲息《せいそく》する魚は、膨大《ぼうだい》な水圧のせいで動きが鈍るため、何らかの手段で小魚を引きつけ捕食する。せつらが口にした名前の魚の場合は、醜悪な顔の前にぶら下げた発光器がそれに当たる。

闇の中でほの白くかがやくような女も、陸上の餌《えさ》を手招くための〝装置《えさ》〟だったのだろうか。

「あの家族も?」

とせつらは訊いた。さすがに、興味を引かれたらしい。

女はうなずいた。訴えるように、

「そうよ。みな〝餌〟なのよ。丘の上にいるあいつにみんな食われちゃうの。あいつは私が連れて来た人たちを金縛《かなしば》りにして自由を奪い、空の上に吸い込んでしまうの。お腹《なか》が一杯になると、余った分は次のために取っておくのよ。あの家族のように」

〝生き餌《え》〟は、あいつの食欲を満たすまで生かしておかれる。自分の意思を持たぬ人形と化したまま、日常生活を送りつづけるのだ。

「操《あやつ》り人形にしては、僕をここまで案内したけれど」

「あいつにそうするように吹き込まれているのよ」

「喧嘩は？」

女は一瞬、せつらの顔に視線を当て、すぐに俯《うつむ》いた。苦しそうにつぶやいた。

「あなた、きれいすぎるのよ。だから、あいつの暗示も破れかけちゃったの。人間の欲望って強いから、あなたに気に入られたいと、二人でおかしくなっちゃったのね」

「はあ」

これほど話し甲斐《がい》のない応答もあるまい。だが、女は自分も美紀とその母の一党だと証明する哀訴の声をふり絞《しぼ》った。

「でも、あいつには効《き》かないと思う。だから、早く戻って。幸いあいつは、家族を食べて満腹のはずよ。今なら逃げられる」

「そうもいかなくてね」

とせつらは虚空《こくう》へ眼をやった。どこに何が潜《ひそ》もうと、この美しい若者は、仕事を果たしに向かうだろう。

女の方に視線を戻して、

「写真の男《ひと》は、なぜ食べられないの？」

ボールの真芯《ましん》を捉《とら》えたひと振りであった。

だが、女は束《つか》の間《ま》の沈黙の後で、かぶりを振った。

「あたしにもわからない。あの男《ひと》にだけは手を出さないのよ。普通ならやって来た日か、遅くとも二日以内にぺろりなんだけど」

「彼が〝力〟を持ってるとか?」

「そうは思えないわ。普通の人間よ。私が気がつく前に、あの住宅へ入り込んでたわ。こんなところへ好きこのんで来るんだもの、何か危《やば》いことやらかして、追われてるに決まってる」

「同類に守られてるのかな」

「え?」

「いや、何でも——武器ある?」

こういう質問はついでだ。

「ナイフと拳銃くらいは持ってたみたいよ。でも——しょせんは人間相手」

「暮らしぶりは?」

「あたしの知る限り、何も。一日中、住宅に引きこもってるわ。そうだ、一度だけ、深夜におかしな——」

悲鳴が闇を引き裂いた。女が顔をしかめた。そんな悲鳴だった。

「——あれよ」

そちらを向いてうなずいた。

「なるほどね」

「追いかけてるのは、よっぽど怖い相手らしいわね。やくざなんかじゃないでしょ」

「たぶん」

せつらは、ありがとうと言った。

「ちょっと——行くつもり？」

「仕事でね」

「なんでこの国の男はこんなに仕事が好きなの。行ったら戻って来れないのよ」

「それも結果さ」

せつらは黙って歩きだした。女は追わなかった。止めもしないのは、せつらが微笑したからだ。美しい若者への想《おも》いに欲望が勝ったのだ。

仮設住宅は一〇戸あった。

そこから、一〇メートル以上離れたせつらの耳に悲鳴が届いたのだ。恐らくは住人の誰かが夢を見た結果だろう。それはどんな悪夢なのか。

死んだように動かぬ強化プラスチックの建物の内部《なか》に、確かに気配があった。

せつらは妖糸を送った。

千分の一ミクロンのチタン鋼の糸は、いかなる狭隘《きょうあい》な隙間《すきま》からも侵入し、内部情報をせつらに伝える。マイクロ・チップの形を探り、硬さを測《はか》り、素子の数と重量さえ暴《あば》き出す姿なき指に、気づく者はない。

一分ほどドア前に立ってから、せつらはノブを摑んだ。

狭い玄関から靴のまま六畳のリビング・ダイニングへ上がり込む。

家族五人を目安に造られている仮設住宅は、他に六畳二間とバス・トイレ付きだ。

せつら以外の事情を知る人間が――Jを含めて――見たら、おや？　と洩らすに違いない。

リビング・ダイニングは、逃亡者の住処《すみか》とは思えぬ清潔さを保っていた。

キッチンの隅にゴミを入れたビニール袋がひとつあるきりで、紙屑《かみくず》ひとつ落ちていない。悪臭の類《たぐい》もゼロだ。ダイニング・テーブルに並ぶべき汚れた食器は、流し《シンク》に重ねられ、生ゴミ入れにはビニールが被《かぶ》せてある。明日には食器も洗われ、生ゴミもまとめられるだろう。荒《すさ》んだ精神の持ち主の部屋ではなかった。

振り分け式の二間のうち、せつらは右側の襖《ふすま》に手を掛けた。

闇に閉ざされた部屋のベッドに腰を下ろした男は、せつらが襖を開けても俯《うつむ》いたままであった。

「月島やしきさんですね？　別名を羽柴竜二《りゅうじ》」

「どなた様？」

疲れきったぶっきら棒な問いである。男は細面《ほそおもて》の顔を両手で覆《おお》っていた。首は意外と太い。

「秋と申します。人捜し屋です。お父上の依頼で参上しました」

男の身体が、驚愕《きょうがく》の証拠に激しく痙攣《けいれん》した。少し間を置いてから、ゆっくりと両手を外《はず》し、

「父から？　本当に？」

独白のように問うた。語尾がヘナヘナになったのは、そこでせつらの顔を見てしまったからだ。

「本当に父からですか？　嘘をつかないで下さい。少しでも疑いがあれば、僕はここを動きません」

「お父上が見えると思いますが」

「やめてくれ！」

男――月島やしきは、品のある顔を歪《ゆが》め、激しく右手を振った。目の前に誰かがいるようであった。

「父が来れば、あいつもついて来る。君、これは本当に茶番じゃないんだな？　誓えるか？」

「誓います」

せつらは右手を上げた。ふざけているとしか思えないが、やしきはうなずいた。

「信じるよ。だが、父も誰も来させないでくれ。少なくとも、ここにいれば安全だ。彼女が守ってくれる」

「彼女?」

やしきは、そっぽを向いた。今の彼にとって、人捜し屋などウザい存在でしかないのだ。

「申し訳ありませんが、同行していただけないのなら、お父上がいらっしゃるでしょう。いま、連絡を取ります」

やしきは顔中を口にして叫んだ。

「やめてくれ! 君は人捜し屋だと言ったな。なら、ここがどんな場所かもわかるはずだ! 僕は一生ここを出る気はない! それは、誰も来られないってことなんだ。来た者は、みな彼女に呑まれてしまう!」

「ここの大家は大食漢らしいですね」

せつらがこう言うと、ギャグに聞こえない。やしきの激昂《げっこう》は頂点へと昇りつめた。

3

「君なあ――」

尻すぼみになったのは怒りのせいだ。血管が切れるのをやしきは覚悟した。血の奔流《ほんりゅう》のせいか、せつらを差す指が激しく震えた。

言うべき言葉は決まっていたが、声にならなかった。

「出ます？」

とせつらが訊いた。

やしきの怒りは霧消していた。一秒以上せつらの顔を正面から見てしまったのである。

「君が――護衛してくれるのか？」

「はあ」

やしきはうなずきかけ、途中でかぶりを振った。

「やっぱり駄目だ。彼女を裏切ったら殺される。君はもっとひどい目に遭うぞ」

「具体的には？」

「呑まれたまま、何日もかけて、ゆっくりと消化される。その間、呼吸もできるし、頭も正常に働く」

「そこまで」

と止めて、

「その女って、外の？」

「いや、あれは餌役だ。僕が言うのは――」

やしきは声を止め、右の拳を振り上げた。そこでようやく話の内容が決まったらしく、

力なく下ろして、

「話すと長くなる」

と言った。

「では、後ほど」

せつらは玄関の方へ顎《あご》をしゃくった。やしきが立ち上がり、ベッド脇のバックパックを背負う。それひとつを友に逃亡の旅を続けてきたのだろう。あちこちで繊維がほつれ、小さな穴も眼についた。ベルトの近くなど一部焼け焦《こ》げている。

財閥の御曹子《おんぞうし》が、それほどまでにして逃げたかった理由とは何か？

「先に」

やしきが尾《つ》いて来るのを確かめてから、せつらは三和土《たたき》へ下りた。

妖糸を放って外の様子をチェックする。

記憶しておいたものが、その通りの場所にある。

ガラス戸を引いた。肌寒い春夜《しゅんや》の下《もと》に、やって来た小路《こみち》と森が広がっていた。

左右を確かめたが、女の姿はない。

せつらは小路へ出て、やしきを待った。

揃《そろ》って歩きだそうとしたとき、天地が揺れて、世界は闇に包まれた。

闇が晴れるまで、せつらの意識は正常であった。

状況は異常というしかない。せつらの妖糸も五感も、すべてはまともだと告げていたのである。

敵は妖糸を欺《あざむ》いたのではない。その伝える情報を分析するせつらの方を瞞着《まんちゃく》したのであった。

数日置いた鮪《まぐろ》の刺身そっくりの色をした場所であった。靴底がひどくぶよついている。

四方の壁もそうだ。ひと眼でせつらは肉だと見抜いた。そこから場所を特定するのは簡単だった。

〝呑まれる〟――女とやしきが異様な恐怖とともに口にしたひとことを想起すれば足《た》りた。

ここは胃の中だ。

「とうとう来たのね、お莫迦《ばか》さん」

声は背後――すぐ足下でした。

ふり返るまでもなく、提灯の女だとわかった。

声と着物で。

女の顔も手も、裾《すそ》から覗《のぞ》く太腿《ふともも》も、蠟《ろう》のごとく溶けていた。絵具みたいな肌色と赤のしずくが全身からしたたり、肉の床を染めていく。

「先に溶かされちゃうみたいよ、あたし」

せつらが黙っていると、

「ね、どうして君が？　くらい言ってくれても、罰当《ばち》たらないわよ」

「どうして、君が？」

女はうんざりしきったように、

「はい、ありがとう」

「これは蛇の身体の内部《なか》だね」

頼みは聞いたと言わんばかりの態度と速度で、せつらが話題を変えた。

「そうね。あいつは次に食べる人間を飼い殺しにしておくの。ただし、その場合、体内に貯蔵されるのは、特別な人間で、大概《たいがい》はあなたが最初に見た家族のように、外で放し飼いにされるのよ」

「特別って？」

「……たぶん、味がいいとか……栄養に富んでるとか……普通の人間と桁《けた》が違う〝力〟を持ってるとか……」

溶けかけた顔が、優しく笑ったようだった。

「……凄いいい男とか……ね」

女の上半身が、どろりと広がった。

「あの――名前」

新しい部分の一部が、ぽつんと開いて、

「……嬉しい……ミズキよ」

「住所は？」

「……わから……ない……年齢……も……」

声が途切れ途切れになり、それでもこれだけははっ、き、り、と、

「——母……さあ……ん」

そして、和服の浮かんだ得体の知れぬ粘塊《ねんかい》と化した女は、動かなくなった。

頭上に気配が湧《わ》いた。

左肩を前へ逸《そ》らせたのは、本能の技であった。

ひとすじの糸の先には、小さな珠《たま》が付着していた。それが肉床《にくしょう》に触れた刹那《せつな》、化学反応としか思えない白煙を噴《ふ》き上げたのである。

「わ」

とせつらはつぶやいた。笑ったのではない。

「わわ。胃酸だな」

これで頭上から降り注《そそ》げば、いかに秋せつらの妖糸といえど、為《な》す術《すべ》もなく、白煙に包まれるに違いない。

一滴が足下に飛び散った。

「やるね」

今のひとしずくは、せつらの肩を狙《ねら》ったのは明白であった。

警告だ。

気配がそう伝えたのである。

せつらは完全に動きを止めた。次は酸のシャワーに決まっている。

「話せばわかるかい?」

呼吸《いき》の状況を確かめながら、声に出して訊いた。呼吸に不自由はしないが、敵はいつでも酸素の供給を止めることが可能だろう。

返事はすぐにやって来た。

〝動くな。いま、おまえの処置を考えている〟

「わかるらしいね。月島さんを返してもらいたい。そうすれば何もせず出て行く」

〝勝手なことを言うな〟

相手は、はっきりと笑った。

〝おまえがどこにいるかわかったら、そんなごたくを並べる気にもならなかったろう〟

「どうすれば出られる?」

せつらの思考と声には、少しのギャップもない。直截《ちょくせつ》とはこのことだ。

〝出られぬ〟

「え？」

〃おまえのような美しい男ははじめて見た。この街でも最近は餌を採《と》るのが難しくなってきた。今の女を使っても、な。この森は、どいつも敬遠する。少し採りすぎたらしい。だが、おまえなら、どんなに用心深い男でも女でも、その顔を見ただけで虜《とりこ》になる。片目をつぶってやれば、人殺しをさせることもできるだろう。だが、それは不要だ。おまえは人通りのある場所に立ち、通行人に眼を合わせれば良い。後は、ここへ行けと言えば、どんな奴でも従う。醜《みにく》い人間でも美しいものには眼がないのだ〃

せつらは無反応である。満更《まんざら》でもなさそうなのを見ると、案外、同意見だったのかも知れない。

〃嫌か？〃

と訊かれた。

「仕事がある」

〃そんなことを言っている場合か。置かれた立場を考えてみるがいい。私の酸を浴びたら、骨まで溶けるぞ〃

「話し合おう」

相手は笑ったようである。

〃これほど美しいのに、とぼけた男だな。お高くとまるという言葉を知らぬのか？〃

「それでせんべいが売れて、失踪人《しっそうにん》が見つかれば、いくらでもとまるけどね」
〃面白い。おまえのような男がひとりいれば、つまらない世の中も少しは楽しくなろう。だが、もはやもとの世界には戻れんぞ〃
「一方的だね」
〃おまえを餌係にするのは造作《ぞうさ》もない。私の毒息を吹き掛ければ良い。だが、それでは白玉に傷を付けることになる。おまえの意思で私のために奉仕するがいい〃
「わかった。する」
うなずいてから、
「なぜ黙ってる?」
〃おまえは平気で嘘をつく人間らしい〃
「え?」
〃それも嘘だ〃
気配が変わった。四方の肉壁が、ぐうっとすぼまる。怒りの表現に違いない。
〃やはり、おまえのような人間に自発的な協力を求めるのは無理だ。私の物にしてやろう〃
「わあ」
せつらが後じさった。頭のあった空間に白い糸が張られて、床が白煙を噴く。
〃無駄だ。どんなにこっそり体を動かそうとしても、筋肉の動きはすべて私の内部に伝わ

る。もう溶かして欲しいのか？〃

「ノン」

〃どこの言葉だ。とぼけた男《やつ》め。今、私をコケにした償《つぐな》いをさせてやる〃

「よそう」

どこまでも春風駘蕩《しゅんぷうたいとう》たるせつらの声であったが、せつらもかなり焦《あせ》っているのではなかろうか。妖糸の使用をことごとく予知され、中断されては、まさしく手の打ちようがない。

「やれやれ」

せつらは宙を仰《あお》いだ。仰いだだけではなく、その位置で四方を見廻した。

「話し合わないかな？」


数分後、奥の方からマグライトの光と月島やしきが現われた。

「無事か？」

光輪の中にせつらを認めて、安堵《あんど》が全身の力を抜く。悩ましげに眼を閉じ、頭を振ったのは、せつらの顔を直視してしまったせいだ。

「何とか」

「助けに来たが、不要だったようだね」

「いえ」

「呆れた男《ひと》だね。とにかく出よう。彼女は溶けている」

それは、〝気配〟がせつらに宣告した現象ではないか。むろん、やしきの言葉は意味が違う。

ぶよつく床を踏んで一〇秒と経たないうちに、前方に楕円《だえん》を縦《たて》にしたような出口が見えてきた。

やしきについてそこを脱《ぬ》けてから、せつらは後方をふり向いた。

誰もいなかった。

仮設住宅の前の小路で、二人は淡い月光を浴びていた。

路の奥で、何やら重く軟らかい物を引きずるような音が遠ざかって行った。

つくづく呆れた、という風に、やしきが長い溜息を吐いた。

「この森へ入り込んで、無事に出られる人間がいたとはね。まあ、わからんじゃないが」

「はあ」

「なまじ、父親よりも人間の世界を理解してしまったせいだろう。あれで人並みの美的感受性を備《そな》えていたからな」

薄れゆく闇の中で、秋せつらの美貌はひっそりと妖しくかがやいた。

第五章　雪の国より闇落ちて

1

「父親って？」

これは、春爛漫《らんまん》のお坊ちゃんでも、興味があるだろう。

「旧〈フジTV〉に巣食ってた〝主《ぬし》〟だ。大分前に首を落とされて死んだらしい。あれはその娘だよ」

「へえ」

「しかし、いくら〈新宿〉とはいえ、世の中、途方もない人間がいるものだ。旧〈フジTV〉の〝主〟といえば、軍隊でも斃《たお》せるかという相手だったらしい。それを――。神の使いというのは、どこかにいるものだね」

「はは」

「――いや、悪魔の使いかも知れない。少なくとも、君に関しては、僕もそう思う」

「え――」

と言うのも、春風のごとくだ。

「助けには行ったが、助かりっこないと思っていた。それがピンピンして、呑《の》み込んだ方が欲情にとろけている。いや、あれは恋情だ。だからこそ、君と生きて帰って来たのだ。

なあ、どうやって、消化されずに済んだ?」

　本気で知りたいらしいやしきの、眼の焦点だけごまかした生真面目《きまじめ》な顔を眺《なが》め、せつらは、

「話し合おうと言っただけですけど」

と答えた。

「口にしただけかい? 返事を求めて、あの内部《なか》を見廻したり、ずっと一点を見つめて、詩でも口ずさんだりしなかったか?」

「見廻しました」

　ほれ見ろという具合にやしきはうなずいた。

「その顔で、じっと見つめられたら、誰もが幸福に昇天できるだろう。なあ、訊《き》いときたいんだが、意図的にやってる?」

「とんでもない」

「本当?」

「本当に」

「わかった。とにかく、こういう人間にはさっさと出て行ってもらうに限る。そうすれば、娘も撮影スタジオの片隅《かたすみ》で、しあわせに暮らせるだろう。時々、ここへ餌《えさ》を捜《さが》しに下りて来る以外はね」

「はあ」

と答えてから、

「僕より——あなたこそ引っ越し以降よくご無事で。秘訣《ひけつ》があるんですか？」

と訊いた。

やしきは、白いものが消えて行った道の奥を見つめた。恐るべき人食いの森も、今は白く染まりつつあった。

「僕の関係者と会ったろ？」

「はあ」

「それで気がつかないのなら、早いところ廃業する方がいいと思う」

せつらはまた、はあと答え、少し考えた。〝主〟の娘はやしきから、同類の匂《にお》いを嗅《か》いだのだろうか。

「——行きましょう」

と促《うなが》した。

「それは断わる」

やしきはゆっくりと、しかし、手の付けようがない頑固さを秘めて、かぶりを振った。

「僕は誰とも会いたくない。ここにいることを知られてはならないんだ。君はなぜ、人捜し屋なんかやってる？　二度と僕に近づくな」

「仕事が終わったら」

「好きにしなさい。僕はこれで失礼する。あの女はもう君の言うことしか聞かない――奴隷よりも強烈な崇拝者だ。二度と僕を守ってはくれないだろう。だったら、他へ行くしかない。いい場所だったのに、このへっぽこ探偵」

「人捜し屋です」

と訂正してから、せつらは眼の前の捕獲したばかりの獲物《えもの》に、

「どうしても、お嫌ですか？」

と訊いた。

「ああ。真《ま》っ平《ぴら》だ」

やしきの面貌《めんぼう》を生真面目な恐怖が飾った。せつらはちっとも気にしない風で、

「なのに、ここへ来た」

と言った。

「断わっておくが、好きで来てんじゃない。〈河田町〉なら、追手をまけると思ったんだ。まさか――あんな奴がいるとは」

「その奴が守ってくれた」

溜息《ためいき》を吐《つ》くやしきの顔も蒼《あお》く染まりつつあった。突然、それは驚愕《きょうがく》の表情を浮かべた。

「君は――何を知ってるんだ？」

かがやく美貌が、

「普通程度です」

やしきは何も言えなくなった。何だか、最初から敗《ま》けているような気がした。

「他の人間なら呑まれていたでしょうに、あなただけは助かった——どころか、追手も気にせず安全に暮らせた。そういう体質なんですね」

「体質かい」

「たぶん」

「正直、君がどこまで知っているのかはわからんが、知るのも怖いんだ。なあ、礼はする。見逃してくれないか?」

「見逃したら、どちらへ?」

「わからない。情《なさ》けない話だが、もっと僕を守ってくれるところを捜すよ」

「嫌いなんですか、あの女性《ひと》?」

「嫌いじゃない。怖いんだ」

「まあ、それは」

やしきは、せつらの両腕を摑《つか》んで揺すった。

「わかってるなら、逃がしてくれ。僕は、あんなものと一緒には暮らせない」

「はあ」

と応じてから、

「――他にも同じ目に遭《あ》った人はいます。『日本昔ばなし』って観《み》てました？」

「それは知らないけど、僕だって、昔話や伝説は調べたさ。だが、上手《うま》くいった例はひとつもありゃしないじゃないか」

「環境が違いすぎますから」

とせつらは認めた。それから、

「ですが、時代が違います。上手くいったはじめての例になったらいかがです？」

「無責任なことを言うな！」

やしきは逆上した。全身の血が引き、ダンスでも踊っているみたいに震えた。次の言葉を爆発させるための準備運動の趣《おもむき》もあったが、彼は爆発させることができなかった。小路《こみち》の反対側から、こう言ったものがいたのである。

「――無責任でもないわ」

やしきばかりでなく、彼を包む空気まで凍りついた。

最初にふり向いたのは、せつらだった。

道の奥から二つの影がやって来る。

「来ちゃいましたね」

まずせつらが口を開いた。

「ええ」

晴天の空よりも蒼いスーツ姿が慎ましくうなずいた。滝王真奈であった。その背後を守るように垂木陽三が立っている。

「お手数をかけました」

真奈はせつらに黙礼《もくれい》した。白い手がやしきに向けて上がった。

「御礼は後日いたします——帰りましょう、あなた」

声は男の背中に当たった。

「お願いです。こっちを向いて下さい。長いこと捜しました」

全員の眼がやしきに集中した。それに耐えかねたかのように、低い声が絡み合うように流れ出した。

「誰だ、おまえは？」

「真奈です——あなたの許婚者《いいなずけ》ですわ」

女の声に悲痛なものが滲《にじ》んだ。

「そんな女——知らない。僕に許婚者なんかいないぞ」

真奈は眼を閉じた。瞼《まぶた》が震えている。

「帰れ」

やしきが岩を押しのける途中のような声で呻《うめ》いた。

「約束を破ったのは謝る。頼むから帰ってくれ。もうおれを追いかけるな。死んだと思ってくれ」

「約束を反古《ほご》にはできないのよ、あなた」

真奈は前へ出た。闇《やみ》の蒼が濃さを増したような気が、せつらにはした。

「家と家、一族と一族との約束は鉄よ。破ったら血で贖《あがな》わなければならない。私は、そんなことをしたくもさせたくもないのよ」

「今さらこんなことを言っても仕方がないが、何もかも間違いだったんだ。僕と君は会わない方が良かった。そうすれば――」

「あなたの実家はとっくに倒産し、お父さんは自殺していたわ」

静かなだけに、百倍も深く胸をえぐる言葉だった。

やしきは右の拳《こぶし》を腿《もも》に叩き付けた。

「君の言うとおりだ。僕は何としてもそれを防ぎたかった。だけど――それが目的で君と一緒になろうと決めたわけじゃない」

「わかってます」

真奈はうなずいた。冷厳とさえいえる雰囲気《ふんいき》が、ただの美しい女のそれに変わっていた。

「わかってます。だから、私はあなたを捜したのよ」

やしきはうなずいた。

「僕だってわかってる。君が許してくれなきゃ、僕も家族も、とっくに行方《ゆくえ》不明になってただろうからな」

「そんな言い方はやめて」

「あの」

とせつらが口をはさんだ。

「長くなりそうなので。いいですか?」

「失礼」

真奈は上衣《うわぎ》の胸ポケットから洒落《しゃれ》た形のサングラスを出して掛けた。

「僕はこちらを、依頼主——父上のところへ連れて行くか、向こうから来てもらうかしなければなりません。どうします?」

茫《ぼう》とした口調だが、意味は誰にでもわかる。嫌なら牙《きば》を剝《む》け、こっちも剝くから、だ。

世にも美しい顔が、のんびりとそう宣言している。

「——私が預かるわ。同じことでしょう?」

「それは、まあ」

「違うぞ!」

やしきが叫んだ。

「僕は誰のところへも帰らない。死ぬまで逃げ廻る」

「あなた」

真奈が前へ出て、肩に触れようとした刹那《せつな》、やしきの身体は独楽《こま》のごとく廻ってせつらのかたわらへ——一瞬遅れて風が唸《うな》り、ぱっと赤黒いしぶきが飛ぶや、五〇メートルも向こうに、右の膝《ひざ》を押さえて蹲《うずくま》った垂木の姿が出現した。

「秋せつら——これがおめえの技か……」

押さえた手指の間から噴《ふ》き出したものは鮮血であった。

垂木は血の気《け》の失《う》せた顔で、せつらをにらみつけた。

「膝関節に半分食い込んでやがる。おい、色男。これは高くつくぞ」

言うまでもなく、垂木の加速能力を予測して、妖糸を張っておいたせつらの作戦勝ちである。

「まさか、首と胴を二つにするつもりはなかっただろうな?」

「ない」

とせつらは笑ったが、むろん、胸骨柄《きょうこつへい》の下あたりに一本張ってある。

「こんなにきれいな顔して——物騒な人捜し屋さんね」

と真奈が苦笑を浮かべた。

「でも、この人は連れて行くわ」

「結果が同じなら、僕にまかせてくれませんか？」

「駄目です。訊きたいことがあるの」

「でも、嫌がってますよ」

真奈が両手を上げた。両眼が紅《あか》く見えるのは、せつらの気のせいか？

両腕を交差させ、手の平を肩に押し付けると、真奈は低く呪文らしきものを唱えはじめた。

風が砂塵《さじん》を吹き上げ、四方が暗く翳《かげ》っていく。

すでに夜明けの時刻《とき》に眼隠しをして、北の国の闇がいま一度、世界に夜を招こうとしているのであった。

2

せつらは素早くやしきの腕を取った。妖糸を巻いてはあるが、どこか不完全という意識が拭《ぬぐ》えない。

〝糸とりで〟を張り巡らせたとき、世界は分厚《ぶあつ》い闇に包まれていた。

「これが私の世界よ」

真奈の声がした。せつらは妖糸を放ったが、手応《てごた》えはなかった。

「闇の中にいると、人間は三日ともたず発狂してしまう。でも、ここなら二分で済むの。そろそろ孤独が忍び寄って来ない？」

すでに凄《すさ》まじい空虚感が体内に広がるのをせつらは感じていた。

「これはひどい」

思わず口を衝《つ》いた。

「助けて……くれ」

やしきが路上にへたり込んだ。

「僕はひとりだ。ひとりぼっちだ。誰もいない。みないなくなっちまった。この宇宙で生きているのは僕だけだ。家に人は住まず、通りは車に見離され、空は鳥を知らない。太陽は単なる燃えさかる水素の塊《かたまり》だし、月は太陽の光を受けて虚《うつ》ろにかがやくだけの岩の塊だ。おい、僕はどうすればいい？　どうやってこの孤独から脱出する？」

「諦《あきら》めましょう」

とせつらはささやいた。反応はない。絶対的な孤立感がやしきを捉えているのだった。

妖糸の一本は近くの楡《にれ》の木の大枝に巻き付けてある。やしきごとそこへ跳躍するのは、簡単な作業だった。闇は物理的には何ら障害とはならない。

だが、妖糸に身をまかせるには筋力が必要だ。それを稼働させせんとする意思が要《い》る。そんな気になれないのだった。

へたり込んだやしきの声をせつらは聞いた。

「わかるかい、君、秋くん？　これがあいつの生きる世界だ、人間が暮らしていけると思うか？　違いすぎる。ああ、どうしてもっと早く気がつかなかったんだろう。月島家の繁栄のために犠牲になるだなんて、自己犠牲は人を酔わせるんだ。真っ平《まぴら》だ、こんな世界で生きるくらいなら――」

何と言うつもりだったのか、やしきは全身の力を抜いた。

「術を解きませんか？」

せつらは提案してみた。

「このままでは、月島さん、自己崩壊起こして、二度と回復しませんよ」

「闇はあなたのためのものよ」

真奈の声が返って来た。

「彼は何とかします。あなたの精神《こころ》が完膚《かんぷ》なく打ちのめされるまで、陽《ひ》の光はあなたを知らないでしょう。北の血脈を怨《うら》んでもいいけれど、怨むには気力が要ります」

せつらは妖糸を放とうとしたが、指は動かなかった。その気にならないのだ。やりきれない宇宙的孤独は、確実に精神を蝕《むしば》みつつあった。

――こんな世界を生きるのは。

ぼんやりと考えた。

銃声が上がっても、せつらはすぐには反応できなかった。

「動くな！」

ひと声叫んだのは真奈と垂木の後方——四メートルばかりのところに立つ木立《こだ》ちであった。

小路に近い方の陰から、両手に握られたグロックが生《は》えている。それが前進するのに合わせて、立ち昇る硝煙《しようえん》が揺らめいた。

「どっちもあたしがいるのを忘れてたでしょ？　これは高くつくわよ、所長」

今や真紅《しんく》のボディ・スーツに包まれた燃える全身を現わしたのは、月島さおりに間違いない。

「秋さんだよ」

とせつらは訂正した。

「さおりさん——あなた……」

さすがに驚きを隠せぬ声で、真奈が呻いた。

「悪いけど、今はこのハンサムさんの部下なの。外で待ってろと言われたんだけど、心配で来てみて良かったわ。真奈さん、兄貴は貰《もら》ってくわ」

「少しは立場というものを考えたらいかが？」

「それはこっちの台詞《せりふ》よ」

さおりは左手を銃把《グリップ》から下ろした。

「北の田舎《いなか》に引っ込んで、せこいPRに精出してりゃいいものを、のこのこと大都会へ出て来るから、みんな大迷惑でしょ。あたしは最初からあなたが嫌い。反吐《へど》が出るくらい。あなたもわかったでしょ」

「そうね。残念だけど」

「なら、文句は言わないで。兄貴はあたしが世話をするわ。親父《おやじ》からも家からも離して。自由に生きてもらう。あなたみたいなおかしな連中に邪魔はさせないわ」

「何もかも失うわよ」

さおりは噴き出した。つくづくうんざりしたという風に、

「いきなりパトロンの自己主張？　やっぱり育ちは変えられないわね。あなたのことを大嫌いだったけど、それなりに敬意を払ってた部分もあったのに。今ので台無し。ねえ、いつまでも兄貴とかかずらってないで、田舎へ戻りなさいな。北の暗い、じめついた山奥へ。あなたの世界はそこよ」

「失うって意味がわかってるの、さおりさん」

真奈の声に怒りが広がった。

「会社更生法が申請できる倒産劇じゃあ済まないのよ。私はやしきさんと約束した。それ

は一族と一族との血盟《けつめい》に等しいの。さおりさん――累《るい》はあなたの一族に及ぶのよ」

さおりの殺気立った顔に動揺が走った。だが、たちまち眦《まなじり》を決して、

「一族のことは親父が責任を取ればいいのよ。あたしは兄貴を守るわ。あんたみたいな、得体の知れない女には死んでも渡さない。さ、そこをどいて。ボスこっちへ」

「秋さん。どうします？」

せつらがやしきに尋ねたのである。この期《ご》に及んでも、相手の意思が第一と見える。

「僕は――誰とも行きたくない。放っておいてくれ」

「それができるなら、最初から依頼は受けません。滝王さんが来てしまった以上、僕と一緒に戻ってもらいます」

「嫌だ」

「じゃあ、どうします？」

「どいつもこいつも、これ以上、付きまとうな。僕はひとりで生きていくぞ！」

叫ぶなり、やしきは地を蹴った。

「兄貴!?」

眼を見張るさおりの前を通って、路《みち》の端へと走り去った。

「どうするのよ、ボス!?」

「秋さん」

せつらが泰然《たいぜん》たる理由は、やしきの身体に妖糸が巻いてあるからだ。〝糸とりで〟を崩したのも、やしきに束《つか》の間《ま》の自由を味わわせるためだったのか。この美しい魔人の考えはよくわからない。

「追いかけますか?」

と真奈に訊いた。

「そうね、あなたはどうなさるの?」

「譲ります」

「手を打ってあるのね」

「いえ」

「糸かしら」

「よくご存じで」

「あの人は当然として、私にも巻いた?」

「はい」

「そんな気力、まだ湧《わ》いてないと思うけれど」

「試してみますか?」

「そうね、どうしよう」

真奈の冷たい美貌から、内心の動きを予想することはできなかった。

だが、それはせつらも同じだ。茫洋たるこの若者を甘く見た強敵たちがどんな運命を辿《たど》ったか、〈新宿〉だけは知っている。

「もし、私が彼を追ったらどうする？　二つにする？」

「はい」

春風のごとき返事だ。だが、その風は血風《けっぷう》に違いない。

「これはもう賭《か》けね。お義父《とう》さまも厄介《やっかい》な人を頼んでくれたこと」

「はあ」

「ね、私、やしきさんの婚約者よ」

「僕には邪魔者です」

「はっきりおっしゃるわね」

「せつらさん、早く」

とさおりがせかした。

「兄貴がまたどっか行っちゃう！　追いかけて」

「障害物」

せつらの答えに、真奈の表情が変わった。放たれなかった言葉が「排除」だと気づいたのだ。――この若者ならやる。

絶対的な確信が真奈の心臓に鉤爪《かぎづめ》を食い込ませた。問題はその爪さえ美しいことだった。

「やしきさんの捜索は、僕にまかせてくれませんか?」

とせつらは切り出した。

「一切《いっさい》手を引いて下されば、これでお別れということにします」

「私との約束を信じるの?」

「はい。人間相手じゃないですから」

真奈の口もとを薄い笑いがかすめた。

「わかったわ」

真奈はうなずいた。せつらはうなずかない。その耳に、

「お断わりします」

真奈の声が、はっきりと聞こえた。

もうひとつ――

男の悲鳴が。

「兄貴⁉」

さおりがそちらを向いた。せつらが後追いしたのは、やはり、やしきが気にかかっていたからか。

ごお、と風が全身に叩き付けた。それが左頰をかすめ、後方で異様な打撃音が生じた。

ふり返ったせつらの眼前で、得体の知れぬ現象が生じていた。

消失と出現だ。人間と思《おぼ》しい影が木立ちにぶつかり、忽然《こつぜん》と消えては路上を転がり廻って、またも消滅する。出現地点には、黒血が荒々しく飛び散り、何も見えない空間からも降り注《そそ》ぐ。

せつらには正体が明らかであった。

垂木だ。せつらの注意が真奈から離れた瞬間、ボディガードとしての職務を全《まっと》うしようと努めたのだ。だが、超音速《マッハ》移動には全身のバランスが不可欠だ。片足をカバーしながらの攻撃は、そのパワーをあらぬ場所へと叩き付け、自らを破壊された肉塊と化してしまったに違いない。マッハの狂走は、いつ果てるのか。

苦鳴と衝撃が森の奥へと消える前に、せつらは真奈の方をふり向いた。垂木の狂乱は数秒の出来事だったのである。

今度はせつらの後追いと化したさおりが、

「逃げられたあ」

と舌打ちしたとおり、滝王真奈の姿は跡形《あとかた》もなく消えていた。せつらは妖糸を巻いていなかったのである。

「どうしたの？」

地を蹴る姿勢になって、さおりがせつらを見つめた。

「立てない」

真奈の孤独の闇は、なおもせつらの気力を蝕《むしば》んでいたのである。

「もう。じゃ、あたしが行くわ」

「ちょっと」

さおりの押しのけた空気が、せつらの声を吹き飛ばした。

さおりにも妖糸は巻いてある。それを引くことも不可能な、今のせつらであった。

彼の気力が戻りはじめたのは、ほぼ一〇分が経過してからであった。

三人の男女が向かった方角へと足を運んでも、何ひとつ見つからなかった。

やしきとさおりに結んだ妖糸は、さおりの車が置いてある地点で切断されていたのである。

何の遺留品もなかったが、せつらの脳裡《のうり》をひとつの顔がかすめた。

森童子識名。

せつらの自由を封じた〝すくみ眼〟の持ち主ならば、あの三人を拉致《らち》し去ることも可能に違いない。

どうやってここを嗅ぎつけたのかは今後の課題だが、あの男ならやるだろう。腿の傷はたぶん、もう完治したのだ。

溜息をひとつ吐いて、せつらはさおりの車に向かった。

3

外谷良子《とやよしこ》の「ぶうぶうパラダイス」へ連絡を取って、行方知れずの三人と森童子識名の情報を依頼してから、せつらは自宅へ戻った。

六畳間へ上がったとき、携帯が鳴った。

月島やしきとさおりの父――平太からであった。

「こんな時間にすまない」

詫《わ》びる声がどこか切迫していた。

「とんでもない」

せつらは珍しい反応を示した。依頼主との応対にはそれなりに気を遣《つか》う傾向があるらしいが、普通は、

「はあ」

か、

「いえ」

である。

あまり社長風を吹かせないこの初老の男を、案外気に入っていたのかも知れない。

「——実はいま〈新宿〉にいるんだ」

でなければ、基本的に電話は通じない。

「どうしても気になることがあってね。普段は秘書にかけさせるのだが」

「いえ」

「やしきは見つかったかね？」

「はい。でも、逃げられました」

「やはり、な」

内容と口調が気になった。

「ご存じだったのですか？」

「いや。わしは何も——」

と切ってから、丸々一〇秒ほど置いて、こうつないだ。

「真奈の実家から電話があってな。ご両親が出て来るという」

「今回の件でですか？」

「他にあると思うかね？」

「失礼ですけど、これ以上の介入は、解決を遅らせるだけです」

「わかっている。真奈のことだろう」

事態が別の進展を辿りはじめたと、せつらは納得した。少なくとも、父親は全てを心得《こころえ》ていたのだ。せつらが応じる前に、平太は話を続けた。

「君も気づいたかどうか――あの娘の一族は、普通の人間とどこか違う。今回の件も、そこが問題なのだ」

どこかじゃないだろと思ったが、せつらは、

「はい」

とだけ応じた。

「その――真奈さんと秋田のご実家の件で一度、お話を伺《うかが》えませんか？」

思ったより早く――即座に、

「いいとも。明日でどうだ？」

ときた。

「よろしく。時間は？」

「いや、早い方がいいな。何なら、これからどうだね？　わしひとりでお邪魔する」

「結構です」

だからこそ、平太は〈新宿〉に来たのだろう。秘書もボディガードも付けない理由《わけ》が、今度の事件の鍵に違いない。

「――では、すぐに向かう」

「こちらの住所は？」

「わかっている」

「では、お待ちしております」

「——では、くれぐれも気をつけてな」

電話は切れた。

「何に気をつける？」

おかしな挨拶《あいさつ》であった。

せつらは炬燵《こたつ》に足を入れた。吐く息は白い。電気ストーブも用意してあるが、空気までぬくむのを好まない。時折、冷暖房の会社から営業がやって来て、ソーラー・システムや温水循環方式を勧《すす》めても、取り合った例《ためし》がない。

「？」

何を感じたのか、せつらは炬燵布団《ぶとん》を持ち上げて内側《なか》を覗《のぞ》いた。

すぐに下ろして、小首を傾《かし》げ、奇妙な点検《チェック》を打ち切った。

平太の、くれぐれも気をつけてとは、こ
のことだったのだろうか。五分ほど下腹を温めてから、渋茶を淹《い》れて、ざらめを口にした。

嚙《か》み砕《くだ》く音は人並みであった。一枚ごとにひと口飲《や》り、三枚目にかかったとき、家の電話が鳴った。

炬燵台上の子機を取って耳に当てる。

「秋せつらさんのお宅でしょうか？」

嗄《しわが》れた中年男の声であった。

「はあ」

「滝王信介《しんすけ》と申します。ご存じと思いますが、真奈の父です」

「はあ」

この事態には、ふさわしからぬ声である。

「あなたのことは識名くんから聞いております。随分とお世話になったそうで」

陰々たる声であった。せつらは襟足《えりあし》のあたりを掻《か》いた。虫に刺されたような痒《かゆ》みを幻覚したのである。

「それほどでも」

と答えた。

「礼をしたいと思いましてね」

と電話の向こうの父親は言った。

「――実は女房とふたりで昨日上京しとりました。もう〈新宿〉におるんですわ。ほれ、あんたとその前の人捜し屋さんに虫を送ったのもわしらです。で、これからお伺いしようと思いまして、電話を入れさせてもらいました」

「これから先約があります」

「ほお、それはそれは。なら、日を改めましょう」

信介は、あっさりと引いた。

「どーも」

「何の。お近づきの印だけは、お受け取り下さい」

「いえ」

「もうお送りしてあります。気にせずどうぞ」

〈新宿〉の宅配は二四時間休みなく活動する。コンビニや臨時店舗はもちろん、緊急の配送となれば、どの街角にでもバイクで待機中の「特別運送店」に頼めばＯＫだ。通常相場の五倍もはずめば、留守宅に勝手に入って依頼された場所に置いてきてもくれる。

せつらの留守宅にも何度かやって来たが、全員、ドアや窓の外に倒れているか、芸術的に切断された手足を残して逃げ帰る羽目になった。倒れている連中は手や足ではなく、大概は首を失っていた。

滝王信介が送ったものが何にせよ、誰も侵入した形跡がない以上、せつら自身が水際《みずぎわ》で撃退することが可能だ。

「それでは遠慮なく」

と答えると、

「次にお目にかかるのを楽しみにしております」

こう答えて、電話は切られた。

「次のアポは無しか」

せつらは湯呑みに残った渋茶を呑み干した。早朝にこれから顔を出すというほど、面会に情熱を燃やす親父が、次の約束をせずに去るというのも、筋《すじ》が通らぬ話だった。

月島社長が来る前にシャワーでも浴びようかと足を引いたとき、親指の先が、あるはずのない何かに当たった。

もぞりと動いた。それ以上の行動を起こす前に、妖糸が動きを止めた。

せつらはゆっくりと炬燵から抜けて、右の爪先《つまさき》を見つめた。

血のような色をした毛むくじゃらの塊には八本の脚《あし》があった。

「蛇の次は蜘蛛《くも》か」

猛烈な悪寒《おかん》が全身に広がった。

「うわ」

次の瞬間、骨まで凍る寒気は血も煮えたぎる灼熱《しゃくねつ》に変わった。それが二秒と置かず、交互に襲いかかってくる。心臓がぎゅうとすぼまり、すぐに戻って、またすぼまる。

蜘蛛が注入したのは、強烈無比の神経毒だったのだ。それに対抗しているのは抗毒体であった。半年に一度のメフィスト病院での健康診断に、せつらは久々に感謝しながら、トイレまで這いずり、思いきり嘔吐《おうと》した。

〈秋人捜しセンター《DSM》〉のチャイムが鳴ったのは、一〇分後であった。

月島平太は、三和土《たたき》にへたり込んで迎えた〈新宿〉一の人捜し屋《マン・サーチャー》を、奇異な眼で見つめた。サングラスを掛けている。

「酔っとるのかね？」

「悪い酒を飲みまして。どうぞ、こちらへ」

せつらが六畳間へよじ登ってから、平太は後に続き、炬燵に入ってから、また美しい顔をしげしげと見つめた。

「相当な悪酔いだな。依頼主を迎える態度とは思えん。電話の後で飲んだのかね？」

「ええ、まあ」

「それにしては、酒の匂いがせんな。ひょっとして——」

みるみる恐怖の相を浮かべる顔へ、

「酒です」

とせつらは言い張った。平太の顔は普通に戻った。

「——そうか、なら良かった。いや、毒を扱う知り合いがいるもんでな。君もやられたかと」

「滝王さん、ですか？」

三度、平太の顔は変わった。

「――やはり……知っとったのか……あの夫婦、ここへ？」

「いえ、代理が。それより――お話を。あ、お茶は適当に淹れて下さい」

平太が身じろぎもしないので、

「気になりますか？」

「いや」

と老人はかぶりを振った。

「正直、今回の件でどこまでやってくれるか不安だったのだが、やっと依頼する気になったよ。電話を切ってから、君に何が起こったか、わしにはよくわかる。生きているのが奇跡だ。奇跡を起こした男を、わしは信用する」

「どーも」

せつらは頭を下げようかと思ったが、上げられなくなると困るので、やめておいた。

第六章　忌《い》まわしき婚礼

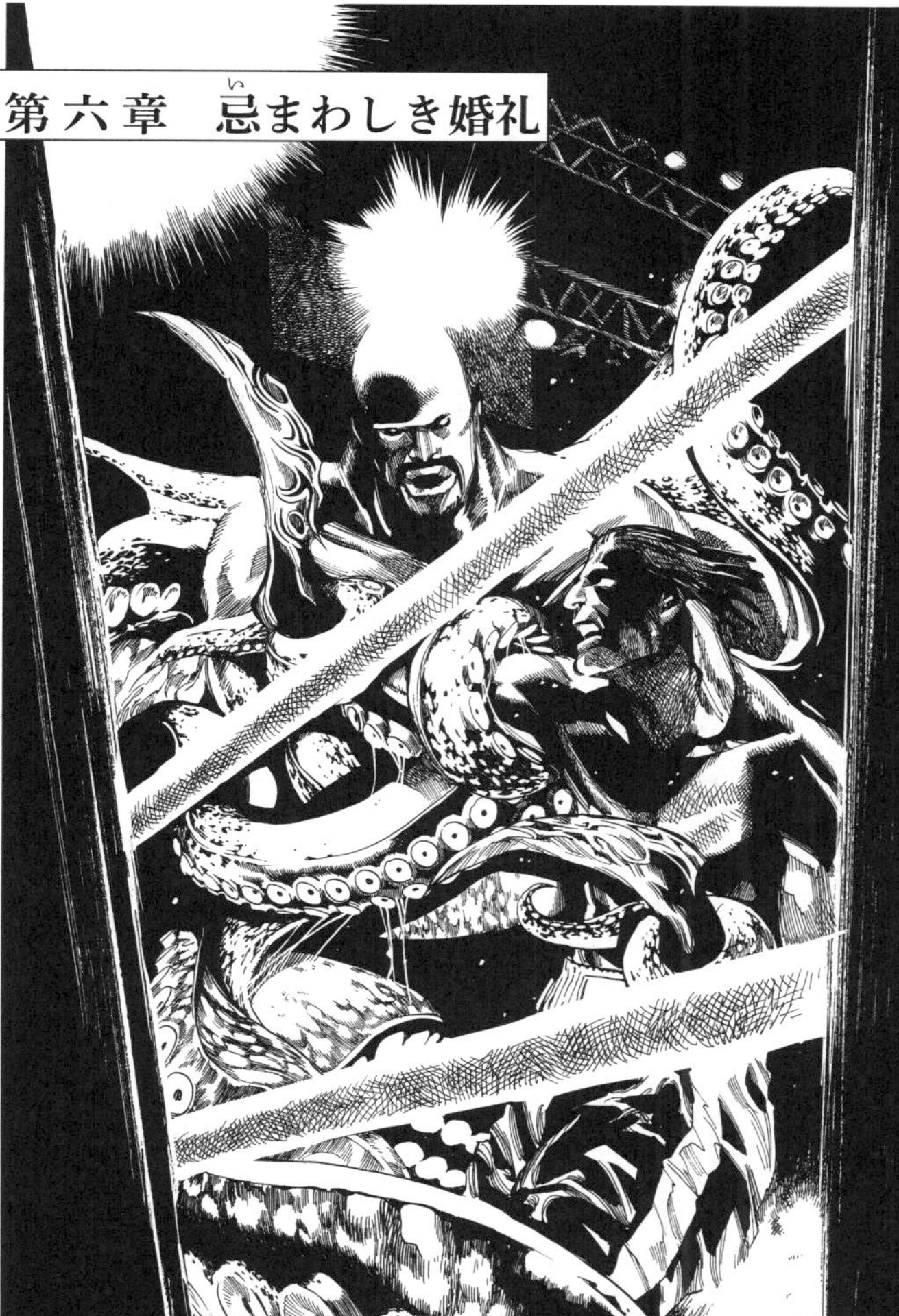

1

眼を醒《さ》ました瞬間から、さおりは心臓が凍りついた。

一片の光すらない闇の中であった。遮光《しゃこう》カーテンでも下りているのだろう。床の上に転《ころ》がされているのは、すぐわかった。分厚《ぶあつ》い絨毯《カーペット》は、滑《なめ》らかな肌触《ざわ》りが高級品と告げている。

闇に眼を慣らし、周囲の状況を確かめる。まずそれだ。

それを妨《さまた》げる要因があった。

闇の中に何かいる。

そいつはすぐ前にいて、じっとさおりを見つめている。

あのとき、森の奥への通路を抜け、車に戻ったと安堵《あんど》した刹那《せつな》、何かゴム紐《ひも》みたいなものが首すじに巻き付き、頸動脈《けいどうみゃく》の一部にちくりときた。さおりが意識を失《な》くしたのはその瞬間であったが、一気に閉ざされる寸前、誰かに見られているような気がした。

今も、また。

「誰？」

と声に出してみた。不安は消したつもりだが、紅《あか》い糸みたいな怯《おび》えが絡《から》み付いているのはやむを得ない。

返事はない。

「そこにいるんでしょ？　何とか言いなさいよ」

強い口調は、内心の恐怖を隠すためのものであった。

声の代わりに音がした。軟らかいものがこすり合うような、粘《ねば》ついた響きが右方へ流れて、床に落ちる気配があった。

そして、滑って来る。

ずるるるる
ずるるるる
さおりの方へ。

必死で身をもがき、ようやく全身が麻痺《まひ》に陥《おちい》っているのを知った。そのくせ、感覚はある。いま自分の周囲を這《は》い廻るものが感じられる。

手の甲に触れた。冷たくてざらついている。硬くて軟らかい。これは——鱗《うろこ》だ。

全身が鱗で覆《おお》われたものが、自分を取り囲み、這いずり廻っている。

狙《ねら》いはひとつだ。

逃がさんぞ
さおりはしかし、発狂するような恐怖は感じなかった。〈新宿〉へ来るに際して、〈区納得していた。

外〉の大学病院で心理処置を受けている。恐怖心の抑制には絶大な効果があると自分でも

「月島さおり」

と男の声が呼んだ。

周囲を蠢《うごめ》いている鱗野郎のものではなかった。位置が異なる。

「やっぱり、いたわね。誰よ、あんた？　兄貴をどこへやったの？」

「おまえの兄に愛《いと》しい者を奪われた男だ。北の国から取り戻しに来た」

「あーら、お気の毒ね。でも、気持ちは良くわかるわ。恋人がいるなら願ったり叶《かな》ったりよ。あんな女、さっさと連れてってちょうだい。あたしは大歓迎。兄貴と一緒に捕まえたんでしょ？」

「いや、彼女は逃げた」

男の声に無念さと——憎悪が閃《ひらめ》いた。

「あンら——」

「だが、今度は逃がさん。おまえの兄を捕まえている限り、必ず救出にやって来るからだ」

「なら、あたしは部外者じゃん。早いとこ解放してよ。その前に兄貴に会わせて欲しいわ」

「その前に、私に抱かせてもらおう」

「え？」

さすがに、総毛立《そうけだ》った。

「どういう意味よ」

「ひとつは腹いせだ。おまえは私の恋人を奪い取った男の妹だからな。もうひとつは、取り引きの道具として役に立つと思ったからだ。私は恋人を取り戻すだけで満足するつもりはない。おまえの家にも謝罪を要求する。そのとき、切り札は一枚より二枚の方がいいということだ」

「ははあん、あの女が兄貴に走ったわけが呑《の》み込めたわ」

さおりは嘲笑《ちょうしょう》した。

「やっぱり、化物《ばけもの》は人間と違うわね。心底《しんそこ》ねじくれてる。ねじくれてるならそれらしく、陽の当たるところなんかに出ないで、北の森の中で冬眠でもしてりゃあいいのよ。ねえ、わざわざ花のお江戸に出て来てまで取り戻したいほど、あの女、魅力があるの？」

「おまえに話してもわかるまい」

男の声が急に低くなった。次のひとことには、さおりが驚くほど感情がこもっていた。

「私は真奈の人生と私のそれをひとつにしたかった。二人で歩いていくつもりだったのだ。他に望むものはない」

「でも、ふられちゃったのよね。そりゃあ大都会でばりばり働いてる人間の方が、陰気な北の山奥でねちねち暮らしてる化物より百倍もましよ」

「黙れ」

「いいわよ。その代わり、さっさとあたしを解放しなさい。それができたら、親父に話して、真奈を見つける手助けをしてあげるわ」

「真奈はすぐに来る。私の腸《はらわた》が怒りでちぎれかねない理由でな。おまえの役は他にある」

「あんたたち、化物のくせに情が深いわよね。気のない相手をベソかきながら追っかける男と女か。やだやだ。人間と同じじゃないの。迷惑よ。さっさと相手を取って食っちまったら？　おっと、兄貴は困るけど」

何かがうねくった。

それはさおりの上体に巻き付き、プロレスラーなどより遥《はる》かに強い力で締めつけた。

空気を吸い込めば、そこを締めつけられ、窒息状態に陥る。

「いい……の？」

必死で呻《うめ》いた。

「……あたしの……こと……使えなく……なる……わ……よ」

「安心しろ」

声が伸びてきた。喘《あえ》ぐ口の中に何か細い濡れたものが入り、口腔《こうこう》内をこすりはじめた。

「あ……」

窒息寸前で声が出た。

「感じるか?」

声が嘲《あざわら》笑った。

「私の舌だ。危篤《きとく》状態でも官能が刺激される。じき濡れてくるぞ」

「誰が……あんたなんか……に……」

だが、さおりの全身はわなないた。

気が遠くなり——戻った。緊縛《きんばく》者は消えていた。

夢中で空気を求める肺が、爆発寸前だ。吸い込もうとしても入ってこない。心臓が停《と》まった。死ぬ。

全身から何かが引いていった。血だったかも知れない。

呼吸が楽になる合図だった。喘鳴《ぜんめい》を放っている間に、足音がやって来た。人間のものだ。

少し離れたところで、さおりを見下ろしている。

——いつか殺してやる。

はっきりと誓った。

「こたえたか？」

同じ声だった。

「……誰……が」

「威勢のいい女だな。それくらいでなくては、私のベッドの相手は務《つと》まらん。ひとついいことを教えてやろう。真奈との取り引きが成立した。明日の正午——〈早稲田大学《わせだ》〉大隈《おおくま》講堂の前だ。こちらからは、おまえの兄を連れて行く」

「……それは……それは……早く……あたしも……解放しなさい……な……今なら、パパに言って……生命《いのち》だけ……は……」

男の気配が突然、変わった。そこにいるのは別のものだった。もう立ってはいない。横たわって——もいない。強《し》いていえば、てんこ盛りだ。

ずるり、と足音が近づいて来た。

うつ伏せのさおりの脇を通って、後ろに廻った。

「あ」

スーツがさらに下ろされた。手を使っている。下は紐《ひも》だけのパンティだ。

「いい趣味だ」

男の声はくぐもっていた。

「よして……変態」

さおりは身じろぎしたが、男の手が尻を押さえていた。指が肉に食い込んでいる。

「あ」

短く放った。こらえきれなかった。秘部を形成する肉厚の唇を尖《とが》った硬いものがこすったのである。本能的に、

――舌だ
と思った。

――こんな刺激、はじめて。やだ、早いとこイッちゃいそう
「もう潤《うる》んできたぞ」

男の声は愉《たの》しげであった。反抗的な小娘が、自分の責めで官能の淵《ふち》に引きずり込まれていく。それに抵抗しようと悶《もだ》える姿が、堪《たま》らない刺激を喚起するに違いない。

「莫迦《ばか》」

「いいや、濡れている。じきに、じくじくと溢《あふ》れ出す。おお、若いくせに相当の淫乱だな。まるで泉だ。この調子だと、潮《しお》を吹きかねん」

男の声は、はっきりと聞こえるのに、責めは熄《や》まなかった。異様な熱意を込めて秘部の周囲を舐《な》め、つつき、ちろちろと嬲《なぶ》っていく。

急に――

「あーっ⁉」

さおりは絶叫を放った。潜《もぐ》り込んで来たのは、舌ではなく、もっと大きく硬いものが、ぐうーっと。それは奥まで届いた。

「駄目、嫌、駄目――」

身も世もない哀訴《あいそ》をさおりは放った。動いてやがる。あたしの内部で上下左右に前後に、好き放題に、いちばん感じやすい部分を刺激してやがる。

命じられもしないのに、剝《む》き出しの尻が上がっていく。何から何まで見られてしまう。秘所なら他にも幾《いく》らも目撃者がいるが、肛門《アヌス》までは御免だ。それなのに、潜り込んだものが鎌首《かまくび》をくねらせ、自在に蠢くたびに、腰も尻も媚《こび》を売るように動き、揺れる。それは、さおりの意思を無視したものではなく、望んだ動きであった。

「あ……あああ……あ……」

頰《ほお》を押し付けたカーペットの上を火のような喘ぎが伝わっていく。

「もう……駄目……やめて……気が……気が狂っちゃ……う……」

やっとの思いで絞り出した声を、

「狂ってしまえ」

との嘲笑が迎えた。

「――と言いたいが、これくらいにしておこう。狂われては役に立たないのでな」

声は体内から聞こえた。

嬲りが止まった。安堵の思いの奥に妖《あや》しい失望を感じながら、さおりは尻を下ろした。

その瞬間――

ずるり、と抜けた。数千ボルトの電撃を食ったような最後の刺激に、ぎゃっと叫んで、さおりは失神した。

少し間を置いて、

「故郷の冬は冷たく長い」

と、別人のような悲愁《ひしゅう》に満ちた男の声が闇に流れた。

それは、地上二メートルもの位置で聞こえた。

欲情に汗ばみ、わななく若い女体の上に、確かに男の顔らしいものが浮かんでいたのである。傲岸《ごうがん》、悪虐《あくぎゃく》を刻印したような顔は、どこか寂《さび》しげであった。

「だから、温《ぬく》もりの内部《なか》に入り込んだ裏切り者もいる。真奈よ、必ず連れて帰る。どれほど多くの生命を奪ってもな」

2

月島平太が〈西新宿〉のせんべい屋を出たのは、正午を少し廻った頃であった。

せつらは送ると言ったが、平太は断わった。

「久しぶりに一人で街中を歩いてみたいのでね」

一時間ばかりして、平太は会社からせつらの家へ電話を掛けた。

もう着いたと告げ、

「言い忘れたことがある。悪いが自宅までご足労《そくろう》願えんかな？」

「電話では？」

「まずい」

応じる身もへなへなだ。声がせつらの美貌《びぼう》を憶い出させるのである。

「盗聴でも？」

「そんなことをする奴はおらん、直《じか》に伝えたいだけだ」

「わかりました。時間と場所をご指定下さい。ただし、〈新宿〉で願います」

雇い主として当然の怒りを感じ――すぐ消えた。

「わしの家ではいかんのか？」

「はい」

「なぜだね？」

「勘です」

「――わかった。場所はまかせる。また君の家でもいいぞ」

「恐縮です。では、〈歌舞伎町〉の『ラスト・プラス・ワン』で、これから」

「これから⁉」

「不都合でも？」

「――いや。少し驚いたのでね。で、どうやって行けばいい？」

「〈駅〉から〈コマ劇〉まで真っすぐ下りてくる道があります。ぶつかる前に右へ折れる。『サンクス』ってコンビニあり。その右側のビルの地下二階です」

「どういう店だね？」

「イベント・スペースです。今日の催《もよお》し物は、〝格闘地獄15〟」

「ほお。わしは昔、空手と合気道をやっておった。愉しそうな演《だ》し物だな」

「ええ、まあ」

この辺の応答は曖昧《あいまい》なのか茫洋《ぼうよう》なのかわからない。タイトルどおりの内容だと、平太は判断した。〈区外〉の闘《たたか》いよりはマシだろう。人間の限界が垣間《かいま》見られるに違いない。

「では、これから用意をする――一時間後に会おう」

「承知しました」

電話を切ると、平太はオート・チェアを回転させて、背後に立つ二人を見上げた。

一七〇センチの彼の肩までしかない初老の男と、こちらは二メートル近いのではないかと思われる大女のコンビは、いかにも田舎者《いなかもの》らしい地味な背広の上下とワンピースに身を包んでいたが、男の方は袖《そで》と裾《すそ》をめくり、女の方はつんつるてんである。合うサイズがないのではなく、手近にあるのを着込んだとしか思えない。

不気味なのが、鼻の隆起が目立たぬのっぺりした幅広の顔の両脇に付いた眼であった。ひどく離れている上に、感情というものがない。視《み》るためだけの、まさしく――眼。人間の眼に非《あら》ず、生き物の眼であった。

「しくじりましたの」

と男が冷たく粘っこい声でとがめた。耳もとでささやかれでもしたら、全身から冷や汗が噴《ふ》き出す――それも男の声と同じ、糊《のり》みたいに粘つく汗が。

「やむを得ん。あの若者の力は、我々の想像を絶している。少しでも疑いを抱《いだ》かせたら、こちらの身の破滅だ」

「そういうもんかねえ」

女の声は天から降ってくるように聞こえた。粘つくのは男と同じだが、野太く低く、ずっと男っぽい。そういえば、手足はひどく黒ずんで見える。毛だ。黒く短い剛毛が、指先まで肌を覆っているのだ。

「誘い出して呑んじまや、こっちのもんだと思うけどね。〈新宿〉一の人捜《さが》し屋といっても、しょせんは人間でしょ」

男が同意する前に、平太が呻いた。

「あんたたちは、〈新宿〉も、そこに住む連中のことも知らんのだ。あの街でナンバー1

と言われる人間は、もはや我々と同じとは言えん。等しいのは外見のみの別の生き物だ」

「あーら、汗流して震えてる」

女が平太の首すじに顔を寄せ、弄《いら》うように息を吹き掛けた。

痙攣《けいれん》するように立ち上がりかけた肩を、男が押さえつけた。

「人間《ひと》じゃないのは、わしらも同じさ。いっそ、頭と精神《こころ》の中も別だと良かったのに、一族の者のトラブルはわしらが解決する。邪魔をする者は只《ただ》では済ません」

巨女《おおおんな》が瞼《まぶた》を揉《も》みながら、

「荷厄介《にやっかい》なことよね。神さまはどこまで中途半端が好きなのかしら」

「真奈さんは、あんた方が来たことを喜んでいるのかね？」

平太は椅子《いす》の背にもたれかかっていた。顔はどす黒く変わり、眼も鼻も口も歪《ゆが》んで見える。顔中を冷や汗が覆っているのだ。

「はっきり迷惑だと言われたよ」

「すぐ帰ってちょうだいって。あんな娘に育てた覚えはないのに」

「娘の願いを聞いてやったらどうだね？」

唇を動かすと汗が流れ込んだ。平太はそれを呑み込んだ。

「わしの見たところ、あんた方は〈新宿〉向きとは思えん。草深い東北の田舎ならまだ生きられるだろう」

「それって差別主義よ。毒があるわ」

巨女が身を屈《かが》めた。顔だけは無毛だ。膝は曲げず、地上二メートルの位置から上半身が平太の首すじへ下りて来た。

左の首すじに、黒い穴が二つ開いていた。

女が口を開いた。

平凡な犬歯は二本の牙《きば》に化けていた。

牙の先を正確に一時間ばかり前に打ち込んだ傷痕に当てがってから、巨女はゆっくりと根元まで埋めていった。

「毒には毒をもって、か」

男——滝王信介が念仏を唱えるような声で言った。

巨女が顔を上げた。牙の先がちょっぴり紅く染まっている。

「あなたの毒より、私の毒の方が人間には効《き》くわ」

「だが——長持ちしない。人間の方が」

「仕方がないわ。これでも必要以上出さないよう訓練しているのよ」

「殺したり気を狂わせたりしたら、元も子もないぞ」

「大丈夫。何とかなるわ——でしょ?」

男っぽいが優しい声であった。

平太はうなずいた。口の端から涎《よだれ》がこぼれ、顎《あご》の先からしたたり落ちた。

「さ、これから邪魔者退治だ。秋せつら、その後で森童子も只じゃおかん」

「最後は、こいつの倅《せがれ》ね」

巨女は凄《すさ》まじい眼差《まなざ》しを下方の平太に当てた。

「そうだ。真奈を捨てて逃げた張本人――こいつは許さん」

「なら、前の番を早めに片づけてしまいましょ」

「ああ」

その時、ノックの音が空気を震わせた。

三秒ほど置いてもう一度。さらに同じ間《ま》の後で、失礼いたします、と声をかけて、秘書の大喜奈江《たいきなえ》が入って来た。

平太を認めるや、ひいっと呼吸を止め、社長と駆け寄った。

赤黒く変色した平太の耳もとで何度も名前を連呼し、テーブルのインターフォンに手を伸ばす。

その甲に、ぽたりと生あたたかいものが落ちた。

ふり仰《あお》いだ視界を、重力が狂ったとしか思えぬ光景が塞《ふさ》いだ。

天井に貼り付いた男女――とりわけ、四肢《しし》を広げて背中を押し付けた巨大な女の姿よ。

脚の数こそ足りないものの、それはまさしく蜘蛛《くも》。

女秘書は、心理操作どおりに動いた。恐怖が限界を超えた瞬間、血液中の恐怖抗体が活動を開始する。秘書もメフィスト病院の患者のひとりだった。

垂直に上げた左手の薬指は、腕全体の優雅さを伝えつつ、嵌《は》めた指輪型の発射器から、指向性の超音波を絞り出した。

秘書は小走りに三歩進んでからふり向いた。

二つの影が落下したところだった。

なぜか音を立てなかった。

うつ伏せに倒れたのではなく、両手両足で衝撃を吸収したのだと知ったとき、秘書は二撃目《セカンド・サウンド》を送った。

確かに眉間《みけん》に命中したはずが、女は身動きひとつしなかった。ただ、顔の——異常に黒く染まって見えるその顔の表面で、何かが震えたのが見えた。

毛だ。女の顔をびっしりと覆った剛毛が激しくわなないたのだ。そこまではわかったが、それが超音波を四散させたとは、秘書にも想像できないことであった。

秘書は奥歯を舌先で押した。

二分と置かず、ガードマンたちが突入して来た。秘書の奥歯には、警備室へ直通の警報ボタンが嵌め込まれていた。

緊張のマスクが、迎えた人影を見て、激しく揺れた。

「ごめんなさい」

仄白《ほのじろ》い殺意を湛《たた》えた自動拳銃の銃口の前で、女秘書は苦笑を浮かべた。

「間違えて緊急スイッチを入れてしまったの。何も異常はありません」

疲れのせいか、やや黒ずんだ顔が背後のデスクを向いた。

椅子の背にもたれた月島平太を、どんなに顔色が悪かろうと、ガードマンたちが見間違えることはなかった。

「――秘書の言うとおりだ」

と社長は保証した。

「あの――本郷さんは？」

先頭のガードマンが訊《き》いた。平太には男女二人の秘書が付いている。公的な用事は、全て男の方――本郷が切り盛りしていた。

「今日は休みだ」

平太の声にイラ立ちを感じて、ガードマンたちは動揺した。これは早いところ退散した方がいい。

「わかりました。失礼いたします」

全員が敬礼を送った。

ガードマンたちが去ると、平太の背後から二つの影が湧き上がった。男の方はともかく、女はどう考えても余ってしまう巨人であった。それがガードマンたちの鋭い職業眼を巧《たく》みに欺《あざむ》くのに、どんな方法を使ったものか。

「これで〝ケエル〟が二匹になった」

滝王信介が面白くもなさそうに言った。

「んじゃ、早いとこ、片づけに行こう」

滝王栄《さかえ》が大きく伸びをした——天井にぶつかりそうだ。顔はもう人間の肌に戻っている。

平太に向かって、

「あんたもおいで。片づいたら一緒に始末してあげるよ」

「そら気の毒だぞ」

と信介が異議を唱えた。

「月島さんがいなくなると、後が厄介だぞ」

「真奈を連れて田舎へ引っ込んじまえば、誰にもわかりゃしないわよ。警察が来たって、いつものとおり処分すればいいわ」

「うーむ」

と腕組みするのへ、

「あんた、まさかこの女をどうこうしようとかいうんじゃ」

栄ににらみつけられ、信介は慌てて、とんでもないと手を振った。

「お、おまえにやる。好きにしろや」

これで機嫌を直したか、栄はようやく笑って、

「さ、行くわよ」

ドアへと向かう栄の後を信介と〝ケエル〟の平太は、思い思いの足取りで追いはじめた。

3

盛り場というやつは、世界のどこでも共通した雰囲気《ふんいき》を持っている。

いかがわしさ——これだ。

目的のある連中——飲食店へ向かう学生やサラリーマンやOLたち。ラブホテルへと急ぐカップルたち。危険な風俗店目当てのオヤジども。

彼らはまだましかも知れない。

対して、目的など持たずにぶらつくだけで、路上の客引きの絶好の餌食《えじき》になる〈区外〉

の人々。

　彼らもまだまだましかも知れない。

　そんな人々を、狭い路地の片隅から、危険な眼つきで窺《うかが》っている犯罪者や、そんな意欲もなく、虚《うつ》ろな眼つきで宙を仰いでいる麻薬中毒患者《ジャンキー》たち。最小限の布地《ぬのじ》に身を包んだだけで、路上で身をくねらせる街娼《がいしょう》たち。

　彼らが最も危険だ。脳を冒《おか》されている中毒患者は、突如《とつじょ》ナイフをきらめかせて通行人に斬《き》りかかるし、通行人に騒がれた犯罪者たちは、たやすく拳銃の引金《ひきがね》を引くからだ。

　そんな彼らの持つ雰囲気が街の空気を決めてしまう。彼らはいわば、〝捕食者《プレデター》〟なのである。

　ただし――〝いわば〟だ。

　〈区外〉での話。

　ここは〈新宿〉――中でも最も危険な〝安全地帯《セフティ・ゾーン》〟――〈歌舞伎町〉なのであった。

　ほら。

　いま歩道を歩いていた通行人が、ふっと眼を離すと消えている。空気の中に消えたのか？　何年もの間、答えはＹＥＳであった。空間に開く異次元のほころびは、何百人もの人間を虚空《こくう》へ吸い込んで再び帰さなかった。

　だが、〈区〉に雇《やと》われた透視能力者と、新たに設置された監視カメラが正体を暴《あば》いた。

人は空中に消えるのではなく、地面に吸い込まれるのであった。

空中に開く異次元の空洞がアスファルトの表面に生じてもおかしくはない。

だが、それがすべて、周囲の人間が犠牲者から眼を離した一瞬の隙《すき》を衝いてとなると、意図的なものを感じざるを得ない。

何者かが地面に穴を開け、誰の眼にも留まらぬ瞬間に犠牲者を吸い込んでは、瞬《まばた》きするより早く、閉じてしまうのだ。

また。

明らかに目的地へ向かう足取りの人間が、不意に方角を変え、ビルとビルとの間の細い路地へと入り込んでしまう。やがて見つかるのは、幾片《いくへん》かの骨だけだ。

そこにも何かいる。

〈新宿〉の空気は、こんなものたちがこしらえている。

〈歌舞伎町〉は特に。

だが、それによって〈歌舞伎町〉の雑踏が静まり返ることも、パトロールの警官の数が増えることもない。

学生たちは新しい遊び場を求めて鼻歌混じりにぶらついているし、観光客たちは、多少びくつきながらも、好奇に満ちた眼を四方に注《そそ》いでいるし、その筋の連中は、この世に怖いものなどないという風に肩で風を切って歩く。

そこに恐るべき〝死〟が口を開けていようとも、我が身に牙を剝かぬ限り、人々の日常には変化がない。いや、ないと信じている。

時折、その信念が呆気《あっけ》なく崩壊する場合がある。

いま。

ざわめきが不意に熄《や》む。人間とそれ以外の存在が作り出す雑駁《ざっぱく》な響き。声、血流、発汗、足音、触れ合う服、アスファルトに当たる光――それらのこしらえる交響が、突如絶える。一斉にではない。沈黙は流水のように、〈靖国《やすくに》通り〉から〈新宿コマ劇場〉へ向かって移動して行く。

彼が通るときは、いつもそうだ。だから、〈区民〉にサングラスが増えた。

〈――コマ劇場〉の脇腹にぶつかるT字路で、秋せつらは右へ折れた。それなりに幅のある道の右方に「サンクス」が店を開き、その手前のビルの玄関は、吹きっさらしの階段と二基のエレベーターがあるきりだ。

右方の壁に、ビラが何枚も貼られ、「ラスト・プラス・ワン　今月のスケジュール」やら「本日の催し〝格闘地獄15〟」やらが、あるかなしかの風に揺れていた。

左のエレベーターを使って、せつらは地下二階へ下りた。

ドアが開くと同時に、異様に熱い興奮と声とが押し寄せて来た。

「殺《や》っちまえ」

「残らず平らげろ！」

「電気ショックあるぞ。動物園の大型獣用だ」

空気には煙草《たばこ》とアルコールと熱気と――確かに獣《けもの》の臭いがこもっていた。

右方のドアを抜けて、せつらは、場内に入った。

一〇〇坪以上あるフリー・スペースは、様々な催し物に開放されているが、〈区外〉ならまず許可されない非道、無法、危険なイベントは日常だ。

負傷者どころか死者も続出のため、スペースの奥には治療室兼霊安室が完備され、火葬用のボイラーまであるというが、これは噂《うわさ》にすぎない。

ドアのすぐ右に置かれたテーブルの向こうで、チケット係の娘が、あン、と洩《も》らした。せつらを直《じか》に見てしまったのである。せつらはたびたびここを訪れているが娘は新人だったらしい。

ほとんど放心状態の娘の前に料金を置き、チケット・スタンプを左手の甲に押して、せつらはどよめきの中に加わった。

中央の四角いリングを椅子席の客たちが取り囲む形は、大概《たいがい》の地下闘技場のものだ。立錐《りっすい》の余地もなく、通路にも客が座り込んでいるため、せつらもドア近くに立つしかなかったが、構わず客たちの間を歩きだした。

当然、ぶつかる。

「何だ、この野郎」

気の荒い連中が興奮の中だから、殴《なぐ》りかからんばかりの勢いでせつらをにらみつけるが、たちまちトロけてしまう。この手で、せつらはトラブルもなく、最前列の中央の席を取れた。

頬に傷のあるおっさんに、

「いいですか?」

と訊いたら、ふらふらと立ち上がってくれたのである。

「どーも」

と座り込んだせつらを見ると、何もかも知りくさってやったとしか思えない。

どうやら少し前から事態に気づいていたらしい女性スタッフがやって来て、サングラスを手渡そうとした。

「リングの選手たちが腑《ふ》抜《ぬ》けになると困ります」

色っぽい顔つきの、声を出すたびに豊かな乳房の揺れる娘であった。

「自分のあるから」

と断わって、せつらは自前のを掛けた。

「元気そうだね、斉藤《さいとう》さん」

「お久しぶりです」

娘は胸を揺すって笑った。人懐《ひとなつ》っこい笑いだが、相手は別の方面に気を奪われるに違いない。

「ご主人は元気？」

娘はひと月前に結婚したばかりだった。

「えー。もう激しくて」

「…………」

「やだあ」

娘が豪快に笑ったとき、その白い谷間に、何かが飛び込んだ。

「あら」

とつまみ上げ、娘は眼の玉だわと言った。

どよめきがリングを包んだ。

娘は小走りに走り、せつらはリングに眼を向けた。

空手着を着込んだ二メートル近い選手の顔面へ、二メートル半はある相手の拳《こぶし》がめり込んだところであった。まさしく、それは手首までめり込み、選手の顔は眼も口も鼻も顔の奥に消えていた。どちらも素手である。常識なら空手着の方は即死だ。

相手が拳を引いた。空手着の顔は完全につぶれている。それがポン、と戻った。カルメ焼きのように膨《ふく》らんだのである。

復活した顔の左眼と前歯はすべて失われていたが、客席がどよめいたほどの美貌の主であった。むろんどよめきは、その美しさが破壊されたことへの怨嗟《えんさ》であった。

引きかけた拳が止まった。空手着が摑んだのである。相手は力較《くら》べに付き合おうとはしなかった。大きく頭を反らせるや、凄まじい頭突《ヘッドバット》きを叩き込んだ。

歓声が場内を震わせた。

相手の頭部は、またも空手着の顔面にめり込んでいた。

いや。空手着の顔は縦《たて》に裂けていた。それが相手の頭部を呑み込んだのである。相手はもぎ放そうとしたが、空手着は首をひと振りして、付け根から咬《か》み取った。

レフェリーが駆け寄り、反則だと叱責《しっせき》したのは滑稽《こっけい》な茶番としか見えなかった。

空手着が左眼を押さえていたので、せつらは女性スタッフから受け取っていた眼球を放ってやった。

受け取った空手着が、にやりと笑って眼窩《がんか》に嵌め込んだとき、その全身に、何とも汚怪《おかい》な色彩の鞭《むち》が絡み付いた。いや、おびただしい触手《しょくしゅ》だ。それはリングの中央に立つ首無し男の、その首の切り口から伸びていた。

首無し男は頭上三メートルに空手着を持ち上げ、次の瞬間、数十個の肉塊に分断してしまった。

拍手と歓声の渦《うず》である。

そのとき、せつらの前に月島平太が中腰の姿勢で現われた。

「ご足労です」

とせつら。

「こちらこそ。しかし、大したものだな、君は。こんな中でどう見つけようかと算段していたが、一発でわかった。この席が光りかがやいている」

「それはどうも。——すみません」

せつらはサングラスを外し、隣《となり》の重役風に小首《こくび》を傾《かし》げて見せた。

空席が生じた。

呆然《ぼうぜん》とせつらを見ながらそこへ腰を下ろしても、平太は何も言わなかった。言葉にならなかったのかも知れない。

リングでは、空手着の相手がレフェリーに食ってかかっていた。

「何のクレームかね？」

平太が訊いた。抗議は身ぶり手ぶりでなされていた。

「なぜ、勝ちを認めないのか、と」

「わしももっともだと思うが」

「血が出てないでしょ」

平太が、はっとした瞬間、リング上の肉塊が一斉にある方向へ動きだした。

そこに心臓が落ちていた。まだ膨縮《ぼうしゆく》を繰り返しているのは不思議ではなかったが、それを塗り固めるような形で肉塊が集まり、付着し合いだしたのは、〈区民〉たちさえ声を失う怪現象といえた。

二秒と待たず復元した空手着姿が、相手の胸に凄まじい二段蹴りをかけるのを確かめてから、

「こんなところでする話ではないが」

と平太は切り出した。

「真奈のご両親が、どうしても君の生命を欲しいそうだ。後ろの席におられる」

第七章　土蜘蛛《つちぐも》の裔《すえ》

1

「はあ」

せつらは茫洋《ぼうよう》としたきりである。喉元《のどもと》にナイフを突き付けられても、この美しい若者の反応はこうだろう。

「一応、逆らいますけど」

「もちろんだ」

せつらは、ちらと平太の眼を見て、

「憑《つ》かれてますね。仕方がない」

と言った。平太はその位置で上体をねじ曲げ、後ろの席を向いた。

せつらの真後ろに滝王栄が、平太の後ろの席には滝王信介が腰を下ろしていた。

「お初にお目にかかります」

と栄が言った。せつらより頭ひとつ高い巨軀《きょく》は、窮屈《きゅうくつ》そうに椅子《いす》と椅子との間に折り畳《たた》まれていた。

「どーも」

せつらもふり向いて返した。

「あたしは滝王栄。真奈の母です」

「おれは滝王信介。電話では失礼をしました。お近づきの印《しるし》は受け取ってもらえませんでしたかな？」

せつらを咬《か》んだ毒蜘蛛《どくぐも》のことである。声に揺れる不審さからして、よほどの自信があったらしい。しかし、田舎《いなか》の親父《おやじ》としか見えない男は、せつらの顔を正面から見た途端、恍《こう》惚《こつ》たる表情で首を振った。

「しくじったはずはない。だけど、こんないい男なら——しくじって良かった」

「タローもイカれちまったのかしらね」

と窮屈そうな女が言った。タローとは毒蜘蛛の名前だろう。こちらもとっくにとろけている。

「結構な品をどうも」

せつらの挨拶《あいさつ》が本気かどうかはわからない。

応《こた》えたのは栄の方であった。

「こんないい男、処分するのは心苦しいけれど、あたしたちの邪魔をされては放任しかねるわ。あなたの次は森童子、最後はあの腑《ふ》抜け婚約者と送り届けてあげる」

「森童子って、真奈さんのもと彼じゃないんですか？」

「そうよ。でも、真奈が婚約する前からふざけた真似ばかりしてくれたの。真奈が奴と付き合いはじめたのだって――」

「よさんか、栄。家の恥を」

怒気を含んだ信介の声が、栄の言葉を断《た》ち切った。信介が引き取って、

「――とにかく、おれらは森童子との付き合いに大反対だったのです。そこへ月島さんが現われた。天の助けだと思いました。真奈の方が惚《ほ》れていたのもいい材料でした。おれらは、できるだけ早く真奈を東京へやり、元気な子を産んで欲しかったのです」

「ＤＮＡを広げるため？」

せつらがこう訊《き》いたのは、それなりに気になっていたと見える。

「それは――」

口ごもる信介を押しのけるように、栄が前へ出た。

「そのとおりよ。あたしたちの家は、北の涯《はて》の長くて暗い冬とともにそびえている。それが掟《おきて》なのよ。北の故郷を一歩も出てはならない。先祖代々その土地で生きることを強《し》いられ、逆らう者も疑問を抱《いだ》く者もいない。でも、あたしたちは反対だった。自分の娘には、あたたかい土地、光に満ちた土地で一生を終わらせてやりたかった。森童子の一族と戦いの火蓋《ひぶた》を切りながらも、真奈の婚礼を進めたのは、この思いに支えられてのことよ。いつの日にか、あたしたちの子孫が世に満ちる――その日のためになら、何を捨てても良かった。現に森童子一族との戦いで、真奈の二人の兄と妹は殺されたわ。もちろん、あた

しの方も、識名の両親と兄三人を八つ裂きにしてやったけれど」

凄《すさ》まじい告白を茫洋と聞きながら、せつらは案外、他人の耳を気にしていたのかも知れない。時折、細い糸くらいに開いた瞼《まぶた》の間から、黒い宝石に似た瞳がゆっくりと動いている。

幸い、リング上の戦いが再開され、客たちの注意はそちらに集中していた。歓声が会話を掻《か》き消してしまう。

「〈新宿〉に住むつもりですか？」

と訊いた。栄は大きくかぶりを振った。

「とんでもない。こんな同類の多い街に暮らせるものですか。あたしたちは外へ行くわ。人間の住む世界で繁栄をかち得るのよ。真奈の子は人間と結婚し、その子供たちも、人間の血の中にあたしたち一族のＤＮＡを増やしていく。これこそ平和的拡大ってものじゃない？」

「平和的」

とせつらは、ぼそりと言った。問いではない。だが、栄が次に浮かべた笑いからは、殺気が溢《あふ》れていた。

「どんな試みにも反対する者がいるわ。そいつらを排除するためには、争いもやむを得ないでしょうね。血を流したくはないけど、大量に流れることになるわ。共存共栄のための、避け難い悲劇ね」

「共存」

「そうよ」

せつらを見る双眸《そうぼう》は、ある決意を湛《たた》えて底光りしていた。

「共栄」

栄は、それにもそのとおりと答えるつもりであった。

実現する前に、邪魔が入った。――飛んで来た。

空手着の男であった。相手に放り投げられたのである。

二メートルの身体は、栄とせつらを押しつぶす勢いで落下し、二人の頭上数センチで、ぴたりと停止した。眼に見えない網にかかった――という感じではない。ぴたりと貼り付いた――そうとしか思えない奇妙な停まり方であった。

「へえ」

とせつらが感心した風もなく口にした。栄は細い眼で滞空中の空手着男を見上げ、

「うざい男ね。さっさと自分の巣へお戻り！」

言うなり、リングへ右手を振り下ろした。

空手着男の飛び方は、投擲《とうてき》された物体のそれであった。

一〇本近い触手がそれを貫《つらぬ》いた。痙攣《けいれん》する空手着を放り出し、こちらも二メートルを

超す巨漢――いつの間にか顔を復元したらしい――は、しかし、勝ち誇ることもなく、栄の方へ眼をやった。

破顔したのは一瞬の後《のち》である。

触手をリング・ロープに巻き付けた顔は、だらしなくとろけていた。

「そこのハンサム坊や。あんたがやったのかい？」

何のつもりかせつらはうなずいた。

「この嘘《うそ》つき！」

と栄が絶叫した。こめかみに青すじが浮いている。激怒のせいか、次は声も出ず、ようやく、

「そいつを投げたのはあたしよ。あたしを誉《ほ》めなさいよ！」

「おい、栄!?」

夫が上衣《うわぎ》の袖《そで》を摑《つか》んで引いたが、たちまちぴしゃりとやられた。触手だらけの巨人は大きく頭を振って、

「こら失礼したな。みんな奥さんのおかげだ。お礼に、おれが相手をしてやろう。リングへ上がりなよ」

もちろん、半《なか》ば冗談だ。栄も舌を突き出して、べーと伸ばした。

「誰がそんな血だらけで汗臭いとこへ行くもんか。用があるなら、そっちからおいで」

「ちょっと！」

斉藤と呼ばれたグラマー娘が、胸を揺すりながら飛んで来た。

「あの、この催《もよお》しは参加自由なんです。やる気がないんなら、挑発はやめて下さい。ファイターが来ます！」

「あら」

リングから下りてこちらへ向かって来る人影を見る栄の顔には、明らかに闘志が燃えていた。

「こんな小母《おば》さんをプロの格闘家がイビるつもりかしら」

「お客さん、〈区外〉の方ですね」

斉藤と呼ばれた娘は咎《とが》めるような口調で言った。

「ここは〈新宿〉です。〈区外〉の常識は通用しません。お年寄りでも容赦《ようしゃ》はしてくれないし、〈警察〉だって逮捕も起訴もしないんです。あ」

最後のあは、娘の立つその真横に、二メートルを超す巨体が舞い下りて来たせいだ。跳躍したらしい。音も振動もないのは、大した技倆《ぎりよう》であった。

「あの、ちょっと――勘弁してやってくれません？」

娘の声には絶望が濃い。

「どきなよ。大した小母さんだ。今日のルールを」

「わかってません。〈区外〉の人なんです」

「それも止める理由にゃならねえよ」

いつの間にか、沈黙が店内を支配中であった。

「でも」

なおも抗弁しようとする娘の肩に、毒々しいマニキュアを施《ほどこ》した女の手が置かれた。

「もういいって。あたしもやる気満々なんだ。下がってて」

優しい声であった。

栄は立ち上がり、通路へ出た。信介が、おいと声をかけたが、一切《いっさい》無視して、代わりにせつらへ、

「あんた、止めないのかね？」

「お達者で」

「手の内が見られて大歓迎ってわけかい？」

「つべこべ言ってんじゃねえよ、小母さん」

ごつい指の付いたカキの殻《から》みたいな手が、栄の胸《むな》ぐらを摑んだ。

歓声が上がった。この店内では、常に新しい闘いと――血が求められているのだ。

「おれの試合にアヤつけてくれたな――」

巨人は声を止めた。

女の胸ぐらを摑んだ指に違和感が生じたのだ。彼は指を離そうとした。離れはしたが、ひどく時間がかかった。固まりかけたセメダインを握りしめていたような気分だった。

指と指との間に張られた白い糸を見つめて、

「てめえ——何だこりゃ？」

「糸さ」

「糸？」

高等数学の問題を突き付けられた劣等生みたいな表情が突然、上昇した。いや、巨体もまた。

その身体が一〇メートル近い天井に貼り付いた瞬間、どっと歓声が上がった。

「どうやったんだ？」

平太がせつらに訊いた。信介のことは意図的に無視した。

「天井にいる奴に糸を張れと命令したんです」

「天井の奴？」

平太は宙でじたばたしている巨人の——さらに上空へと眼をやったが、何も見えなかった。

「彼の指をくっつけたのは、別の奴です。何匹も飼ってるらしい」

「何匹って動物か？」

「いえ」

「勿体《もったい》をつけるな。教えてくれ！」

「蜘蛛です」

ぽつんと言った。

「蜘蛛ぉ？　すると奥さんは蜘蛛使いか？」

「半分正解」

「え？」

大企業の社長は、子供みたいに眼を丸くした。

「蜘蛛使いですが、当人も――」

せつらがのんびりとここまで口にしたとき、栄が動いた。

「じゃあ、ちょっくらあの男の肝《きも》をひしいでやろうかね。おかしな展開になったけど、あんた逃げるんじゃないよ」

こうせつらに言い残すや、右手を高く上げて、眼に見えないロープでも摑むみたいに拳《こぶし》を握るや、ひょいと宙に浮いた。落ちはしなかった。大柄な身体は、まるで発条《ばね》仕掛けのように上昇し、巨漢のかたわらに、頭を下にしてすっとぶら下がったのである。

歓声が渦《うず》となって店内を駆け巡《めぐ》った。

2

「のきやがれ。この婆《ばば》ぁ」

巨漢が喚《わめ》いた。満場がどっと沸《わ》いた。新しいショーの開催の予感が、好きものたちの暗い核心を刺激しているのだった。

栄も刺激されたのかも知れない。

「楽しい店ね」

と地上を睥睨《へいげい》しつつ、うなずいた顔は、かすかに上気《じょうき》していた。

「なら、ようく見といでよ。〈区外〉にも、〈魔界都市〉に負けない人間が生きてるって証《あかし》を」

栄の口が尖《とが》った。

そこから銀色のすじが音もなく吐き出されるや、もがく巨漢の全身に、びらびらと粘着したのである。

近くで眼を凝《こ》らしてようやく細い糸と知れるそれが、どれほど強靭《きょうじん》な物質であるかは、巻かれた位置で巨漢の振り廻す腕がぴくりとも動かなくなったことでわかる。全身が銀色に変わり、やがて顔だけを残し、いやその顔も吹き付ける糸に隠されて、一個の巨大な繭《まゆ》が天井に出来るまで、三〇秒とかからなかった。

　ああ、せつらが平太に言った、半分正解の意味はこれか。

　真奈の母は蜘蛛使いというだけではなかった。その毛むくじゃらの手、異様に細く長いその手足――四つん這《ば》いになったら？

　この女自身が蜘蛛なのだ！

　内部に封じ込められた男の抵抗の様《さま》は、不器用な繭の揺れでわかった。

「仕上げだよ」

　言いざま、栄が右手を引いた。下からは見えない糸の為《な》せる業《わざ》か、長大な糸の塊《かたまり》は半分に縮まったのである。

　封じられた巨漢の身に何が起こったのか、想像せずとも知れるこの恐るべき現象に、〈新宿〉の客たちも一瞬、息を呑《の》み、次の瞬間、凄まじい拍手と歓声で報《むく》いた。

「ありゃあ」

　せつらのかたわらで、斉藤と呼ばれた娘が、こりゃ凄いという感じで肩をすくめた。

　平太はもとより、夫の信介さえ声もない。そして、せつらは――ぼんやりと、そこだけ罪のない春風が吹き抜けているような茫たる美貌《びぼう》をこれまた天井に向けている。どう見ても肝をひしがれたとしか思えない――片手を口に当てたのも、悲鳴を殺すためだろう。だが悲鳴は、いくら何でも、ふわあとは言わない。

が、中年女の吐き出す糸に巻かれても、半分のサイズにつぶれても、何の興味もないのだった。

平太が呆《あき》れた――というより感動の声を上げた。この若者には、二メートルを超す大男

「欠伸《あくび》か⁉」

店内にまたも沈黙が落ちた。

みなが同じ場所を見ていた。同じ人物を。

秋せつらを。

天井の女がそうしたから。

「あたしの手の内がわかっても、防ぐ手立ては見つかるかい？」

栄が呼びかけた。

返事の代わりに、せつらは平太を見た。

「いいんですか？」

戦っても、という意味だ。一応、依頼人《クライアント》の意見は訊く必要があるだろう。

平太は信介を見つめた。目下《もっか》の支配者だ。

「いいとも」

と田舎の親父は深々とうなずいた。

同時に、せつらの頭上からびらびらと吹き付ける銀の糸雨。

だが、それはせつらに触れる寸前、別のものに巻き付いたのである。せつらの頭上で音もなく回転するそれは、おびただしい糸のことごとくを自らと粘着させ、太い銀色の綱になった。

噴射を中断し、栄は眼を剝《む》いた。

「あんたも糸を使うのかい？　こりゃ面白い。どっちの糸が勝つか、お客さんはきっと見たがるよ」

どっと店内が沸いた。

せつらは黙って立ち上がった。

ああ、店内に死の静寂が満ちた。

そもそもせつらに闘う気があるのかどうか、大いなる疑問と言わざるを得ない。リングへと向かう姿には恐れどころか緊張の破片《かけら》もない。客たちから野卑《やひ》な掛け声も、冷やかしの拍手も起きないのは、その美貌のせいだが、半分くらいは、春風駘蕩《しゅんぷうたいとう》たるその雰囲気に呆れ返ったのかも知れない。

だが、彼らは気づいていない。

この若者は、闘《や》る気がなくても平気で生死を賭《と》した闘いに身を投じ得ることを。欠伸をする気分で相手の首を落とせることを。

尋常の反応が示されたのは、何のつもりか、ジャンプもせずにロープを潜《くぐ》ってリング内へ入りかけたせつらが、足を引っ掛けてつんのめりかかったときであった。

どよめきとわずかな笑い声。しかしこれも、異形《いぎょう》のものが束《つか》の間《ま》見せた、人間臭い部分に安堵《あんど》した結果と見えないこともない。

面白くもなさそうに体勢を立て直し、せつらはリングの中央で頭上の蜘蛛女をふり仰《あお》いだ。

いつの間にかサングラスを掛けている。

「ほお、その顔を封印するとは、あんたもフェア・プレイ病かね」

滝王栄は嘲笑《ちょうしょう》した。

「当家《うち》に伝わる伝説によると、三〇〇年も昔の連中が、それを自慢にしてたそうだよ。みいんな食われちまったらしいけど」

暗く重い北の一族の伝説だ。それに対して、美しい〈新宿区民〉はこう応じた。

「――フェア・プレイ？　何それ？」

滝王栄の表情が変わった。と見る間に、すぼめた口から、びらびらと白い糸がせつら目がけて吹き出されたのである。

すでに無効と知れた攻撃に対し、せつらの妖糸が迎え撃つ。

糸は糸に粘着し、またも白い綱が編み込まれる。

せつらの顔に、あれ？　という表情が浮かんだ。蜘蛛糸を受ける妖糸の手応《てごた》えが消滅したのである。

「——酸？」

と、栄に問いかけたのが、おかしいといえばおかしい。凄《すご》いといえば凄い。栄も呆れたのか、糸の噴射を中断し、

「そのとおりよ」

にんまりと唇を歪《ゆが》めた。

「一族《うち》の胃酸は、鉄でも溶かす。胃にもたれて動きが鈍《にぶ》れば、南から来た侍《さむらい》どもや猟師のいい的《まと》にされちまうのでね。あんたの糸——珍しく溶けにくいね。でも、あんたはすぐに溶かしてやるよ。それとも、ここまでやって来て、文句をつけることができるかね？」

「うん」

せつらの返事を虚勢と取ったか、単なる愚行と取ったか、笑いを消すや、栄は三度《みたび》唇を尖らせた。

その眼はリングの上の——眼下のせつらをはっきりと捉《とら》えていた。それなのに、彼が膝《ひざ》も曲げずに浮き上がり、ぐんぐんこちらへ上昇してくるのを見ながら、何もしようとしなかった。

できなかったのである。眼前で自分を見つめる顔に見惚《みと》れて。空中に浮かんだそれはサングラスを取っていた。

「初めてですか、こういうタイプ?」

と顔が訊いた。

栄はうなずくことしかできなかった。

「お邪魔」

せつらの声と同時に、栄の首は落ちた。

紅《あか》い蓮華《れんげ》のように振り撒《ま》かれる血潮《ちしお》に、客たちはようやく本来の行動を憶《おも》い出した。歓声と拍手の嵐が場内を吹き荒れた。

空中に留《とど》まる胴体から迸《ほとばし》る血のしぶきを巧《たく》みに躱《かわ》しながら、リングにひとりの小男が駆け上がるや、栄の首を抱いて、頭上のせつらをふり仰いだ。

「捜《さが》し出すべき相手の、義理の母となる女の首も落とす、か。この街と住人を見くびっていたらしいな」

声には覆《おお》いようのない怯《おび》えが揺れていた。

「だが、これでは済まさん。滝王一族の名に懸《か》けて、秋せつらよ——おまえも標的だ」

彼はせつらを指さした。その両眼に凄まじい怒りと凶気の光が宿っていた。

身を翻《ひるがえ》して軽々とロープを飛び越したとき、その左手から黒い塊が飛んだ。

黒い波のように悲鳴が広がりはじめたのは、滝王信介が通路を駆け抜け、ドアを閉じてからだ。

客たちが喉《のど》を掻《か》きむしりつつ、次々に倒れていく。どす黒く染まったその顔は、疑いようもない猛毒の効果を示していた。

せつらの眼は、一〇メートルの高みから、犠牲者たちの手もと、首すじを移動する黒い点を見逃さなかった。

「蜘蛛だ。ドアを閉めて、殺虫剤を撒きたまえ」

珍しく声をふり絞った。絶叫と苦悶《くもん》の交響の中で、その声はスタッフの耳にひとすじの清流のごとく届いたのである。

瞬《またた》く間にドアが閉じられ、換気孔から刺激臭たっぷりの白煙が吹き込まれる。

「殺虫剤です。吸い込んでも大丈夫。慌《あわ》てないで下さい」

声を嗄《か》らしているのは、斉藤と呼ばれたグラマー娘以下のスタッフだ。

約三〇秒――下界の騒ぎがひとまず落ち着いた時点で、せつらも地上へ下りた。

月島平太は、もとの席で震えていた。無事だったらしい。

「死んだ連中と店への損害は補償してくれますよね？」

せつらの念押しに、彼は弱々しくうなずいた。惨状に魂《たましい》まで奪われたこともあるし、滝王夫婦の毒も効果を失いつつあったのだろう。しかし、この会場を指定したのはせつらなのであった。責任は免《まぬが》れない。

「わかった。できるだけのことはする」

「できなくてもして下さい」

いつの間にか近づいたグラマー娘であった。二人を見つめる表情は固く、怒りに燃えていた。

「そーゆーこと」

とせつらは、平太に告げた。あくまでも、我関せずの涼しい顔であった。

3

「毒は除いたが、珍しい毒だった」

待合室にやって来たドクター・メフィストの言葉に、せつらは、へえと応じただけである。平太に注がれた催眠毒のことだ。解けた以上、何の興味もないのである。

「現在のものとは量も効果も異なる、あれは東北に栄えたある忌《い》まわしい一族の毒だ」

「残留効果は？」

「ない」

「どーも」

これ以上、何を言っても無駄だと思ったか、メフィストは、

「一〇〇人以上が死亡状態で送致されている。あれもかね？」

「はは。助かる？」

『『ラスト』のスタッフに聞いたが、あと五分遅ければ、君は殺人者の片割れだったのではないかね？」

「ははは」

「月島氏とはすぐ会える。入院の必要もない」

「させてくれ」

「これはこれは」

「彼にはとりあえず用がない。だが敵は別だ。向こうに利用し甲斐《がい》がある人間は、閉じ込めておくに限る」

「月島氏はそれに該当する、ということか」

「ピンポーン。それと、僕にも予防を頼む」

「滝王一族用の解毒《げどく》剤なら、調合に時間がかかる。古いやり方を使っているものでな」

「とりあえずでいいよ」

「よかろう。五分待ちたまえ」

せつらを残して、メフィストは診察室へ戻った。

平太の掛けていた椅子に、別の人物が腰を下ろしていた。

「どんな話をしたか、訊いてもよろしいですかな？」

尋《たず》ねたのは、滝王信介であった。

「残念だが。あなたのことも、秋くんには内緒だ」

「妻は生き返りませんでしたが、あなたが、我が一族の医療へ興味がおありで助かりました。約束どおり、我が一族の資料は一両日中にお届けいたします」

「森童子家の資料もだ」

「これは、失礼を」

信介のこめかみに汗の珠《たま》がひとつ浮いた。

「すぐに手配をしてまいります。人捜し屋に手も打たねばなりません」

「手を打っても、秋せつらは手強《てごわ》いぞ」

「ご心配には及びません。一族の中でも飛びきりの猛者《もさ》を手配いたしました」

言ってから、メフィストのつぶやきは、これを引き出すためのものかと疑ったが、白い医師の横顔を一瞥《いちべつ》した途端、そんな考えは恍惚の中に埋没《まいぼつ》してしまった。


夜が明けてすぐ、さおりは眼を醒《さ》ました。

マンションの一室なのはわかっている。

遮光《しゃこう》カーテンを開けた窓から透《す》きとおった光が射《さ》し込んで、二〇畳ほどの室内に生命《いのち》を与えていた。使っていない部屋らしく、調度はゼロだ。耳を澄ましても、何も聞こえない。自分を犯した男と兄がいるはずだが、確証は摑めなかった。

眠気が遠ざかるにつれ、昨日の怒りが頭をもたげはじめた。

「いつか、あんたの肛門に鉄製のバイブを思いきり突っ込んでやるわよ、森童子識名。一回レイプしたくらいで安心したら後で痛い目を見るって、これも後で思い知らせてあげる」

声に出したのは意思に力を与えるためだ。

「昨日は身体も自由にならなかったから姦《や》られちゃったけど、実力発揮はこれからよ。兄さん——何が何でも助け出してあげる」

さおりは動きを封じている原因をチェックした。縄とか手錠ではない。全身が痺《しび》れているのだ。昨日のちくりの効果がまだ残っているのだ。かなり強力な麻酔か痺れ薬に違いない。

縄だの手錠だのなら何とでもなるが、これは厄介《やっかい》だ。解毒剤がない以上、効き目が薄まるまで待つしかない。

そのとき、ドアがかすかな音を立てた。錠《ロック》が外れたのだ。

「あいつ？」

緊張と憎悪の視線をドアへと飛ばす。

こちらの様子を窺《うかが》う風もなく、ドアはゆっくりと開いた。

入って来たのは若い男だった。

「兄貴⁉」

抑えるつもりが声は弾《はじ》けた。やっとひそめて、

「無事だった？」

兄――月島やしきは、小さくうなずいた。

さすがにやつれてはいるが、雰囲気には精悍《せいかん》さが満ちている。

「大丈夫だ。おまえは？」

「無事よ。ねえ、あいつどうした？」

「識名はいま外出してる」

「兄さん――痺れてないの？」

「ああ。抵抗しなかったんでな」

「どうして？」

「あいつは真奈のもと彼だったんだ。おれを真奈のところへ連れ帰るのが目的じゃない。真奈を取り返すことだ。おれは交換されることに決めたよ」

「良かった」

さおりは、思いきり吐いた息に声を乗せた。

「じゃ、あたしも用済みってわけね。兄貴、一緒に帰ろう」

「そうだな、上手《うま》くいけば」

「大丈夫——いくわよ。真奈さんを確保できなかったら、あいつの責任でしょ。放《ほ》っときゃいいのよ。あいつと一緒になれば、真奈さんももう兄貴に近づけないわ。お似合いよ、あの二人。化物《ばけもの》は化物同士でくっついてりゃいいのよ！」

身動きもできない妹の、火を吐くような言辞《げんじ》に、兄は苦笑した。どこか悲しげな笑《え》みを浮かべた。

「そうかも知れんな。けど、さおり、昔からおれより、千倍も無鉄砲な妹に、こんなことを言っても始まらないが、これ以上おれのことは気にするな。おまえにはおまえの人生がある。それを生きろ」

「それなら、子供のときから、もう少しあたしに世話を焼かせないようにしてよ」

咎《とが》めるように言いながら、さおりは熱いものが込み上げてくるのを感じた。危《やば》い。こんなとこ見られたら、この情《なさ》けない兄貴に一生頭が上がらなくなってしまう。

「不良どもに絡《から》まれたら、おめおめと財布を出す代わりに、敗《ま》けてもいいから喧嘩《けんか》してよ。好きな娘が出来たら、付き合ってくれって言ったらいいじゃない。ひと月もウジウジ悩んでいないでよ。まあ、断わられたら、半年もウジウジしてたけどさ。大体、兄貴は自分と絶対合わない相手ばっかり、彼女にしたがる、悪い癖《くせ》があるわ。どいつもこいつも、しっかり者で美人だけど、気ばかり強くて、男を尻《し》に敷こうと企《たくら》んでる女ばっか」

「なら──どんな女が似合う？」

別の苦笑を浮かべてこちらを見つめる兄の顔から、さおりは眼を逸《そ》らせた。

「あたしにわかるわけないでしょう。兄貴のくせに、何から何まで妹を当てにしないでよ」

興奮のせいか頰《ほお》が熱い。

「今回は首突っ込めたけど、あたしだっていつ結婚するかわかんないんだからね。そしたら、兄貴がどんな目に遭ったって、家庭の方が大事って話になるわ。ぜーんぶ兄貴がひっ被《かぶ》ることになるのよ。少しは根性入れて」

「そうだな」

やしきの笑みはもっと深く、もっと悲しげになった。

「おまえはいつだってしっかり者、おれはいつも女の腐ったような奴と言われてきた。親父もよく言ってたよな。おれたちは男と女が逆だったら良かったって」

「今さらそんなこと言っても何にもならないわよ。で、どうするの。あたしを連れて逃げる？　それとも、やっぱり、人質交換に出席する？　あたしはどっちでもいいわ」

ここまで言ってから、あることに気づいた。これはおかしい。

「真奈さんは兄貴を捜してた。兄貴を取り戻したいんでしょ。なのに、自分と交換したりしたら、全てご破算。少しおかしくない？」

「それは識名から説明された。自分とよりを戻さなければ、おれを殺すと脅《おど》したらしい」

沈黙が落ちた。さおりはすぐに応じた。

「真奈さん、やっぱ、兄貴を愛してるのね」

「…………」

「でも、仕方がないわ。人間は人間以外のものを愛することはできないのよ。早いところ、元の鞘《さや》に戻って欲しいわ」

「正午まで待て。それで全て――」

やしきはふり向いた。

隣室のドアが解錠音を立てたのだ。

「識名が来た――それじゃ、な。おまえは今日いっぱいここにいろ」

「嫌よ、ついてく」

「どちらでもいいがね」

声とともに識名が姿を見せた。

「おまえを捕らえておいたのは、おまえの兄が私の要求を入れなかった場合の押さえとしてだ。それが解決した以上、好きにしたまえ」

「一緒に行くわ。自由にして」

「いや、放っておけ」

とやしきがかぶりを振った。

「どうしてよ!?」

怒りがさおりを灼《や》いた。自分の気持ちがわかっていながら、土壇場《どたんば》で踏みにじる兄が理解できなかった。

「この娘《こ》は昔から無鉄砲で困る。肝心《かんじん》のときに何をしでかすか、正直、見当もつかない」

「――ここは兄さんに従うんだな」

識名はウィンクして見せ、上衣《うわぎ》のポケットから小さなカプセル式注射器を取り出した。

「あと半日もすれば、身体は自由になる。完璧《かんぺき》にしたいのなら、これを射《う》て」

出て行く二人の背に、さおりは何度も連れてけと主張しつづけたが、やしきはもうふり向かず、ドアは非情に閉じた。

すぐに気配が消えた。

「行っちゃった」

声は胸に開いた底無しの空洞から洩《も》れた。涙が頬を伝わった。

「兄貴――いつもあたしを置いてっちゃう。そして、都合が悪くなると戻って来る。いつだってそう。何なの。あたしって、何なの?」

隣室に気配が生じた。二人が戻って来たのか?

「ここよ!」

と叫んだ。

ドアを開けた男を見て、さおりは眼を丸くした。

「あなた——探偵さん!?」

「ビンゴ」

と垂木陽三は、濃い緑のサングラスの下で、外からは見えない眼を笑いの形にして見せた。

第八章　秘めたる想い

1

垂木陽三は、昨日早朝――〈河田町〉仮設住宅から、識名を尾行していたのである。せつらの妖糸によって片足の自由を失った彼は、〝超加速〟に入るや狂走状態に陥《おちい》り、かろうじて停止させることができた。あと二秒も放っておけば、巨木、巨岩にぶつかって自爆してしまうのではないかと思われた。

「医療キットで足を治療中に、あんたの兄貴とのっぺり野郎を見かけて、後を尾《つ》けたのさ。〈新大久保駅《しんおおくぼ》〉近くで見失い、あたふたしてると、のっぺり野郎がひとりで近くのファミレスへ入ってくのを見つけた。また追っかけてこのマンションを突き止めたが、兄貴を奪還することはできなかった。足の傷もあるが、一緒にいた野郎がちとうす気味悪かったものでな。同じ階のエレベーター・ホールで思案を重ねている間に、二人が出て来た。今度は見失わないよう、隠れた階段の陰から、兄貴の背中へ追跡子《トレーサー》を射《う》ち込んでおいた。すると、出て来た部屋の中が気になった。後はわかるだろ」

垂木の解説は、〈早稲田大学〉へと向かう彼の愛車の中で行なわれた。時刻は一一時三〇分。〈早稲田通り〉あたりで渋滞に巻き込まれなければぎりぎり正午に着くだろう。

「ね、急いで。もっととばして」

すがるようなさおりの口調が、垂木に違和感を与えた。

「交換が上手《うま》くいけば、兄貴は戻って来るんだろ。真奈の方も手は打ったんなら問題はねえ。なに慌《あわ》ててるんだ？」

「わからないわ。勘よ、とにかく急いで」

「勘ってどんな勘？」

「うるさいわね！　貸して」

助手席からホイールを摑《つか》んだ。

「危ねえ！」

大きく中央ラインをオーバーした前方から、四トン・トラックが突っ込んで来たのだ。

「わわわ」

〝超加速〟に入ってホイールを切る。それより早く大きく左へ——フロント・ガラスいっぱいに迫るトラックの鼻面《はなづら》が右へと曲がり、去って行く。生命《いのち》知らずと生命拾いは、時たま手を結ぶ。

「どきなさいよ、ノロマ！」

と襟首《えりくび》摑んで運転席から引きずり出し、素早く自分が居座って、

「待ってて、兄貴、いま行くわよ！」

思いきりアクセルを踏み込んで、探偵に悲鳴を上げさせた。

ところだ。

〈魔震〉の後、最も早く復活したのは〈早稲田大学〉であるというのは衆目《しゅうもく》の一致する

各学部の教授、准《じゅん》教授、講師たちは、破壊された校舎のかたわらで、私塾のように授業を始めたのである。

日ごろ、学ぶことを単位の取得としか考えていなかった学生たちが、テキストを手に続々と学問の輪に加わった。

黒板の破片にチョークを走らせ、マイクの力も借りずに朗々《ろうろう》と哲学を文学を物理を法律を語る教師たちと、黙々と記憶しノートを取る学生たちの姿は、新進のカメラマンによってフィルムに収められ、今も〈区役所〉の大ホールの壁を飾っている。

奇蹟的に健在だった大隈講堂の前に、滝王真奈は立った。

よく晴れた午後である。昼食の場や仲間を求めて右往左往する学生たちが、へえ、という表情でふり返るのは、真奈の妖気を含んだ美貌《びぼう》ゆえだ。誰ひとり、これからある奇怪な人質交換が行なわれるとは想像もしていまい。

正門の方から学生たちに混じって、忘れもしない二つの人影が近づいて来た。

三メートルほどの距離を置いて、森童子識名と、月島やしきは立ち止まった。

「危害は加えてないでしょうね?」

真奈の静かな声には、無限の恫喝《どうかつ》が込められていた。

「安心しろ。しかし、おまえも変わっていないな」

識名は、左横に並んだやしきの肩を叩《たた》いた。

「断わっておくけれど、あなたのところへ行っても、よりを戻すつもりなんかないわよ。また逃げてあげる」

「いつまでも終わらない鬼ごっこか。それも面白いかも知れんな。おまえが出て行くつもりなら、私は一生外へ出さないようにする。私はもう、おまえ無しでは生きられん」

最後のひとことは真実であった。真奈は表情ひとつ変えず、

「ただし、私がまた逃げても、彼には手を出さないで。うちとあなたの一家のトラブルに巻き込むのは、今回だけよ」

「いいとも」

識名は両手を広げた。真奈は身じろぎもしない。

識名はやしきの背を押した。真奈の全身に期待が漲《みなぎ》ったが、やしきは動こうとしなかった。何人かの学生が足を止め、或《あ》るいはふり返って、歩き去る。

「真奈のところへ行けというんじゃない。おまえは自分の家へ戻ればいいんだ。真奈のことは私が片をつける。行け！」

学生たちの反応を気にして、叱咤《しった》は小さかったが、爆発寸前なのは、やしきにもわかっ

たらしい。

背中に当てられている識名の手を、上体を振って撥《は》ね飛ばすと、やしきはひとつ大きく息を吸い込み、真奈の方を向いた。すぐに眼を逸《そ》らし一歩進んで、その場にしゃがみ込んだ。

「どうした?」

識名もしゃがんだ。やしきのぼんのくぼを見て、はっと息を引いた。びっしりと脂汗《あぶらあせ》に覆《おお》われている。

「やっぱり……駄目だ……あいつの側《そば》へは……もう行けない。行けば……」

何と口走ったのか、声は風に吹き乱され、それでも理解できたものか、識名は眼を剝《む》いて、

「何だと——おい、真奈、おまえ、並みの人間にそんなことを……」

今度は真奈が眼を逸らす番だった。

「そんな目に遭《あ》ったら、近くを通りたくないのもわかるが、そうも言ってられん。気の毒だが、こうさせてもらうぞ」

言うなり、やしきの右の首すじに唇を押し付けた。それは単なるキスではなかった。すぐ離した口からは二本の牙が光り、紅《べに》を絡《から》めたその先端からは、二本の紅《あか》い糸が、二つの傷口とをつないでいたのである。

「立て」

低声《こごえ》の指示に、やしきは従った。両眼は虚《うつ》ろであった。

背中を押され、のろのろと歩き出す姿は、〈新宿〉名物の〃眠り男《ツエザーレ》〃に似ていた。

思いどおりになった――こうほくそ笑《え》んで真奈へ眼を移した識名の表情が変わった。彼が見たものは凄《すさ》まじい怒りの形相《ぎようそう》であった。

「よくも、あなたの汚《けが》らわしい毒でこの人を汚したわね」

かたわらを過ぎる学生たちの耳にも届かぬ、真奈の一族に特有の声は、識名の耳に届いた。

「待て――私は――」

「言い訳なんかおよしなさいな。この人の身体《からだ》を、いまあなたの一族の汚れた血が駆け巡《めぐ》っている。手を出すなと言ったはずよ、識名。傷ひとつ付けたら容赦《ようしや》しないって」

「そいつは自分の家へ戻る、それが望みだろうが。だが、そいつはおまえを恐れていた。怯《おび》えきっていた。無理もない。だから、このやり方を使うしかなかったのだ。毒の質も量も最低にしておいた。三日もすれば元に戻る――急げ」

最後の言葉はやしきに向けられたものである。まさしく押されるように、彼は数歩進んだ。

「放っておけば、自分で家へ戻る。真奈、おまえは私と一緒に来い。二人で故郷へ帰ろう」

「あなたと一緒に、あの暗く冷たい冬に閉ざされた東北の里へ？　私が戻る日は、この人が一緒よ」

やしきは真奈のところへは戻らなかった。そのかたわらを過ぎて、裏門の方へと向かった。

やしきは交換場所から真っすぐ家へと戻す。真奈は識名とともに帰郷する。これが二人の間に交《か》わされた約束であった。

遠ざかるやしきを見送る真奈へ、

「わかってくれたようだな。さ、私たちも行こう」

と識名は声をかけた。たとえ一族同士の興亡を賭けた戦いの最中でも、交わした約束は果たされなければならない。鉄の掟《おきて》だ。真奈はうなずいた。

そのとき、裏門の方から、確かにこう聞こえたのである。

「いたぞ！」

「兄貴！」

愕然《がくぜん》とふり向いた真奈は、やしきに駆け寄る二つの人影を見た。

「――さおりさん!?」

思わず走り出そうとした右肩を、疾走《しっそう》して来た識名の手が摑んだ。

「あれは妹だ。やしきを連れて帰る、安心しろ」

「駄目よ、もうひとりいるわ。何を企《たくら》んでるのかわからない」

「約束だぞ、真奈」

識名の手に力がこもった。骨まできしませたそれは、真奈をのけ反《ぞ》らせた。

「いいえ」

と白い喉《のど》を天にさらしながら、真奈はかぶりを振った。

「約束は、あの人が無事に家へ戻ることよ。あの男は不良探偵よ。――近づくな！」

聞く者の脳が痺《しび》れそうな絶叫を放ちつつ、真奈は右肩を振った。森童子識名ともあろう者が、易々《やすやす》と宙を飛び、一〇メートルほど先を歩いていた女子学生四人組の足下《あしもと》に激突した。悲鳴が上がった。女子大生の二人は派手に両手を広げ、ミニの奥までさらけ出しつつ、仰向《あおむ》けに倒れた。大盤振舞いといえた。

ひと桁《けた》上の悲鳴が上がったのは、識名がすぐ立ち上がったからではない。蛇が身をくねらせるのを想起させる動きを示したからだ。

識名がしゅうと息を吐いたときにはもう、真奈は二〇メートル前方を走っている。

「待て！」

叫びつつ識名は真奈の背を指さした。

二人の周囲で立ち話をしていた学生たちが、真奈めがけて走り寄り、躍《おど》りかかったのはその刹那であった。

その手が肩に掛かり、髪を掴む——瞬間、彼らは凄まじい打撃音とともに弾《はじ》き飛ばされた。真奈が上半身を振ったのだ。それが、先刻、打ち倒された識名が立ち上がったとき見せた蛇体の動きと酷似《こくじ》していると、学生たちにはわからない。

だが、走る真奈の周囲には、みるみる他の学生たちが押し寄せたではないか。彼らは全身打撲で呻《うめ》く仲間たちの姿にもめげず、またも真奈の疾走を止めようとしては天高く撥ね飛ばされた。

やしきに肩を貸して裏門の前に止めてある車へ向かおうとする二人まであと五メートルの位置に達したとき、絶好のタイミングで一〇人近い屈強な学生たちが真奈の下半身へ身を投げた。ラグビー部の猛者《もさ》たちであった。

一トン近い重さには抗しきれず、真奈は前のめりに倒れた。その背に肩に別の学生たちが飛び乗り、押さえつけた。

そのひとりと眼が合った瞬間、真奈は奇妙な集団攻撃の真相を理解した。

「その眼は——識名の〝すくみ眼〟にかかったのね。それで大学を」

その眼を見た者の精神を自在に操《あやつ》る森童子識名の〝すくみ眼〟は、無限の操り人形を生み出す。人形たちがおびただしく存在し、真奈の身近に留《とど》まっていても不自然ではない場所——広大なスペースを有する大学以外には〈新宿〉も知るまい。実は真奈よりも早くここを訪れ、〝すくみ眼〟の妖眼を駆使した識名は、いま、数百人の配下を抱えているに等しいのであった。

すでにやしきたち三人は車に乗り込み、真奈の上には人間の山が出来た。

事成《ことな》れりとばかり、うす笑いを浮かべた識名がそこへ向かう。

奇怪な事態が生じたのはそのときであった。

どこからともなく風に乗って、読経《どきよう》のような男の声がキャンパスを流れたのである。

耳が脳へそれを送る──識名の足が止まり、彼は両耳を押さえてその場に蹲《うずくま》った。

「これは──〝真鳳法宣《しんほうほうせん》〟。こんな土地で──一体、誰が……」

彼は地に伏した。声の力に敗れたのではない。その全身から固さが失われるや、彼はまさしく身をくねらせて地上を這《は》いだした。

両足で歩くより遥《はる》かに速く、正気の学生たちが悲鳴を上げて飛びのくその姿は、蛇以外の何物でもなかった。

五分ほど遅れて、黒いコートの裾《すそ》を翻《ひるがえ》しつつ、ひとりの若者がキャンパスに現われた。

垂木の眼を盗んださおりから、密《ひそ》かに連絡を受けた秋せつらであった。

彼を目撃してとろける学生たち以外は、ありふれたキャンパスとしか思えぬ光景が迎えた。

彼は何人かの学生に話しかけ、幾《いく》つかの情報を得ると、キャンパスの一角へ眼をやり、

「ま、いいか」

とつぶやいて、正門の方へ踵《きびす》を返した。

2

民俗学の平竜介《たいらりゅうすけ》准教授をひとことで表現すれば「切れる!」であった。「切れ者」ではない。その知識、見識、処世術——学究生活の全《すべ》てにおいて、彼を知る者を唸《うな》らせるのである。

当然、大学での諸事は厳格であり、不勉強な学生は容赦なく、留年、落第の刑に処された。就職内定も故郷の両親が泣いている、も一切《いっさい》考慮されなかった。怠《なま》け者たちの呪詛《じゅそ》は、凄まじい授業内容が迎え撃った。

民俗学における定説は、彼が惜《お》しみなく学生たちに与える見解によって、あるものはたやすく覆《くつがえ》され、あるものは最初《はな》からの点検を余儀《よぎ》なくされた。一年と数カ月前に開始した講義には、三度目から他の同僚、教授たちが集まり、良心的な何人かは論文掲載を勧《すす》めたが、彼は辞退したばかりか、彼らの名で世に出すことを許諾したのである。

かくて、知る人ぞ知るに留まりながら、平准教授は圧倒的な敬意と畏怖《いふ》の風を学内に渡らせ、その中を鋭く力強く歩いているのだった。

その日も最後の講義を終わると、平は自分の部屋がある学館とは別の、〈魔震〉で完膚《かんぷ》なきまでに破壊された建物に向かった。

天井にも壁にも対ヒビ割れ用のペーストが塗り込められて、蜘蛛《くも》の巣のように見える一室を、彼は無償で使用を許されていた。

並んでいるのは、専門にふさわしい資料や本の詰まった書架や、キャビネット、古書店やオークションで買い入れたと思《おぼ》しい黴《かび》だらけの古書の山、時代も知れぬ古めかしい皿や盃《さかずき》、丸めた布や地図らしい古紙——おかしなものはひとつもない。

部屋の真ん中に置かれたデスクに近づき、アタッシェ・ケースを椅子に置いて、立ったままパソコンをＯＮにした。

メールやインターネットのチェックではない。分割画面《スプリット・スクリーン》に映し出されたのは、この建物の外部を一八の方位から眺《なが》めた景色であった。指が動いて画面は内部に変わった。廊下と他の部屋とをチェックし、平は、良しと言った。侵入者ゼロの合図である。五〇台の〝隠しカメラ〟は、フィルターに妖術をかけて、犯罪者の愛用する〝保護色スーツ《カメレオン》〟も、〈新宿警察〉特殊攻撃部隊の〝透明シールド〟も看破してしまう。

右側の壁にソファが付けてある。肘《ひじ》掛けに右手を掛けて手前に引くと、ソファは軽々と滑《すべ》って、その下に隠れていた鉄の引き戸を露《あら》わにした。
アタッシェ・ケースを取って戻り、平は引き戸を開けると、闇の中へと続くコンクリートの階段を用心深く下りて行った。二〇段ほど下りたところは上と同じ廊下で、左右にドアと蜘蛛の巣——本物だ——が並んでいる。地下室だ。総務には使用目的も特定できないくらい破壊が進んでいると届けて、平は別の用に使っていた。

「世俗のためのだらけきった場所で、黄金を入手できるとは思わなかったぞ」

抑揚《よくよう》のない声に、耳にした学生たちが眼を剝《む》きそうな、拭《ぬぐ》い難い歓喜が震えていた。
いちばん奥のドアを開くには、手ずから取り付けた電子錠を開ける必要があった。
味も素《そ》っ気《け》もないコンクリ剝き出しの奥に、スチール製の簡易ベッドが置かれ、滝王真奈を無雑作《むぞうさ》に乗せていた。

識名に操られた学生たちから、真奈を救い出すのは、さして困難ではなかった。彼が携帯用のｉＰｏｄから流した〝真鳳法宣〟によって正気に戻った学生たちは、大慌てで逃げ出してしまったのである。残った学生たちに命じて真奈を研究室に連れ込み、地下室へ移した。いずれ、目撃者の口から大学当局へ洩《も》れても、もう帰宅したと言えば済む。姓名？　学部？　クラス？——存じませんな。ＩＤカードはチェックしておりません。

それから出た午後の授業の間に考え抜いた行動を、いま、実行するときがきた。准教授としての未来も、これから手に入れるものに比べれば、宇宙空間の酸素ほども希薄だ。

気つけ薬のカプセルを鼻先で割ると、真奈は激しく咳《せ》き込み、すぐに眼を開いた。平に気づいて立とうとしたが、身体は見えない鎖に呪縛《じゅばく》されたままだ。

「動けんよ。〝真鳳法宣〟の効果は長続きする。はじめての体験だろうが、名前くらいは聞いたことがあるだろう」

「……嫌な名前……ね。あなたは……？」

「平竜介――史学科の准教授だ。民俗学を教えている」

真奈の表情が納得のそれになった。

「すると……私の実家《いえ》のことも？」

「東北の滝王家、森童子家、その他の忌《い》まわしい一族こそ、私の生涯を懸《か》けた研究テーマなのだ。しかし、まさか勤め先のキャンパス内で、生きている実例に遭遇するとは思わなかった。低い声で話していたつもりかも知れないが、私はフィールドワークに力を入れているせいか、五感は動物並みだ。最初からみな聞こえたよ」

「それで、私をどうするつもり？」

「そう緊張することはない。この上なく貴重な研究対象だ。傷ひとつ付けんよ。ただし」

「ほらきた」

真奈はうすく笑い、平も返した。彼はソファに掛けると、

「滝王一族と森童子一族について、私の最大の関心事は、その出自《しゅつじ》、歴史よりも、その

持つ能力だ。東北と北海道は陸奥《みちのく》と蝦夷《えぞ》と呼ばれていた頃、大和《やまと》の朝廷に追われた服《まつろ》わぬ異民族の自由圏《フリーランド》だった。だが、彼らの中にも力を持つ者と持たぬ者はいた。持つと持たぬとは、一般民衆に受け入れられるか否《いな》かということだ。自由に生きる者たちの間にも争いが生じることは、人間に内包される宿命《さが》というしかない。その中で敗れ消えていった異人たち——滝王一族や森童子一族は、まだ運が良かった。少なくとも、君やあの識名とやらいう男を残すことができたのだからね」

「——少し講釈が長すぎない？」

「——それもそうだ。では、はっきりと言おう。伝説の異民族の中で、その持つ能力がかなり明確な形で記録に残っているのは、君たちの仲間だけなのだ。私はそれを調べ尽《つ》くし、できることなら身に付けたい。私も超人になりたいのだ」

真奈の笑みはさらに深くなった。肩がかすかに震えたのは、嘲笑《ちょうしょう》を抑《おさ》える育ちの良さの証明であった。

「何がおかしい？　いや、訊《き》かなくてもわかる。私がはじめてではないと言うのだろう。二人目か千人目か万人目か？　だが、誰ひとり望みを叶《かな》えた者はいないはずだ。北の一族の血脈《けつみやく》に、私の名前を加えて、滝王の名は、はじめて普遍《ふへん》になるぞ」

「多いこと」

と真奈は嘲《あざけ》るように言った。呪文のせいか、溜息《ためいき》混じりと取れないこともない。

「分《ぶん》をわきまえない人間の多いこと。祖父から聞かされ、祖母から聞かされ、父から聞かされ、母からも聞かされたわ。向こう見ずに、私たちを求めて凍《い》てついた土地へやって来た人間のことを。いつか私の前にもと思ってはいたけれど、ここで会うとは想像もしなかった」

「幸運かね、不運かね？　私にとっては大いなる幸運だが」

「風ぬくむ国での無謀は、北の国よりも成就《じょうじゅ》しやすいと思う？　断わっておくけれど、私たちは、あなた方の望みを拒《こば》んだことは一度もなくってよ」

真奈の笑みは深まり、平の表情はこわばった。想外の風が二人の間を吹き抜けたのである。

「それは――どういう意味だ？」

「私たちの一族の力を得る方法を、ご存じ？」

「もちろんだ。力は血に秘められている。それを得るには、血を受け継ぐ他はない。君の血を私の体内へと招き入れるのだ」

「全身が歓喜にわなないているわよ、ヒトラーさん。あなたたちの最大の欠点は、そこ、が終着地点と考えることよ。いわば、想像力の欠如《けつじょ》」

「どういうことだ？」

「血を入れるのはいい。でも、その結果をご存じ？」

「…………」

「いま気がついた？　かがやく宝は放射性物質かも知れないのよ」

「そのとおりだ。だが——」

真奈はうなずいた。

「承知の上だと言いたいのね。そう答えた者もいたらしいわ。私たち一族の血脈を受けたという江戸時代のカタリ者が、一書を綴《つづ》ったんですってね」

「『滝王秘聞録《ひもんろく》』という古書だ。興味のない者にはただの屑本《くずぼん》だが、我々には、この国の血の秘密の一端を眼にするための宝物だ。何よりも、記《しる》された事物が当時存在した」

「血を受ける前に怖《お》じ気《け》づいて逃亡した医師がひとりいたと、祖父から聞いたわ。彼でしょう。書を物した後で、狂死したそうね」

「さぞや満足な死だったろうね」

平はソファから立ち上がり、ベッドのかたわらに立ててある輸血装置のところへ行った。

「チューブの簡単な操作で、君の血は私の体内《なか》を駆け巡《めぐ》る。正直、いまも実感が摑めん。四〇年来の夢が、予想もしていなかった今日——怠惰極《たいだきわ》まる紙束の一枚のような日に、かくも簡単に叶ってしまうとは」

「夢からは早めに醒《さ》めた方がいいわよ」

真奈は皮肉っぽく言った。

「ひとつお願いがあるわ」

「何かね？」

平はすでにチューブの端に、新品の針を刺し込んでいる。

「あなたにもしものことがあった場合、助けを呼ぶ必要があるでしょ。この痺れを解《と》くための呪文があったら」

「放っておけばいずれ解ける。それに君は嘘《うそ》つきだ」

「何が？」

「もしものことがあったら、どんな手を施《ほどこ》しても助からんよ」

真奈の顔を、はじめて悪戯《いたずら》っぽい少女のような笑みがかすめた。

「正解」

平は苦笑しただけで、真奈のベッドの横にソファを平行に並べ、二本の針をお互いの腕に刺した。真奈も抵抗しなかった。平も横になる。

「世界の民俗学にとって、大いなる実証の時刻《とき》だ。もう少し華々《はなばな》しい仕掛けが欲しいところだが」

「頑張って」

平の手が、チューブのターミナル・スイッチに掛かるのを、真奈は見た。

軽いひとひねりで、二本のチューブに鮮血が通じた。

何が生じるか、その恐るべき結果も知らず、真奈は冷たく無表情な仮面を、真紅《しんく》の管《くだ》に向けていた。

反応は、真奈が一二まで数えたときにやってきた。

3

平が弾かれたように上半身を起こしたのだ。顔は土気色《つちけ》であった。同じ色と化した唇から、どぼっと白濁《はくだく》の液が洩れた。

「きたわね」

祖父の顔を想起しながら、真奈はつぶやきに翳《かげ》を添えた。

炉端《ろばた》で聞いた皺《しわ》深い声が告げたとおり、いま、平の身体は足先から段々にねじれはじめていた。

〃ねじれが首にまで及んだとき倒れる〃――倒れた。ソファが揺れた。後は痙攣《けいれん》が一〇秒ほど続いておしまいだった。

わななく男から、真奈は眼を逸らして溜息を吐《つ》いた。

生と死がより身近な北の国――古い里の家では、あらゆる死から、眼を離すなと教えられてきた。死を知ることが生を知ることになる。恐れとは歓《よろこ》びの別名だ。

その教えは身に沁《し》み込んでいるが、やはり、一族に関する死を前にすると、無残としか思えない。他に手はなかったのか。人間は夢や理想が猛毒を秘めていると、どうして理解できないのか。

ひとしきり感慨に胸を暗くした後は、待つしかなかった。

二分ほど経《た》ったとき、明らかに痺れが薄れていくのが感じられた。指先に感覚が復活していく。

これで、やしきさんを捜しに行ける――歓喜と闘志が胸の鼓動を速めた。

もっと速くなった。

とうに痙攣を止めていた平の身体が、ソファの上に立ち上がったのである。ねじくれた姿のままで。

ゆっくりと、それがほどけていった。大学准教授は、ほんの少しの間、骨を失《な》くした粘土人形のように頼りなく立っていたが、次の瞬間、どっと地に落ちた。胸から下をソファに残し、首と手は床に突いた。

この状態での姿が、普通より引き伸ばされているような感じがするのは、いつものことだ。

だが。

不気味な色の顔が、かっと眼を開いた。それは前よりずっと細く、内側の瞳は燃えるように朱《あか》かった。

「――まさか……〝闇中道《あんちゅうどう》〟が……」

それは、一族の用語で、死の国へ向かう途中の闇の旅路を意味した。同時に、その状態で、甦《よみがえ》ってくることも。

「……〝闇中道〟で生き返れば、それは、私たちも制禦《せいぎょ》できないほどの物になる……」

真奈がつぶやく間に、平は床から上体を起こした。手は使わなかった。

妙に平べったく変わった顔が、興味深げに左右を向き、すぐ真奈に戻った。

ああ、この表情は。

笑ったのだ。それも、にんまりと。

舌が出た。人間の舌だ――と見る間に、それは二つに裂けた。同じ現象が唇にも生じていた。

ぱあんと開いた口は、三〇センチもの幅があった。

「やっぱり……〝闇中道〟」

真奈の声は怯えを愉《たの》しむかのごとく震えた。

しゅう、と平は炎のような舌を吐いた。

「どうして……どうして、あなただけが……」

まさか答えがあるとは思わなかったから、真奈の呼吸は一時停止に陥《おちい》った。

「教えてやろう」

と、平だったものが言ったのだ。

「……君の祖父の話の中に……福岡《ふくおか》からやって来た学生が……出てきたはずだ……真っ赤なウールシャツを着たハンサム……私の父だ」

どん、と床が震えた。平の蛇体が落ちたのだ。その場を動かず、彼は顔だけを真奈に向けてしゃべりつづけた。

「やはり民俗学者だった父は……私以上に……君たち一族について……知悉《ちしつ》していた……フィールドワークも重ねていたらしい……そこが他の研究者と……違った……滝王一族の故地へも……何度か足を運び……生命《いのち》を捨てる寸前まで……行った……ある冬の日……存在するはずもない蛇に……首すじを咬《か》まれた……のだ……」

声が、ぐん、と近くなった。平が前進したのである。だが、手も足も動かさず、全身をくねらせて地を這い進む——それを一歩というべきか。

「蛇は毒を備《そな》えていた……当時も……そして現在も……成分不明のその毒によって……父は三年以上も入院する羽目《はめ》になり……退院時には……病み衰《おとろ》えた廃人と化して……いた……だが……そんな身体でも……父は執拗《しつよう》に結婚を望み……私が生まれたのだ……その意味が……わかるだろう……」

驚きが、真奈から恐怖を拭い去っていた。その声にも表情にも、純粋な驚愕と——悦《よろこ》びさえ感じられた。

「その蛇に咬まれたとき、あなたのお父さんの体内には、毒への抗体が生成されたのね。あなたもその血を引いている。だから、私の血を注《そそ》ぎ込んでも、他の人たちと違って……」

「たぶんな」

平の口が不気味な形——笑いの形をつくった。赤ん坊などひと呑みにできそうだ。

「——ひょっとしたら——父は今日ある日を予期した上で……自らを毒の宴《うたげ》に……捧《ささ》げたのかも知れん……大した男だ……もっとも……私もこんな身体になるとは……思いもよらなかった……がな」

「気が済んだのなら……私は失礼するわ」

真奈の自由は両腕まで広がっていた。問題は足だった。まだ指止まりで、立つこともできない。

「気の毒だが……そうは……いかん」

平の声は、ベッドのすぐ下から聞こえた。真奈の位置から、その姿は見ることができなかった。

「この状態を……〝闇中道〟というか……なるほど……人間《ひと》には到底理解し得まい……君

は……どうだ？……」

「正直、わからないわ」

何かがベッドの縁《へり》から持ち上がって来たのに、真奈は気がついた。

頭部だ。平の頭部だ。だが、どこか変だ。髪の毛はもっと濃かったのではないか。頭頂の形は、こんなに扁平《へんぺい》だったろうか。

「こんな気分はどうだ？」

顔が上がって来た。その平べったさは言うまい。だが、側頭部にまでずれた両眼は、こんなに紅い光を放っていただろうか。

「……誰でも構わず……咬みつきたい……食い散らしたい……頭から呑み込んでしまいたい……」

真奈はうなずいた。平の顔がさらに高く、その首がひどく長く、その胴がむやみと丸く……。

それなのに、恐怖の中にどこか憑《つ》かれたような欲情の表情が揺曳《ようえい》しているのは、真奈自身が同じ血の共有者だからか。

ぱあんと平の口が開いた。

せつらがそこを離れたのは、事情を尋《たず》ねた学生の全員が、平准教授のことを覚えていたからだ。その表情と口調が気になって、専門や人となりを追及し、せつらは怪しいと判断した。

この研究室のことを訊き出せば、後は妖糸を忍び込ませ、地下室への出入口を見つけ出すのは容易だった。

すでに妖糸を忍ばせてあったから、眼前の光景は確認に留まり、驚きは少なかった。並みの人間が見たら失神してもおかしくない。

男が女を呑み込んでいるのだった。

男の口から覗《のぞ》いているのは、ちょうど女の腰骨から下で、形の良い足のラインを剝き出しにしたパンツが、悶《もだ》えるように宙を搔《か》く様《さま》は、無残絵に等しい性的な昂《たかぶ》りを見る者に与えた。

男は両手をベッドの縁に掛けて身を支《ささ》え、大きく顔を上向けた。

ずるり、と腿《もも》まで呑み込んだ。

せつらは拳《こぶし》でドアを軽く叩いた。

愕然《がくぜん》とふり向いた平の顔が恍惚《こうこつ》と煙《けぶ》った。せつらはサングラスを外していたのだ。

彼を救ったのは、魔性《ましょう》の血であった。拡散する意識を異世界の意志が現実へと引き戻し、世にも美しい侵入者への戦いを命じる。

ぶお、という排気音とともに、平は真奈の身体をせつらめがけて吐き出した。

それは猛烈な噴射であった。まともに食らえば、真奈の体重×加速度は数百キロの衝撃を与える。プロレスラーといえども吹っ飛んでしまう。

だが、真奈の姿をした衝撃物は、せつらの一メートル手前で不可視の糸に遮《さえぎ》られ、物凄い勢いでソファへ投げ戻された。

愕然たる表情を隠さず、平はせつらを見つめた。

「貴様《きさま》……何者だ？」

「秋と申します。人捜しをしてます。ひょっとして平准教授ですか？　よろしくお願いします」

この状況でどこからこんな声が、と思えるほど、呑気《のんき》な間延びした声である。

両眼が紅く燃えはじめた。

「邪眼なら無駄です」

せつらはサングラスを掛け戻した。

「僕はこちらに用がある。邪魔立てしなければ何も起きません。さようなら」

この人を食った挨拶《あいさつ》に逆上しない者があろうか。

しゃあと息と舌を吐くや、平はせつらへと上体を伸ばした。両足は床に着いたまま、腰から上だけが。まさしく蛇！

だが、せつらと接触する寸前、その鼻面《はなづら》は十文字《クロス》に裂けた。血の霧をまといつつ引きつつ、平はのけ反った。

「貴様――何をした⁉」

「ボディ・ガード」

かつて〝探り糸〟とともに森童子識名を撃退した〝守り糸〟が、ふたたびせつらを救ったのだ。

せつらが右手を伸ばすと、真奈の身体が宙に浮き、ふわりとせつらのかたわらに立った。

「次の講義は休講になさい」

こう言って、せつらは戸口を抜けた。

そちらへ眼をやったまま、平はしたたり落ちる血にも気づかぬ風であった。

いや、その歪《ゆが》んだ顔を見よ。震える身体を見よ。彼は憤死しかねぬほどの怒りに身を苛《さいな》まれていたのである。

「いま、私はおまえが怖かった。秋と名乗ったな。ひょっとして〈新宿〉一の人捜し屋か。だが、見ていろ。〝闇中道〟を運命づけられた者は変わる。道を歩《あゆ》めば存在は進化すると決まっておるのだ。次は逃がさん。必ず呑んでくれる――頭から、な」

その瞬間、新たな激痛と悪寒《おかん》が神経を掻き毟《むし》って、平をのたうち廻らせた。彼の言う〝進化〟の兆《きざ》しだった。

一〇分ほどして、二人の学生が、平の「研究室」を訪れた。

今回の講義に必要だと言われていたＡＶ機材を受け取りに来たのである。

ドアは開いていた。窓から陽《ひ》は射し込んでいるのに、妙にうす暗い室内の机の前に、平は腰を下ろしていた。

見慣れた准教授なのに、学生たちは、背すじに冷たいものが走るのを感じた。

「平先生――スタンドとスライドを取りに来ました」

戸口で声をかけた。

「お入り」

と返事があった。

「あの、どこに？」

ひとりが訊くと、

「こっちだ」

ひょい、と手招かれた。

理由もなく、恐怖が全身を貫《つらぬ》いた。

逃げよう、と思った。ここにいてはいけない。近づいてはいけない。

棒立ちになったまま、意志と予感の相剋《そうこく》に苛《さいな》まれている二人へ、

「困ったね」

こう言って、平は立ち上がった。

その両眼が赤く燃え、その口が耳まで裂けているのを、学生たちは見た。

講義を終えて教壇を下りたところで、二人の女子学生が近づいて来た。

「先生——次田《つぎた》君と川村《かわむら》君、先生のところへ機材取りに行ったと思うんですけど、授業に来てませんでした。どこ行ったか知りません?」

「ご存じありませんか、だろ?」

「あ」

舌を出す娘たちへ、

「二人には別の用を頼んだ。研究室にいるよ」

「えー。時間かかりますう?」

「デートの約束したんですけどお」

「なら、手伝ってやりたまえ。数が多ければ多いほど、早く片づく仕事だ」

「やだ。面倒臭そう」

「なら、待っていなさい。四時間もすれば終わる」

「そんなにィ? ——わかりました、手伝います」

「あたしも」

「よろしい。では——来たまえ」

三人は教室の外へ出た。

別の出入口から出た学生たちは、遠くから声と気配が聞こえるだけだ。

三人の前方に続く廊下は、日暮れの中に青く染まっていた。

ふと、二人の女子学生は、廊下の果てには何が待っているのだろうかと思った。

立ち尽くす二人に、

「行こう」

と声がかかった。

小柄な影を追って、二人はどこか、僧院のような感じのする長い廊下を辿《たど》りはじめた。

第九章　老刺《し》客《かく》の影

1

やしきの処置を巡《めぐ》って、早速《さっそく》、垂木とさおりとの間には対立が生じた。

すぐに家へ連れて帰ると言うさおりに、垂木が待ったをかけたのである。

理由は、

「まだ稼《かせ》げる」

であった。

「ちょっと、なに企《たくら》んでるのよ?」

殺気を全身に湛《たた》えて詰め寄ると、

「そうカッカするな。早いか遅いかの問題だろ。どっちに転んでも返してやるさ」

「すぐに返すのよ。これ以上兄貴を金儲《もう》けの道具に使うなんて許さない」

歯を剝《む》くさおりの顔を、私立探偵はしげしげと覗《のぞ》き込んで、

「兄貴の話になると、おまえ人が変わるな」

その顔に、ある世界の接触に気づいた者の表情が浮かんだ。

「おい、まさか、兄貴に――」

「うるさい!」

戦車の装甲さえぶち抜く強化剤入りのパンチは空《くう》を切った。いや、垂木さえ消えた。ごお、と風の唸《うな》りの中で、さおりは自分が壁へと突進しているのを感じた。衝撃はさおりのパワーを超《こ》えていた。

壁へ叩き付けて崩れ落ちる娘から眼を離し、垂木は立ち上がって、隣室へ行った。〈高《たか》田馬場《だのばば》〉にある廃棄マンションの一階である。以前、〈新宿〉で仕事をした同業者から、〈新宿〉へ入る前に借り受けたものである。〈区外〉同様、危《やば》い品や人間を保管するのに使うつもりで、ベッドやデスク、食料も揃《そろ》えてあった。

簡易ベッドに掛けたやしきは、ぼんやりと垂木を見上げ、すぐに顔を戻した。生気のかけらも感じられない亡者《アンデッド》のような表情であった。

「気分はどうだ？　安心しな。増やした報酬を親父《おやじ》さんが呑《の》んだら、すぐに帰してやるよ。なに、天下の月島財閥だ。雀《すずめ》の涙くらいの報酬の、そのまた涙ほどの増額だ。即OKしてくれるさ」

自分の声から徐々に力が脱《ぬ》けていくのを、垂木は感じた。やしきを見ているせいだ。

干からびた唇が動いた。

「……関わるな」

と聞こえた。

「なにィ？」

「……もう……おれに……関わる……な……あいつからは……逃げられ……ない……巻き込まれる……な……おれはもう……おしまい……だ」

「なに辛気臭《しんきくせ》えこと言ってやがる。家へ戻りゃあ、何とでもなるさ。財閥が何とかしてくれるよ。化物《ばけもの》一族との婚約ごとき、すぐ破談になるさ。気を確かに持てよ。いま妹を連れて来てやるぜ。お兄ちゃん命の妹をよ」

さおりを運び込み、垂木はその右手に強化プラスチックの手錠を掛けた。一〇〇馬力以下ではびくともしない便利な品は〈新宿警察〉公認の店舗でしか売られていないが、闇なら幾《いく》らでも手に入る。

手錠の片方はベッドのレールに掛けた。固定式だから、さおりの力でも破壊は無理である。

スチール・ドアをロックし、携帯で本郷へかけた。月島平太の秘書である。

すぐに出た。名を伝えてから、

「やしき坊ちゃんは、いま大事にお預かりしてる。いつでもお渡しできますぜ」

「――よくやった。まず私に会わせてもらおう。病院へ連れて来れるか？」

「その前にひとつ伺《うかが》いたいんですが、近頃の物価の上昇はひでえもんですな。何でもかんでも値上げの嵐ですよ」

これで察したらしい。本郷の声は硬くなった。

「何が言いたい？」

「こりゃ、話が早くていい。人間、霞《かすみ》を食っちゃ生きてけないってことです。飯は食わにゃならんし、贅沢《ぜいたく》もしたくなるわけで」

「話を早くしたいんじゃないのかね？」

「へいへい。値上げを要求したいんですよ。無茶は言いません。そちらの財力と諸物価値上がり指数から鑑《かんが》みて、最初の約束の五〇倍でいかがでしょう？」

一瞬の間を置いて、その間に充塡《じゅうてん》した憎しみをみっちりと込め、

「――何だと？」

「五〇倍さ」

垂木はぬけぬけと繰《く》り返した。この辺はプロの探偵だ。

「嫌ならいい。次期社長は二度と〈区外〉へは戻らねえ。酔っ払って〈亀裂〉へ落ちなきゃいいがなあ」

「貴様……野良犬もどきめが……よくも飼主を……」

「飼犬に手を咬《か》まれねえようにするのは、飼主の義務だぜ。従順なだけの腰抜け犬か、牙を隠した狂犬か、話はそっからさ。ここでミスると五〇倍だ」

「やしきさんはご無事だろうな？」

「それは保証するぜ。うるせえんで寝かせてあるから声は聞かせられねえがよ。おれはそ

こまで悪《ワル》じゃねえ」

「五〇倍でも悪《ワル》じゃねえ、か。笑わせてくれる」

「――で、どうだい、出すのか出さねえのか？　あんまり時間をかけたくねえんでな」

「私に決められるわけがなかろう。社長の決裁を仰《あお》ぐまで待て」

「いいともよ。ただし、返事はＯＫだけだ。三〇分後にまた電話するぜ。今日の夜――そこでゴタつくようなら〈亀裂〉がお坊ちゃまを待ってるぜ」

電話は挨拶《あいさつ》もなく切れた。

垂木は腕時計を見た。午後六時一四分。

「どれ、前祝い用に一本買ってくるか」

近くのコンビニまで往復一〇分もかからない。垂木はそのまま部屋を出た。


真奈を連れて自宅へ戻ったせつらを、意外な人物が待っていた。

人捜し屋《マン・サーチャー》としての活動中でも基本的に〈秋せんべい店〉は営業を続けている。アルバイト店員とお客とを問わず、せつらの関係者を巻き添えにしたらどんな目に遭《あ》うか、誰もが知っているからだ。

店の上がり口で、湯呑み茶碗を手に、若い女性客とおしゃべりしている青白い男を見て、さすがの茫洋《ぼうよう》たる若者も眉を寄せた。

「──識名」

遥《はる》かに驚きを露《あら》わにする真奈を、とりあえず〈秋人捜しセンター《DSM》〉の六畳間に横たえ、せつらがせんべい店へ戻った。

「何の用？」

「話がある」

識名は暗い声で言った。

「とりあえず、真奈のことは措《お》こう。それどころではなくなる」

「上がれば」

二人はせんべい店の奥にある八畳の客間で向かい合った。人捜しセンターのオフィスとは異なる。

識名が新しい作戦を取ったのではないことは、店先からここへ来るまでにわかっていた。

何に怯《おび》えている、北の国の蛇の精よ？

「せんべい食べる？」

「遠慮する」

「温泉まんじゅうならあるけど」

「頂《いただ》こう」

甘党らしかった。

せつらが手ずからお茶を淹《い》れ、茶色い塊《かたまり》を皿に載《の》せて出すと、無言で二つに割り、次々に口へ放り込んでしまった。

不安の表情とせつらは見た。あれほど真奈に執着していた魔人が、放っておけと言うのが異常極《きわ》まりない。

「昨日、真奈の両親とやり合ったか？」

「はあ」

春霞《はるがすみ》に煙《けぶ》る一夜の答えだ。

「母親を殺した」

「はあ」

同じだった。

「ご亭主の方は、それで君が手に負えぬ存在と知った。で、最強の刺客《しかく》を招くことにした」

「へえ。どうしてご存じ？」

「刺客から連絡がきた」

「へえ」

「私の祖父だ」

「へえ」

「二人いてな。もうひとりは真奈の祖母だ」

「お疲れ様」

「まったくだ」

識名はお茶をひと口飲《や》り、

「番茶か」

「煎茶《せんちゃ》にしようか?」

「玉露《ぎょくろ》と言えんのか?」

とせつらをじろりとやり、

「まあいい。手を組もう」

「は?」

「私の祖父・牙空《がくう》——もう一〇年も会っていない。あの石室《いしむろ》の奥で死んだと思っていたが。それは真奈の祖母も同じだが」

「何て名前?」

「春奈《はるな》だ」

「こっちの方がいいな」

「二人は恋人だった。たぶん、今でもだ。だが、互いの一族が婚姻を妨《さまた》げた。なぜだかわかるか？」

「子供が出来たら危《やば》い、と」

識名は、ほおという表情になった。

その頬《ほお》が、小さく痙攣《けいれん》するのをせつらは見た。

2

「森童子一族と滝王一族――どちらも血の濃さ強さと末長い繁栄を望んでいた。森童子牙空と滝王春奈の婚姻は、誰の眼から見ても、それを満たして余りある祝事だった。だが、誰もが否《いな》を唱《とな》えた。二つの血が混ざり合って生まれたものは、希望に満ちた未来ではなく、血まみれの破滅へ一同を引きずり込むだろうと。二人は両一族が生んだこともない残忍冷酷な刺客だったのだ」

「はあ」

それでも変わらない。せつらの雰囲気は、常に春風駘蕩《しゅんぷうたいとう》だ。

「私が物ごころついたときにはもう現役を離れていたが、それも当人の希望ではなく、親族の者たちが引退させたらしい。現在の石室へ収容される前に、二度ほど会ったが――」

識名はぶるっと震えた。手の甲が粟立《あわだ》っているではないか。

「二人一緒に石室へ?」

「春奈のほうはわからん。噂《うわさ》では、やはり幽閉されたらしい」

「お似合いカップル」

「目下《もっか》、我が家と滝王家は殺し合いも辞さぬ対立の日々を送っている。滝王信介の刺客要求など、一顧《いっこ》だに値《あたい》せん代物《しろもの》だ。それ以前に、祖父を解放してはならん。その鉄の禁忌《きんき》がついに解《と》かれた。えらいことをしでかしてくれたな、秋せつら」

「僕のせい?」

せつらは自分を指さした。識名は苦笑を浮かべた。あどけない天使の仕草《しぐさ》に毒気を抜かれたのである。

頭を振って言った。

「いや。それなら手を組む必要はない。祖父の出動が黙認されたのは、私の不甲斐《ふがい》なさのせいもある」

「僕をやっつけられない?」

「それと——真奈の奪還いまだ成らず、だ」

「それって、一族を挙《あ》げての行事?」

「——そういうことだな」

識名は残りの番茶を飲み干した。

「もう一杯いいかな？」

と訊《き》いた。

「はあ」

せつらが用意しておいた急須《きゅうす》を取って、手ずから湯呑みに注《つ》ぎ、識名はもうひと口飲んだ。湯呑みを置きながら、

「我ながら情《なさ》けない。喉《のど》がカラカラだ。真奈はしかし、もう里を出た人間だ。我々は都会へ出た者を追いかけることはしない。一族の血が広がるのは、ある意味希望と考えるからだ。真奈の場合は、私の私怨《しえん》ということになっているが、裏には滝王家の長女という事実がある。私の私怨は一族の期待を担《にな》っているのだ」

「そりゃ、怒られるね。それで、ついでに殺してしまえ、と？」

「そうだ」

「見捨てられたわけね」

春うららの声で、胸が裂けそうなことを言う。

「そうだ」

これでも怒りの風がないのは、せつらの美貌《びぼう》を目の当《ま》たりにしたからだ。

「そんなに凄《すご》いお祖父《じい》さんとお祖母《ばあ》さん？」

「凄いというより怖い。目的のためには手段を選ばないのでな。ある意味、今風のテロリ

ストだが、残忍性、執念では比べものにならないだろう」

「やしきさんと真奈さんはアウト？」

　捕まったら殺されるかという意味だ。

「やしきは春奈婆《ばあ》さんに殺される。私と同じく、大事な孫をたぶらかした男として、な。真奈は――わからない」

「あなたが連れて帰ったら？」

「もう遅い。罪一等は減じられるかも知れないが、それでも死んだ方がマシだろう」

「わあ」

「君は私に敵対し、真奈の奪還を邪魔した者として我が一族から、真奈の母を斬殺《ざんさつ》した敵《かたき》として、滝王一族の怨《うら》みを一身に背負っている。地の涯《はて》に逃《のが》れても助かる術《すべ》はない。だが、〈魔界都市〝新宿〟〉ならば、その隅《すみ》から隅まで知り尽《つ》くした男の知識を万全に発揮すれば、或《あ》いは生き延びられるかも知れん。私もひと口乗せて欲しいのだ」

　識名の物言いは切実であった。闇深き北の国の一族の呪いは、〈魔界都市〉においても、その犠牲者を呪縛して離さないのだった。

　せつらは少し考え、結論を出した。

「断わります」

「――どうして!?」

識名は愕然《がくぜん》となった。

「自分のことは自分で」

「君は知らんのだ。この二人の恐ろしさは――」

「あなたといてもいなくても、僕は狙《ねら》われる。なら、ひとりの方が身軽です」

「わからんのか、身軽でどうこうできる相手じゃ――」

せつらは沈黙した。

万策尽きたことを識名は知らざるを得なかった。

怒りのせいで、その顔はどす黒く変わり、身体は倍に膨《ふく》らんだように見えた。

だが、彼はそれを抑えた。

「わかった。気が変わるのを待とう」

「はあ」

「願わくは、彼らがまず君を襲い、君が何とか撃退することを。その足でおれに助けを求めに来るだろうからな」

彼は静かに席を立った。せつらに反感を抱《いだ》かせないためである。この期《ご》に及んでも、せつらの助力を求めずにはいられないのだった。

森童子識名――せつらの意識さえ操《あやつ》る邪眼の主《ぬし》にして妖《あや》しき爬虫《はちゆう》の化身《けしん》。その彼さえ怯えさせる祖父の力とは？

そして、闇が〈新宿〉を包もうとしていた。北の果ての荒涼と廃滅とを思わせる、二月――冬の闇が。

失神からさおりが回復したとき、窓から射し込む月の光が、ぼんやりと部屋中を照らしていた。

ベッドに掛けた兄に歓び、声をかけ、無駄と知るやすぐ、待っててちょうだいと告げて手錠を引きちぎろうとしたが上手《うま》くいかなかった。

三〇分も続けてフル・パワーを注《そそ》ぎ、ついに息を切らして床にへたり込んだとき、廊下を渡ってくる足音が聞こえた。

垂木が戻って来たのだ。いや。さおりの汗まみれの顔に歓喜が甦《よみがえ》った。垂木のは革《かわ》のブーツだが、こちらはゴム底のウォーキング・シューズだ。こんな場所へ単身やって来る以上、まともな人間とは思えないが、少なくとも現状に埋没したとは言わぬ人間であろう。

足音は何度か立ち止まり、ドアノブを廻し、失敗する音がそれに続いた。

最後に隣室のドアがその過程を継《つ》いだとき、さおりは全身がこわばるのを覚えた。自由の身なら、どんな相手でもひとりぐらいKOするのは造作《ぞうさ》もない。だが、今の状況では。

ドアが開いた。すぐ戻って来るつもりの垂木が鍵を掛けなかったのである。

足音が入って来た。周囲を見廻し、少し動き廻って備品に触れ、また止まった。

荒い息遣《いきづか》いをさおりの耳は吸収した。足取りにしてもそうだ。何かに追われているみたいに焦《あせ》っている。

近づいて来た。このドアは鍵が掛かっている。ノブが廻り、激しい音を立てた。

どんな相手か、さおりは想像した。廊下を歩くときはせわしなく、室内に入るとおどおどといってもいいくらい用心深い足取り、プラス力まかせのドアの開け方。その行為を成就《じょうじゅ》させることしか見えないのは、気が小さな証拠だ。年齢《とし》はわからないが、小柄で痩《や》せている。

「畜生」

とドアが呻《うめ》いた。男だ。若い。

足音が一歩遠ざかった。

「ちょっと——」

太い光条がノブを丸ごと貫《つらぬ》いて、ドアと床とをつないだ。レーザー・ガンを持っているなら、泡を食うことはないでしょうに、とさおりは呆《あき》れた。

勢いよくドアが開くや、戸口の真ん中に両手で武器をポイントした若者が見えた。

視線を右に飛ばし——二人に気づいて眼を思いきり広げ、大口径レーザー・ガンを下ろす。

「反対側も見た方がいいわよ」

言われてふり向き、すぐに戻して、

「何してる？　あれか、マッド・ドクターの実験材料か？」

「教えてあげるわ。この手錠を焼き切って」

と鎖を伸ばして見せたが、ドレッド・ヘアの若者はかぶりを振った。

「駄目だ。あんたの正体がわかんねえ。そっちの男もな」

「あたしたち――夫婦よ。あなたの言ったとおり、人体実験の試料として拉致されて来たの。早く自由にしてくれないと、マッド・ドクターが帰って来るわよ。ドアの鍵掛けないで行ったくらいだから、もうそこまで来てるかも知れない」

「どんな野郎だ？」

若者はさおりの方へ近づき、二メートルくらい手前で足を止めた。

「あなたに何もしないし、そんな銃持ってられちゃあ何もできないでしょ。ね、助けてちょうだい」

若者の眼が胸と太腿《ふともも》をせわしなく往復している。落ち着きが戻ってきた証拠だ。

「逃げるのはいいが、いま出るのは危ないぜ」

と若者はドアの方を向いた。

「どうして？」

「追っかけて来るんだ。ずうっと。みなでおれを捜《さが》してやがる」

「どういうこと？」

嫌な気分が、さおりをやんわりと包みはじめた。若者の表情は恐怖と焦燥《しょうそう》の海だ。閃《ひらめ》いた。

「ね、確かめてあげるわ。ヘンな虫が尾《つ》いて来るかどうか。こう見えても度胸はある方よ」

「あんた方——何なんだ？」

「あたしは探偵。亭主は精神科医よ。ふさぎ込んでるのは、仕事のしすぎ。その銃貸しなさいなんて言わないわよ、どう？」

若者はなおもためらった。

「あたし、月山《つきやま》かおり。こっちは亭主のひらや——あんたは？　学生？」

「ま、まあな」

違う。ただのチンピラだ。職業も住所も不定に違いない。

「誰に追われてるの？」

さおりは、じっと、ふらつきっ放しの若者の顔を見つめた。

若者の眼はその美貌と胸の膨らみに吸い付いた。

「気になる？」

さおりの口もとに、何ともいえない媚笑《びしょう》が浮かんだ。

「何がだよ?」

「あたしのおっぱいと肉体《からだ》。手錠を切ってくれたら、一度だけ抱いてもいいわよ」

「それどころじゃねえんだよ」

若者はドアの方を向いて、右手を左の胸に当てた。動悸《どうき》を抑えようとしているのだ。

「だから、あたしが、確かめて来てあげるって——何なら、助けを呼んで来てもいいわ。その間、この人を守っててちょうだい。ここで何も確かめずに震えてたって、何にもならないわ」

「うるせえ!」

いきなり若者は左手を振った。充分に躱《かわ》せたが、さおりはわざと受けた。自由な方の手で頬を押さえて床に倒れる。

「声を出すな!」

と叫んで若者は隣室へ飛び込んだ。ドアのあたりで気配を探《さぐ》り——すぐに戻って来た。戸口で立ち止まった。

さおりは片手を鎖でベッドにつないだまま、若者の方を向いていた。切れた唇から赤いすじが蛇みたいにしたたり、豊かな胸は男の子を誘うように妖しく息づいている。両脚《りょうあし》は胡座《あぐら》をかくようにして、嫌でも両腿の付け根が眼に入る。

「ひどい男《ひと》ね」

怨みごとをつぶやきながら、眼ははっきりと潤《うる》んで若者を映《うつ》している。媚態としか言いようのない、それでいてそのひとことでは決して言い表わせない女の官能がその全身から立ち昇り、濃厚極まる蜜の匂いを嗅《か》いだような気がして、若者はつんのめるみたいにさおりに近づくと、床に膝《ひざ》を突いて、その口を吸った。

好きに唇を嚙《か》ませ、舌を吸わせながら、

「怖いのね」

とさおりは若者の頭を抱いて、ささやいた。

「いいのよ、あたしが守ってあげる。だから、話してごらんなさいな。何があったのか。追いかけて来るのは、誰なの？」

誰が見ても、その一団は普通の少年たちに見えた。

革ジャンやハーフコート、ダッフル、——どれも保温処置を施《ほどこ》した、安物をまとって、口笛を吹きながら、通りを闊歩《かっぽ》して行く。手にした電磁棒が何かに触れるたびに火花を散らし、地面に垂れた鎖が耳ざわりな音を立てる。左右を睥睨《へいげい》する顔には、見えない文字で「喧嘩《けんか》上等」と書いてある。

本屋、レストラン、喫茶店、ＡＶショップ、漢方屋、パチンコ店——駅前商店街の人々も通行人も眼を逸《そ》らし、あるいは護身用の武器を握り直す。

ようやく少年たちが歩き去ると、

「今日は大人しかったな」

「早いとこ、〈機動警察《コマンド・ポリス》〉に射《う》ち殺されちまえばせえせえするのによ」

「でも、あの子たち――ここだけの話――なかなか死なないらしいよ。何かの血を飲んでるんですって。近寄らないのがいちばんよ」

「一体何してるのかね、駅の方へ行ったけど」

3

若者の告白は、さおりの喘《あえ》ぎと彼自身の呻きの中に呑み込まれていった。

一度、侵入すると、若者は狂気のように動いて、さおりを悶《もだ》えさせた。

彼は〈大久保〉と〈高田馬場〉〈新宿〉一帯を根城にする不良少年グループの一員であった。

盗み、レイプ、傷害――の不良と名乗るために必要なことは、みな手を染めたが、若者は殺しに加わったことだけはなかった。

「好き放題ね」

さおりは白い喉を上げて、乳房を這い廻っていた舌をそちらへ移動させた。

「それがなぜ、追われているの？」

「おれは嫌気が差してたんだ。他の連中は〈新宿〉生まれだが、おれだけは、〈区外〉——東北の人間だった。何度か脱《ぬ》けようと思ったけど、怖くてそれもできなかった。踏ん切りがついたのは、あいつらが、もっと強くなろうと言いだしたときさ」

「そう……どんな風に？」

さおりの呼吸は荒い。喉はもっとも敏感な部分だった。

「〝不死者《アンデッド》〟になろうと言いだしたんだ」

「へえ」

束《つか》の間《ま》、さおりは男の濡れた舌が与える官能を忘却《ぼうきやく》した。

〝不死者〟というのは、もちろん、便宜《べんぎ》上の名称である。真の意味で死を迎えぬ存在は〈新宿〉といえど、〈戸山《とやま》住宅〉の住人等わずかな例を除いては存在しない。

最も近い存在は〝歩く死者《ウオーキング・デッド》〟＝〝ゾンビ〟だが、これは意外と少ない。〈魔震〉直後にハイチの魔術師《マクンベーロ》が、人命救助の一助にと二〇名の〝ゾンビ〟ともども〈新宿〉入りしたものの、その五日後に当人が急死、〈区内〉に散らばった〝ゾンビ〟たちのうち、今なお生存が確認されている者は二名にすぎない。うちひとりは一般市民たる女性と結婚し、平凡穏和な生活を営《いとな》んでいるという。趣味は盆栽だとか。

弾丸も刃《やいば》も彼らを斃《たお》すことは不可能なため、〈区外〉では不死と思われているが、筋肉や骨は本質的に変わらず、時間《とき》とともに腐敗するし、焼かれれば灰になる。基本的に知能は低く、盆栽を嗜《たしな》む等は例外中の例外に属する。

　これに最も近いのは、脳内に巣食う妖虫の支配を受けて街をうろつく連中で、〝眠り男《ツエザーレ》〟と呼ばれる。

〝歩く死者〟は魔術師の命令に従い、並みの人間程度の作業は――ツルハシでのビル解体から、錠前に鍵を挿《さ》し込んで開けるまで――こなすが、こちらは妖虫を養うための道具にすぎず、日がないちにち、小動物やゴミ箱漁《あさ》りに精を出すばかりだ。

　どちらも、まず、なりたいと手を上げる者はいまい。

　人為的に、自由意志と人間並みの知能を合わせ持つ〝不死者〟を造り上げようとする試みは、〈新宿〉の魔気に魅《ひ》かれて世界中の魔道士たちがやって来た以降に活発化した。彼らは数千年の闇の歴史が育《はぐく》んだ死者の再生術に、現代医学と〈新宿〉の妖気を混交させ、数年にして、画期《かっき》的な〝人工不死者〟を生み出したのである。

　大いなる欠点は、〝不死者〟としての能力が、長くてひと月、短ければ数分しか持たないことと、完成に数百万単位の費用を必要とすることだったが、最近はこれもクリアし、ひと月ならば数万円で〝不死〟を獲得できる薬を入手し、警察など歯牙《しが》にもかけぬ大胆な犯罪を実行する輩《やから》が急増しつつある。

〝人工不死者〟の、これまでにない利点は、その能力が魔術によるものという点であった。射たれようが焼かれようが、水に浸《つ》けられようが、首を落とされようが、彼らは平然と甦った。弾丸は物理的な貫通孔も残さず、ナイフは空を切る手応《てごた》えしか与えられなかった。それでいて、彼らは重さと硬さを備えた存在に留まり、壁を貫いて出現する霊魂のような真似は不可能だったのである。

そして、もうひとつ——欠陥というもおぞましい性癖《せいへき》が備わっていた。

〈新宿〉で連日のように発見される食い散らされた人体や動物の残骸の半分は、〃人工不死者〃の仕業《しわざ》といわれる。まさしく人肉嗜食《カニバリズム》こそ〃人工不死者〃を代表する特徴であった。

「おれは人の肉なんて食いたくなかった」

さおりの口にわななく唇を押し付けながら、若者は止めようもなく震えた。

「だから、逃げた。脱けるときは、片腕か片足を置いてかなきゃならねえ。それもやらなかった。だけど、それくらいいいじゃねえか。ひとりが脱けたくらいでつぶれる団じゃねえ。なのに、どこまでもしつこく追いかけて来やがる。〈新宿〉を逃げ廻って、かれこれ半年になるのに、少しも諦《あきら》めねえんだ。いい加減に解放してくれたっていいじゃねえか」

両の乳房を吸わせながら、さおりは、愚か者の頭を撫《な》でてやった。

〃人工不死者〃を含めて、いわゆるゾンビ・タイプは勘《かん》の良さが身上だ。狙った獲物《えもの》は、どれほどの時間と手間をかけても、必ず捜し出し、呪われた牙と爪にかけずにはおかない。

さおりの乳を堪能《たんのう》したか、若者は下方へずれて、さおりのベルトに手を掛けた。スラックスの下は、白い肉に食い込む黒いパンティ一枚であった。挑発のためとしか思えない小さな布地を若者は震える手で外した。

桃の間に顔が入って来たとき、さおりはいつになく激しい反応を示した。やしきがいる。こちらを見ていなくても、若者に犯される自分のそばにいるだけで、言いようのない羞恥《しゅうち》と欲情が荒馬のように体内を駆け巡った。

「兄貴——見て」

とさおりは絶叫した。やしきを夫と偽《いつわ》ったことは、背徳の快楽に溶けていた。若者の頭を腿ではさみ込んだ。

「駄目、見ないで」

若者の頭を押しのけようとした。若者はさらに深く求めた。

「兄貴——もう駄目——助けて」

さおりの手が、ベッドに掛けた男の股間へ伸びるのを見て若者は昂《たかぶ》った。締めつけてくる腿を強引に割った。指も入れた。

いや、駄目と口走りながら、さおりはのたうち廻った。鎖に引かれたベッドの枠《わく》が、何度も悲鳴を上げた。

「もう我慢できねえ。おまえ、兄貴と出来てるな」

若者が下半身を剝き出しにするのを見て、さおりは夢中でかぶりを振った。

「駄目よ、やめて——兄貴がいるのよ。見てるのよ」

「なら、見せてやろうじゃねえか。ほおら、前より濡れてきたぜ。大好きな兄貴に犯されてるところを見せるのは、どんな気分だい」

若者は後ろから侵入した。

「やめて……やめて」

さおりの声にとろけているのは、むしろ快楽の喘ぎだった。

「いいや、やめねえ。兄貴に見られながら、イクんだ。本望《ほんもう》だろうが」

若者の動きは急速に速まった。それに合わせようとして——さおりの動きは止まった。

若者をふり返って、

「誰か、来るわよ」

若者がこれを理解するまで一秒と少しかかった。

「なにィー!?」

恐怖に凍《い》てついた声である。さおりから離れた器官は、空《むな》しく首を垂れていた。

「手錠を外して——助けてあげるわ」

「うるせえ、大人しくしてろ」

「あたしはあんたなんかより、ずっと修羅場《しゅらば》を踏んでるのよ。無事に逃がしてあげる。だから、自由にして！」

必死の訴えも若者の耳には届いてはいなかった。ほとんど死人の顔色で、彼は部屋を出て行った。

「莫迦《ばか》」

吐き捨てて、さおりは耳を澄ませた。強化処置を受けている彼女の聴力に届いたのは、廊下の足音であった。慌《あわ》てず騒がず、その効果を知り尽くした上で、ゆっくりと若者の隠《かく》れ家《が》に近づいて来る。複数だ。他のドアを試そうともしないのは、最初からわかっているのだ。

どん、と部屋のドアが鳴った。仲間が追いついたのだ。

第十章　老獣老鬼

1

来るな、と叫ぶ若者の狂乱ぶりを、さおりは簡単に思い描くことができた。

必死にドアを押さえている。スチールのドアも、生ける死者ども乃至《ないし》死んでいる生者の怪力には何の役にも立たないと知っている若者の眼からは、自らの運命に対するとめどない涙が頬《ほお》を伝わっている。

あの響き。ドアのスチールが狂暴な突きに耐えきれなくなった断末魔の証《あかし》だ。

やめろ。若者の叫びはもう死人のそれだ。それに混じる硬い響きは――さおりが切ろうとあがく手錠の鎖とベッドの枠《わく》が嚙《か》み合う音だ。

爆発音に近い音。

ドアが破れたのだ。室内に青白い顔の男たちが溢《あふ》れる。

銃声が上がった。死体へ弾丸を射《う》ち込む――何と空《むな》しい行為。

若者が飛び込んで来た。ドアを閉めて錠を掛ける――無駄と気づいてさおりの方を向いた。

「外して、手錠!」

若者がこちらへ歩き――だそうとしたとき、ドアが開いた。

入って来たのは、おかしなところなどひとつもない平凡な若者たちに見えた。

「来るな――あっちへ行け」

と若者は叫んだ。

「おまえらは死んだ。こっちの人間じゃねえ。向こう側の生きもンだ。自分の世界へ戻れ！」

若者を若者たちが取り囲んだ。

「戻れ」

それが意識の放つ最後の声であった。

たくましい若者たちの背中の向こうから、肉を剝《は》がす嫌な音が上がった。若者の悲鳴は意外と小さかった。

わっわっわっ――短い声がぶつ切りに上がって、消えた。続く音を、さおりは聞くまいと努めた。

部屋の隅《すみ》で何が行なわれているのか。

濃密な血臭が流れ出し、みるみる部屋中に広がった。

若者たちがふり向くまで、三、四分で済んだ。

口もとから下は血に染まっていた。

両手がこっちへ伸びた。手首まで真っ赤だ。さおりは床を見た。足の間に、ひとつだけ見えた。小さなさおりがこちらを見ている。眼球であった。

「兄貴——逃げて！」

無駄と知りつつ叫んだ。早く早くとすがりついて揺すったが、やしきは揺れるばかりの人形であった。

足音は一メートル足らずまで近づいている。

一緒に死のう、と思った。その途端、何とも甘美な思いが心臓を鷲掴《わしづか》みにして、さおりを恍惚《こうこつ》とさせた。

洩《も》れたのは、まぎれもない欲情の溜息《ためいき》であった。そして、何とも奇怪なことに、欲情は一気に昇りつめ、さおりに至福の失神を与えてしまったのであった。


すぐに眼醒《ざ》めた。体内時計は一分足らず、と告げている。

兄は？　無事だ。驚きが希望に変わった。やしきは震えているではないか。

「戻ったの⁉」

歓びは、しかし、すぐ緊張に変わった。やしきは前方を見つめていた。その先にあるものが震えさせているのだ。実の妹が犯されていても、身じろぎひとつしなかった男を。

「兄貴……」

さおりは兄の視線を追った。

いつの間にか、人物構成には変化が生じていた。

若者たちは二人だけになり、代わりに、戸口にこれも二人の老人と老婆が立っている。豊かな銀髪が無数の皺《しわ》と田舎《いなか》臭い顔立ちをカバーしている。

「都会はいいねえ、おまえ」

と灰色のとんびの上で、小ぶりな顔が無邪気な笑みを見せた。

「ほんと」

と老婆が、これも灰色の和服の帯の上を、平手で叩いた。普通は満腹の合図だ。老人と同じ笑いを浮かべているのに、どちらもこれから葬儀に出かけるように見えた。

「……いくら食べても目立たないし、それに、この子たちは、他よりずうっと味がいいわ。何か血を飲んでるって聞いて、追いかけて来た甲斐《かい》があったわ」

――誰よ、この二人？　と思いながら、さおりにはすでに答えがわかっていた。信じられないが、それしかない。

「戻せ」

と若者のひとりが、右手を真っすぐ老人に向けて命じた。手首から先は――たぶん、革《かわ》ジャンに隠れた肘《ひじ》から――円筒型のロケット・ランチャーだ。直径二センチ、長さ二〇センチのペンシル・ミサイルが七発装塡《そうてん》可能だ。まとめて射ち込めば、重戦車でもひっくり返るだろう。だが、戻せとは何を？　どこから？

消えた仲間は――老人たちの言葉を信じれば――途方もない運命に見舞われたらしいのに、若者たちに恐れの色がないのは、この武器のせいではなく、偽《いつわ》りの不死者だからだ。

さおりの失神中に、この二組の間に何が起きたのか。素手の方が腰を沈めるや、一気に跳躍した。五メートルを軽々と飛んだ先には老人がいた。〝人工不死者〟のジャンプ力は、筋肉への強化処置によるものではなく、潜在的な恐怖心の喪失が原因といわれている。

のしかかる若者の身体《からだ》を、老婆の手が必死に抱き止め、しかし、そのまま押し倒される――さおりにはそう見えた。若者の頭部が西瓜《すいか》みたいに砕《くだ》け、痙攣《けいれん》する身体を押しのけて、老婆がゆっくりと上体を起こすまでは。

老婆の下半身が最初から直立していた。腰骨から上だけが思いきり後方へ反《そ》って、プロレスのいわゆるバック・ドロップ――あれは後ろ向きの相手を抱え投げるのだが――の姿勢を取って、若者の顔面を床に激突させたのである。若者の体重と加速度に、どれほど壊滅的な力が加わったかは、若者が顔ばかりか頭部まで粉砕されたのを見れば明らかだ。

その力と柔軟性の謎は、すぐに解けた。

起き上がった老婆の上半身が妙に長い。どう見ても二メートル近くある。

さおりが眼をしばたたいた――その間に胴は元に戻っていた。

ミサイル男は、仲間がつぶれた瞬間に行動を起こしていた。

老人めがけて三発のミサイルが炎の尾を引きつつ襲う。

命中寸前、老人の身体が伸びてねじれた。

うろこ——鱗《うろこ》!?

愕然《がくぜん》と見開くさおりの視界の中で、ミサイルは反転した。ねじれの速度《スピード》と角度がミサイルの胴体部を弾《はじ》いたのだ。

天井と壁の三カ所が炎に包まれた。荒れ狂うコンクリ塊から、さおりは夢中で顔面をカバーした。

黒煙の中で、

「まあ、お爺《じい》さんたら、下手《へた》な手を打って」

「そうだな、これは下手《まず》い」

「はやく、その人をいただきなさい」

老婆があたたかく指さす先に、コンクリ塊にまみれて横たわる若者がいる。両腕が肘から右足が付け根から吹っ飛び、右胸には子供の頭ほどの塊《かたまり》がめり込んでいる。

老人が顔をしかめて、不味《まず》そうだと言った。

「面倒臭いんでしょう。石ころを除《の》けるのが」

「ま、そうだ」

「なら、放っておいて。ここを出る前に二人で平らげましょう」

二人は一〇〇年近くを一心同体で過ごしてきた気高《けだか》い夫婦のように顔を見合わせて笑

い、それから揃《そろ》ってさおりの方を見た。

　来たな、と思った。

「この国と同じくらい古い地下のトンネルを通って、今朝着いたばかりだから、半日〈新宿〉見物をやろうとうろついていたけど、田舎者は駄目だね、逆に迷っちゃって高田の何とかいう街へ商店街からやって来たんだけど、こんなところで、あんたらに会えるとはね」

　老婆の眼が妖《あや》しい光を放ちはじめた。

「どっちも息子夫婦が送って来た写真に写ってたよ。月島さおりと月島やしき、だろ」

　老人はこう言って、頭をひとつ叩いた。

「あなたたちは――ご夫婦？」

「いんや」

　二人でかぶりを振った。先に老婆が、

「一緒になるはずだったんだけどね、お互いの一族みんなの反対に遭《あ》って、つぶされちまったわ。ま、仕方なく一族の者と契《ちぎ》りを結んだけどね。あ、あたしは滝王春奈」

「わしは森童子牙空だ」

「会えて嬉しいです」

　見つめられているだけで、身体が冷たくなるのをこらえつつ、さおりは、

「ちょうど良かったわ。助かりました。事情は後《のち》ほど説明しますんで、この手錠何とかしてもらえませんか？」

「幾《いく》らでも何とかしてあげるよ」

老人——牙空がひょこひょこ近づいて来た。

冷えた身体が完全に凍りつく。

「あ、あの」

「わしらのことは知っとるかね？」

「いえ、はい、あの」

「ま、どっちでもええ。わしらは、孫と孫娘の仲を引き裂いた男に、復讐しにやって来たのさ。表へ出とうなかったが、大事な嫁まで殺されたからと、この婆《ばあ》さんの息子から連絡があった。おいおいその犯人も片づけるが、こんなところで、金星《きんぼし》を射止めるとは思わなんだ。これも滝王さんのお導《みちび》きか」

「いいえ、森童子さんですよ」

「ははは、かも知れんかも知れん」

高らかに笑って、牙空はさおりの肩に手を廻した。

覚悟はしていたが、これまでとは。

接触部から伝わる汚穢《おわい》感に、さおりは込み上げてくるものを必死でこらえた。

「おお、柔らかな肉だこと。これだから、若い女はこたえられん」

老人は顔を寄せて来た。さおりは逃げようとしたが、顎《あご》を摑んでねじ向けられた。首すじを舌が這《は》った。少なくとも人間の舌であった。

「……やめて……何するの」

喘《あえ》ぎが出た。喉《のど》は最も敏感な部分だった。

「ちょいと、お爺さん」

老婆――春奈に咎《とが》められても、牙空はやめなかった。執拗《しつよう》にさおりの喉を責めた。

「……好きにしていいわ……その代わり……兄には手を出さないで」

やっと口にした。

「そうはいくかい。この男に罰を与えるために、わしらは来たんだよ。それに、おまえが条件を出せる立場か、え？　兄貴のこととは別に、もう泣きはじめてるじゃあないか」

「嘘よ……嘘」

「もっと声を出して、わしに頼むんじゃ。ご主人さま、犯して下さいとな。でないと、兄貴をこの場でひと呑《の》みにしてしまうぞ」

「やめて――それだけは」

「なら、言われたとおりにせい」

「ああ……犯して下さい……ご主人さま……」

「もっと、大きな声を出せ。いや、出しやすいようにしてやろう」

牙空の手は、さおりの上衣《うわぎ》に掛かった。ほんの少し前、見ず知らずの若者に蹂躙《じゅうりん》された乳房が、ずっしりと現われた。

老人は横から前へ顔をずらせて、それを吸った。

「あ……ああーっ」

異常な快感がさおりに出させた声である。

何よ、この舌？　蛇みたいに巻き付いて、絞《し》めつけて、尖《とが》った先でちくちく突いて……ああ、さっきまでこんなじゃなかったのに……。

それは突然、やって来た。

ぷつり、と皮膚と肉とが食い破られたのだ。

「ひ？」

それはすぐに抜かれた。

乳房の真ん中よりやや上に穿《うが》たれた、二つの小さな穴をさおりは見た。

そこから、つうーと紅《あか》い糸が溢《あふ》れてくる。

「わしの歯には、毒がある。咬《か》まれた相手をよがり狂わせる猛毒がな。呑む前に、すこしそれを使ってやろう。良すぎて殺してくれと、いつ叫びだすか楽しみだ」

老人は、それから、豊かな乳の傾斜を滑り落ちた娘の血を、ゆっくりと舌で乳房全体に塗り付けていった。普通の舌であった。

2

翌日の朝から、せつらを驚かす事態が続いた。

眼を醒ますと、炬燵《こたつ》ならぬ卓袱台《ちゃぶだい》の上に、朝食が並んでいるばかりか、あの耳障《みみざわ》りな掃除機の響きが、隣室を縦横無尽《じゅうおうむじん》に駆け巡っているではないか。

どうしたものかと首をひねっていると、音は熄《や》み、境《さかい》の戸を開けて、真奈が顔を出した。

昨夜、識名が退去した後で、真奈をどうしようかと考えた結果、二度と邪魔をするなと脅《おど》してから、追い出すことに決めた。腕の一本も斬《き》り落とさずに解放するのは、秋せつらという若者を考えた場合、あり得ない出来事だが、何といっても、捜《さが》す相手の婚約者だし、依頼主の義理の娘になる予定もある。

真奈も、この世にも美しい若者が、魔人の名にふさわしい性状を有しているのは身に沁《し》みているから、素直にうなずいて話——か脅迫か——を聞き終えたが、さて解放の段になると、

「家へ帰ってもうるさいから、ここへ泊めて下さい」

と言いだした。

せつらが、それはいけない、出て行きたまえ、と断固言い張るタイプならいいのだが、現実は他人のことなど、空気ほどの関心もない若者だから、いいよ、隣《となり》の部屋へ行きたまえ、夜が明けたら、さっさと出てけ。僕が寝てる間におかしなことを考えると、神さまの髪の毛が邪魔するよ、と言い残して、〈秋人捜しセンター《DSM》〉のオフィスたる六畳間でごろ寝してしまった。

真奈がおかしな動きをすれば、すぐにせつらが巻き付けた妖糸が反応するという意味だ。

「何してるの？」

せつらは茫洋《ぼうよう》と訊《き》いた。何しててもいいけど、という口ぶりだ。

「お掃除」

「どうして？」

「宿泊代」

冷たい表情だが、せつらを見る眼は笑っている。ここは、

「はあ」

と言うしかなかった。

「一度も掃除してもらったことないでしょ？」

余計なお世話だよ、と思った。

真奈はじっとせつらを見つめて、

「——してもらいたいと思った女の人はいないの？」

「…………」

「いるのね？　あら、隅に置けない。どうして別れちゃったのかしら？」

「死にました」

真奈は息を呑んで——気がついた。

この四六時中春風に吹かれているような美しい若者も、〈魔界都市〉の住人なのだ。その精神は真奈の故郷より遥《はる》かに暗く凍《い》てついているかも知れない。寒風吹きすさぶ最涯《さいはて》の荒野より、ネオンきらめく盛り場の方が、生と死の劇《ドラマ》を時に冷酷に紡《つむ》ぎ出す。両者を司《つかさど》るものの眼は、秋せつらの眼を借りて、〈新宿〉を見つめているのかも知れなかった。

「ごめんなさい。変なことを？」

「変なことじゃありません」

せつらは詩を吟《ぎん》ずるような口調で言った。

「——ごめんなさい、私、また——」

「よしましょう」

せつらはにべもなく、真奈の失態の連鎖を打ち切った。

「彼女は一度もここへ上がったことはありません。会う前から死んでいたのです」

その娘と別れた晩、せつらはひとり、この部屋でお茶を淹《い》れ、眠りについたのだった。

愛する者のために、生命《いのち》を失ったまま戦った勇敢な娘への、それはささやかな弔《とむら》いであった。

「その人は——魂《たましい》だったのね。あなたと一緒にいたら——世界一きれいな二人だったでしょうね」

「はは」

真奈は掃除機を置いて、食事にしましょうと言った。

卓袱台に並んだ朝食は、ベーコン・エッグと、長ネギと豆腐《とうふ》の味噌《みそ》汁、生卵、海苔《のり》、納豆《なっとう》、漬物、そして、炊《た》きたての御飯。献立そのものよりも、せつらは雲のように湧《わ》き上がる湯気《ゆげ》を凝視《ぎょうし》した。

「珍しいの？」

「家では」

「いつも外食？」

「時々、家で」

「自炊《じすい》なさるの？」

「いえ、アルバイトとか近所の奥さんとかが来て」

「あら、危ない」

「大丈夫です。サングラス掛けるから」

「自分の魅力を心得てるわね」

真奈はうすく笑った。

「冷《さ》めてしまうわ、召し上がらない？」

せつらが全部に箸《はし》をつけてから、

「いかが？」

と訊いた。味のことである。

「美味《おい》しい」

「嬉しいわ——何が？」

「生卵」

「…………」

きつくなった眼を、せつらは平然と受け止め、

「そろそろお帰りなさい」

と言った。

「帰したい？」

「ええ」

「邪魔だから？　まだ私があなたの足を引っ張ると思って？」

「ええ」

真奈は口に手を当てて笑った。

「とぼけた顔して、はっきり言うわね。なら、出て行かない」

「は？」

さすがにせつらも、どんな美女より形の良い眉《まゆ》を寄せた。

「――って言ったら、腕ずくで追い出す？」

真奈は別人のように悪戯《いたずら》っぽい笑顔を見せた。

「いつも、政治が悪いって顔してると思った？　これでも市の観光課に勤《つと》めていたのよ、私。お客様のあしらいが抜群って評判だったんだから。それで、どう？　追い出す？」

「ええ」

「そう言うだろうと思ったわ。ねえ、あなたの言うことを聞くって約束したら、ここにいさせてくれる？」

どういうつもりだ、という表情で、せつらは美女を見つめた。

「私、いま、やしきさんの実家に泊まっているのだけれど、居心地《いごこち》が悪いのはわかってくれますよね。かといって、ホテルでじっとしているのも嫌。あの人のこと考えると、我慢なんかできません。だから昨夜、ひと晩考えたんです。ここにいれば、ただ待っているにせよ、あなたが情報を持って来てくれるし、いざとなったら、一緒に捜しに行ける。手伝わせて下さい。これでもよく働きます」

またか、とせつらは天を仰《あお》ぎたくなった。

「助手は取りません」

「あら――さおりさんは?」

「勝手に尾《つ》いて来ただけです」

「なら、私もそうします。でも、OKを頂《いただ》いたほうが気が楽だわ」

「出てって下さい」

「そんな顔と声で言われても、迫力ないわ。ずっといるわけじゃありません。あの人を見つけ出すまででいいんです。私の知っていることなら、何でも話します」

「識名が言ってた、あなた方の祖父母についても?」

真奈は沈黙した。それは彼らがどのような存在かを如実《にょじつ》に示すものであった。

「じゃ、話を聞いてから、決めます」

「聞く前に決めて」

せつらは、じっと眼前の真奈を見つめて、

「とりあえず、三日だけ」

「いいわ。ありがとう。家事ならまかせておいて」

「得意なんですか？」

「ええ」

真奈は微笑《ほほえ》んで見せた。ひどく透明で無垢《むく》な笑みであった。

修羅《しゅら》を潜《くぐ》ってきたせいかな、とせつらは思った。

当面の仕事は垂木を捜し出すことであった。真奈を置いて出ようとしたとき、最も意外な人物がやって来た。


垂木がコンビニからすぐ戻れなかったのは、不良少年たちと揉《も》めたせいであった。

万引き、強盗くらい平気でやってのける少年たちは、面白半分に、コンビニの商品に釘《くぎ》や妖物の卵を仕込む。客たちの体内で孵化《ふか》した妖物の幼虫は、たちまちその内臓を食い、血をすすって成長する。異常な痛みによってその存在に気づいた者たちはいいが、中には幼虫時から一種の催眠能力を発揮し、宿主たる人間に、自分を保護させる奴もいるから始末が悪い。真相に気づいた周囲の者が処置を強制した挙句《あげく》、「母」に殺害されるなどザラだ。

その針の先に付けた卵を、菓子パンの袋に植え付けようとしている不良どもを目撃して、垂木は止めに入った。自分の行動は棚に上げても他人の非道は見逃せない性質《たち》である。

言い争いから殴《なぐ》り合いになるまでは五秒とかからなかった。鉄もチーズ並みに切り裂く特殊鋼のナイフのみか、拳銃まで持ち出した少年たちに、垂木は準加速状態で応じた。

相対速度五〇分の一――超スローモー状態に陥《おちい》った少年たちから鼻歌交じりで武器を奪い取り、まとめて担《かつ》ぎ上げて外へ放り出す。

常態に戻って店内へ眼をやり、神さまとつぶやいた。秒速一〇〇メートルの突風が吹きまくったのだ。店内の商品は陳列台ごと、狂嵐《きょうらん》に叩き込まれたごとく四散し、激突し、床に散乱していた。

最高加速モードに入れれば、彼の巻き起こす風のために、巨木すら根こそぎ引き抜かれて宙に舞う。森ひとつ荒地に変えるのに、三〇秒とかかるまい。最初から外へ出なかったのは、不良どもが問答無用で襲いかかって来たからだ。

素手での戦いは、パワーよりもスピードで決まる。放り出された不良どもは全身打撲で、警察が来るまで起き上がることもできないはずであった。しかし、その中に改造手術を受けた少年たちが二人いたのである。

加速能力はないが、打撃には滅法強《めっぽう》かった。加速を解いた垂木に、コンマ一秒とかけずに襲いかかった。

パンチは躱《かわ》したが、片腿《もも》に蹴り《キック》を受けて、垂木は逃走に移った。片足で加速状態に移れば、狂走《スタンピード》に陥る。

何とか逃げのびても、コンビニの近くへは戻れなかった。

知り合いの「化粧屋《メイク・アッパー》」へ駆け込んで別人の顔を得てから、帰還を果たしたのは、三時間も後であった。

その間に、本郷へ連絡を取ったが、留守電であった。何も吹き込まずに足の痛みをこらえつつ戻ると、その場で痛くなくなった。

無惨《むざん》な戦いの痕《あと》を残す隠《かく》れ家《が》には、誰もいなかった。

「どうなったんだ、一体？」

呆然と呻いてから、彼はすぐに捜索に移った。〈区外〉でも〈新宿〉でも、探偵は常に行動しなくては生きていけないのだ。鮫《さめ》が泳ぎつづけていないと窒息死してしまうように。

3

「何の用？」

せつらはぼんやりと、卓袱台の向こうに胡座《あぐら》をかいた垂木を見つめた。もう安全と見たか、メイクは取ってある。いつもの顔だ。真奈は隣室に下げてあった。

昨夜から、意外な奴ばかり来ると思っているのかも知れない。

「そうぼんやりするなよ。正直、困ってるんだ。いま言ったようなわけで、おれなりにひと晩じゅう捜し廻ったんだが、〈区外〉専門じゃどうしても肩がつかえちまう。で、やはり餅《もち》は餅屋と思い立って、〈新宿〉一の人捜し屋さんのオフィスを訪れてみたってわけだ。さ、この西瓜《すいか》切ってくれ」

「冬に西瓜かあ」

「季節なんか〈新宿〉でも〈区外〉でも、あって無きがごとしだろうよ」

垂木は主張に熱を込めた。

「今どきこんなもン、遺伝子操作でいくらでも作れる。これ買った果物屋にゃあ直径三メートル、重さ一トンて特大もあったぜ」

「なぜ西瓜を?」

「おれの好物だからよ。他人へのプレゼントは、自分が貰って嬉しいものにしろってな」

「とにかく、どうも」

「何の何の――ところで、気に入ったんなら、力を貸してくれや。報酬は七三《しちさん》だが、危ねえ仕事《やま》はおれが踏む」

「二人をさらったのが僕だとは思わなかった?」

「全然」

垂木はおぞましげにかぶりを振った。

「ひと目でわかったよ。部屋が、こうじっとり濡れてるんだ。いや、妖気でな。人間じゃあはいかねえ。絶対にもののけの仕業《しわざ》さ」

「『ぶうぶうパラダイス』へ行った?」

「あのでぶ女んとこか? 死んだ方がマシだぜ――おい、何見てんだよ?」

「何をやったんです、外谷に? 顔をしかめた上にそっぽを向くなんて、よくよくトラブったに違いない。しかも、拝見したところ、非は君の方にありそうだ」

「まあな」

垂木は取り出した「しんせい」の尻を紙箱《ケース》に当てながら言った。

「踏み倒し?」

「まあ、そんなもんだ」

「帰ってくれ」

「おめえにゃやらねえ。ちゃんと分け前も出す」

垂木は慌てた。

「外谷のところへは、僕が行く」

とせつらは立ち上がった。

垂木のところにいればまだ安心だが、あの二人に捕まったとなると、月島兄妹の生命は風前の灯《ともしび》より遥かに剣呑《けんのん》だ。

後で連絡すると、強引に垂木を帰してから、せつらは真奈を呼んで、

「お祖母《ばあ》さんを説得できる？」

と訊いた。

「わかりません。私にも身の毛がよだつほど怖い人でしたから。でも、話すだけ話してみます」

「じゃあ、ご一緒に。その代わり、僕の指示は絶対です」

「わかりました」

強い言葉も、とぼけているとしか聞こえないこの美しい若者へ、真奈は頼もしそうにうなずいた。


「最初の総合診断では、どこにも異常がないようですが」

届いたばかりのカルテを置いて、ドクター・メフィストは、眼の前の患者を見つめた。

「胃潰瘍《かいよう》が三カ所。しかし、薬ですぐ治る程度です」

「いや、ひとつ入院して精密検査を」

と患者は言い張った。入って来たときから、憔悴《しょうすい》しきった、何かに憑《つ》かれている風な印象の男であった。

追われているな、とメフィストは判断した。執拗な入院要求もそれだろう。〈新宿〉に詳《くわ》しい者の中には、警察よりもメフィスト病院の方が安全だと、患者を装《よそお》って駆け込む輩《やから》がいる。異常なしと告げると、巨額の入院費を払うと言いだし、メフィストは受ける。運営には資金が必要なのだ。

「よろしい。では病室を手配します」

安堵《あんど》のあまりか、椅子《いす》の上にぐったりとつぶれたような患者を尻目に、メフィストはインターフォンへ、

「森童子さんにSモード・ドックの予約を」

と告げた。

虚《うつ》ろな声で礼を繰《く》り返しながら患者が出て行くと、少し間を置いて、次の患者が入って来た。

「ほお」

とメフィストは言った。

「懐《なつ》かしい顔だ。ますます壮健のようですな、滝王春奈さん」

さすがだ、とどんな気難しい患者も歓声を上げる迅速《じんそく》な処置の結果、森童子識名の一次検査は、院長の診察後、一五分で終了した。

案内された病室のベッドに寝転び、識名は、昨夕以来、はじめて穏《おだ》やかな安堵に全身を委《ゆだ》ねた。

「これで安心だ。メフィスト病院では疾病《しっぺい》以外で死亡する患者がゼロらしいからな。代わりに私も妙な真似はできないが」

安堵感がそうさせたか、うす笑いを浮かべた口は耳まで裂け、ペロリと分厚い唇を舐《な》めた舌は、先が二つに分かれている。

ドア・チャイムが慎《つつ》ましく鳴ったのは、そのときだ。

ベッド脇のインターフォンへ、

「どなた?」

と尋ね、返事を聞いて識名は血まで凍りついた。

「どうしたの? 開けとくれな」

田舎臭い声で言われ、ロックを外したのは、決死の覚悟の果てであった。

彼は眼を閉じ、開けたら誰もいないことを祈った。

滝王春奈がいた。

「あたしたちが石室へ封じ込められて以来だから、一〇年ぶりかね」

無邪気に笑う皺だらけの老婆へ、彼は、はいと応じるしかできなかった。

「お祖母さん……どうしてここに?」

「昔の知り合いを訪ねて、ね。久しぶりに会ったが、少しも変わっていないいい男だった。この皺だらけの胸が、若い頃の鼓動を取り戻したよ」

その小さな顔に、ちっともおかしくない、童女のような笑顔を乗せて、

「それより、あんたが診察室から出て来るのを見たときは驚いたよ。あたしやお祖父《じい》さんを出迎えもしないで。どこか悪いのかい？」

「ええ、胃をやられて」

と鳩尾《みぞおち》のあたりを押さえて、顔を歪《ゆが》めたが、老婆は無視した。

「栄さんが殺《や》られたのは知ってるね？　信介さんから連絡があった。どこぞやの地下の店で、首を落とされたらしい。いくら土蜘蛛《つちぐも》の裔《すえ》でも、二つにされちゃ敵《かな》わない。おまけに斬ったのは世にも美しい男だそうだよ。栄さん――というか滝王《うち》の一族は、昔から綺麗《きれい》な男に弱いから。あたしたちはその仕返しと、ごたごたの元凶《げんきょう》を始末しに来たのさ。それはもう手に入れたけど……」

「手に？　――ひょっとして、やしきをですか？　……」

「それと、妹さ」

「……一体どうやって？」

識名は混乱した。自分があれだけ死力を尽くして戦っても手に入らなかったものを、祖父たちはいとも簡単に手に入れてしまったのか!?

「東京見物の合間に、ね」

真奈の祖母は、まるで子供としか思えない。

「東京見物？　いつ着いたんです？」

「昨日の午後さね」

「でも、出発したのも昨日の午後だって」

「そうよ。何か問題でもある？」

「いえ」

この二人ならやるだろう、と識名は考えるのをやめた。

「病気なのにお邪魔しちゃ悪いから、すぐに出てく。その前に、頼みを聞いとくれ」

「何でしょう？」

きたか、と識名は腹をくくった。くくっても震えはきた。

「あたしの孫はどこにいるかね？」

識名はかぶりを振った。

「知りません」

老婆はやさしく笑った。

「知ってると顔に描《か》いてあるよ。あんた、昔から嘘をつくのは下手だったねえ。秋せつらって知ってるだろ」

「秋……せつら」

識名はその名が口を衝《つ》くのを聞いた。

「それはいい男なんだってね。どんなに美しいか知らないけど、滝王一族の仇《あだ》は滝王の者が討つ。秋せつらとやらは、あたしが始末するよ。滝王《うち》の恐ろしさをたっぷりと味わわせながらね」

識名の顔に否定の相が揺れた。

「――あいつは、手強《てごわ》い……」

「わかってるとも。土蜘蛛の裔をひと太刀《たち》で片づけた男だ。だから、こっちもあれこれ手を使う。あんたに訊いてみたのは、ひょっとしたら、真奈もイカれたかと思ってさ。女てのはいい男に弱いからね。さ、真奈はどこにいるのさ？」

この場合、春奈はまだ孫娘がせつらといることは知らない。識名を問いつめるのは、もと彼だから、というそれだけの理由だ。

「お祖母さん……真奈をどうするつもりです？」

「どうする？　そりゃどういう意味さ？　大事な孫娘をあたしがどうこうするとでも？」

「あなたとうちの祖父さんのことは、子供の頃から聞かされてます。僕も祖父さんを見てきた」

識名は立ち上がり、シャツに手を掛けるや、胸前を大きくはだけた。

その首から下は不気味に光る鱗に覆《おお》われていた。彼は全身が蛇状の鱗に包まれて生まれ、外部に露出した部分のみが人肌を保っているのだった。

老婆の眼は、その左胸に留まった。

二〇センチ四方ばかりの鱗が剝《は》がれ、赤く爛《ただ》れた肉を露呈したそこは、周縁部の無惨さから、凄《すさ》まじい暴力的な力で毟《むし》り取られたものと思われた。

「四歳のとき、祖父さんの機嫌を損《そこ》ねたら、いきなり剝ぎ取られた痕です。父と母が止めてくれなかったら、丸裸にされていたでしょう。四つの孫にこういう仕打ちを平気でする祖父さんです。あれに見初められたあなたが、違う人とは思えません。真奈さんが一族の里を出たのは、あなたが怖いからじゃなかったんですか？」

「かも知れないねえ」

春奈は遠い眼をした。どんな記憶を甦《よみがえ》らせたのか、異様な形に唇が歪んだ。明らかに笑いだ。だが、人はこんな残忍で不気味な笑みを浮かべられるものだろうか。そこにいるのは、正しく人の皮を被った何ものかであった。

「——あなた……本当は真奈を憎んでるんじゃないですか？　自分と一族と滝王の里を捨てて、人間の世界へ出て行った真奈を？」

「かも知れないねえ」

老婆の眼に妖しい光が点《とも》りはじめた。

周囲には光が満ちている。それなのに、識名は闇の中に取り残されているような気がした。

漆黒《しっこく》の奥に二つ、大きな光が輝いている。だが、その輝きは、闇を照らすものではなく、闇の中にいるものを探し出すためのものだ。獲物を——餌《えさ》を。

「お答え、森童子の倅《せがれ》——真奈はどこにいる？」

光は彼の頭上に移動していた。しゅうしゅうと何かを吐き出す音がした。舌だ、と識名にはわかっていた。

「——秋せつらの——ところに」

全身を冷や汗と恐怖にまみれさせながら、識名は絶望の答えを発した。

第十一章　潜伏者

1

蒼茫《そうぼう》と暮れる〈西新宿〉の往来を、せつらと真奈は悄然《しょうぜん》と戻って来た。

さおりとやしきが失踪したという垂木のマンションを訪れた帰りである。

垂木には連絡も取らず、いわば不法侵入だが、せつらにとっては日常のことである。

ドアの前に立っただけで、真奈は石のように硬直してしまった。

せつらが眼をやると、

「間違いありません。あの二人——が来ています」

とこれも石みたいな口調で断言した。

来ています、とは言ったが、それは過去のことで室内には誰もいなかった。

ドアの向こうの部屋にも闘争の跡は、おびただしい血溜《だ》まりと同じ色の足跡が残っていたが、奥の部屋に入った途端、真奈はその場にしゃがみ込んでしまったのである。

もとは市役所に勤《つと》めていたとはいえ、出自《しゅつじ》を考えれば到底普通の人間とはいえない。

一日しか起居を共にしていないせつらですら、この美女に時折不気味なものを感じる。

そんな妖女が、小さな塊《かたまり》になったような身体《からだ》を抱いて、

「あの二人の気配が……雰囲気が残っています」

消え入るような声でつぶやいたのは、そんな状態に陥《おちい》ってから一分も経《た》ったときであった。

すでに室内のチェックを終えていたせつらにも、何やら想像を絶する戦いが繰《く》り広げられたのはわかった。

超小型の――ペンシル・ミサイルが使われたらしい。室内でこんなものを使用するのは軽率《けいそつ》なチンピラだろうが、そうせざるを得ない理由があったとも考えられる。

垂木が言ったとおり、ベッドの枠《わく》には、さおりを縛《しば》り付けておいたという手錠がぶら下がっていたし、奇妙な遺留品も散らばっていた。せつらの眼に、一瞬、他人が見たこともないきらめきが宿ったのは、床上のそれらを一瞥《いちべつ》した瞬間であった。

さらに室内をチェックし、真奈のところへ戻ったときに、恐怖のつぶやきを聞いたのである。

「ちょっと見て――あれのせいかな？」

変わらぬ茫洋《ぼうよう》たる物言いの、自らの感覚に対するあまりの落差が、怯《おび》えきった娘に、安堵《あんど》感を抱《いだ》かせた――或《あ》いは混乱しただけかも知れないが。

そのままの姿勢で、真奈は眼を開いた。最初に見たのは、床の上であった。せつらが言ったあれである。

長靴《ブーツ》や、鋲《びょう》を打った肩当ての一部、ごつい腕時計、軽合金製の胸部装甲などに混じって、ペンシル・ミサイル用の円筒発射器《チューブ・ランチャー》まで転がっていた。それらには、硬そうなのと、もうひとつ奇妙な一致点があった。どれも溶けかかっているのである。熱ではない。正確には腐蝕《ふしょく》だ。

これらの品を身にまとっていたものが、何者かに強烈な酸――ないしはそれに近い成分のものを浴びせられ、腐りかけたのを放り出したという感じであった。他の部分は、ではどうなったのか。

「吐き出したんです」

と、真奈が何ともおぞましい解答を与えた。

「丸のまま呑《の》み込んで消化しにくいものだけ外へ。あの二人がたくさんの相手を始末した後には、必ずこうなっていたと聞いてますし、私も溶けかかった短刀を見た覚えがあります」

「丸ごとねえ」

凄《すさ》まじい告白を聞いても、せつらはあっけらかんとしたものだ。真奈が思わず、この人正気なの、という眼で見上げてしまったくらい、この美しい若者も人間よりは別の存在に近いのかも知れない。

「どうやら、やしきさんとさおりさんが、君のところのお祖母《ばあ》さんと、森童子家のお祖父《じい》さんに拉致《らち》されたのは間違いないようだ。まだ無事でいる可能性はあるかな?」

「やしきさんはたぶん。さおりさんは――わかりません」

「二人の隠《かく》れ家《が》について、特徴みたいなものはある？」

「これも聞いた話ですけど、廃屋や洞窟を使って、自分たちの好みの住まいに変えてしまうとか」

「リフォーム」

とせつらはつぶやいた。

「好みってどんな？」

真奈が答えるまで数秒の間があった。

「光も射《さ》さない……暗くてじめじめしたところです」

「うわ」

と、せつらはのんびりした声で言う。

「――怖くないんですか？」

真奈がつい、呆《あき》れた風に訊《き》いてしまったほどである。

「ううん、怖いけど」

春霞《はるがすみ》の漂《ただよ》っているような美貌《びぼう》を見据《す》えて、真奈はあきらめた。ある意味、あの祖父母よりも翔《と》んでる存在かも知れない――そう彼女に思わせて、せつらは帰ろうと言った。

〈秋せんべい店〉の近くまで来て、真奈はコンビニへ行くと別れた。どうしても欲しい品があるという。

せつらも止めなかった。

八方塞《ふさ》がりである。タクシー会社にも当たってみたが、そんな四人連れを乗せた車はないとの返事だった。

タクシー会社や運送会社、その他、人捜《さが》しに恒常的な関係を持つ組織には、せつらの息がかかったトップと末端がいる。二種類なのは、どちらの反感を買っても必要な情報の取得がスムーズにいかないからだ。上がせつらのためにと恍惚《こうこつ》の指示を飛ばしても、下がこの色ボケと反発すれば、情報取得に齟齬《そご》が生じるし、下が頑張っても、上が疑問を抱けば、業務に差し障《さわ》りがあると、作業の中止を命じられるだろう。

彼らへの報奨は、他の人捜し屋や情報屋の千分の一にも満たない謝礼と――微笑《ほほえ》みだから、経済的この上ない。しかも、恋情が絡《から》んでいるから、情報の精度は抜群ときている。恋した純情娘が男に尽《つ》くすときのことを想起すればいい。

その彼らがないと言う以上、四人は徒歩か別の方法で行方をくらましたのに違いない。

道々せつらが考えていたのは、それであった。唯一、

「一族には、遠方へ移動するとき、地上ではない秘密のルートがあったそうです」

と、求める解答の一端を差し出したが、空を飛ぶのか地へ潜るのかまではわからなかっ

た。

「水を使うとか聞きましたけど」

するど、海路だろうか。

珍しくお客の少ない店を、ちらりと眺めて通り過ぎ、〈秋人捜しセンター《DSM》〉の玄関――

裏口から入ると、せつらは、

「あれ?」

と洩《も》らした。

三和土《たたき》と六畳間を仕切る障子《しょうじ》が開いたままで、真正面――卓袱台《ちゃぶだい》の向こうに正座した
白髪の老婆が、

「お帰り」

ぺこりと頭を下げたのである。

その雰囲気と表情が、あまりにも和《なご》やかだったので、秋せつらともあろうものが、こり
や来たぞ、と思う前に、こちらも頭を下げてしまった。

顔を上げて、また、

「あれ?」

と口を衝《つ》いた。

障子は閉まったきりである。

幻覚かと思うのは、せつら以外の人間である。

彼は即座に三和土から探索の妖糸を張り巡《めぐ》らせた。

無駄かなという気はした。留守の際、店と事務所《オフィス》とに仕掛けた〝守り糸〟は、侵入者がゼロと伝えていたのである。

案《あん》の定《じょう》、効果はまるでなく、いったん外へ、と思ったとき、

「ま、上がんなさいな」

と、それを読んだような声が、六畳間からかかったのである。

「うーん」

せつらがためらったのには事情がある。それが正しかったことは、老婆の次の台詞《せりふ》が証明した。

「素直に上がらんと、あんたの捜してるという若いのが、危ない目に遭《あ》うかも知れんよ」

声はすれども姿も気配もない相手には従う他はない。

六畳間に入ると、

「まあ、お掛け」

と座布団《ざぶとん》に座らされたが、別段、屈辱とも怒った風とも感じられないのは、やはり秋せつらならではだ。彼は、

「お茶でも淹《い》れます？」

ど訊いた。とりあえず、眼は前に据えている。

「そうさね、じゃあと言いたいところだけど、今日はよしとこう。急な用件なのさ」

「何ですか?」

「おとぼけじゃないよ。うちの孫娘が世話になってるそうじゃないの」

「世話?」

「あの娘は一応、婚約者もいる身でね。そいつは婚約破棄して逃げ出すような腑抜《ふぬ》けだけれど、婚約している以上、筋は通さなくちゃならない。しかし、まあ」

と最後は溜息《ためいき》混じりに、

「——世話になりたくなる気持ちもわかるさ。あんたいい男だものねえ」

「はあ」

なにやら、錯乱とも淫《みだ》らとも取れる空気が狭い室内に生じたが、それも一瞬、

「連れ帰って、もう一度、躾《しつけ》しなおさないとならんようだわ。莫迦《ばか》な婚約者とも手を切った上でね。それには当人がいなくちゃならない。美しいお若いさん——孫娘はどこだね?」

「もう帰りました。やはり、ふしだらということで」

「へえ」

のっけから信じちゃいない声である。それでもこう続けたのだから、せつらも人を食っ

ている――いや、化物《ばけもの》を食っていると言うしかない。

「ちゃんと躾けられておいでです」

「そうかい。なら、あたしも帰るとするかね。もひとつの用事を済ませてね」

「はあ」

「うちの嫁――真奈の母親だけど、あっさり殺してくれたそうだ。気に入らない嫁だったけど、一族の者である以上、あたしがお返しをしなくちゃならないんだよ。覚悟しとくれね」

「はあ」

干からびた声は消えた。

気配は最初からなく、空気も最初から変わらない。せつらにとっても、その五感を超《こ》えるはじめての強敵であった。

そして、その一族の性質として、ひと呑みはもちろん、ひと咬《か》みも生命《いのち》取りになりかねぬことは、毒蜘蛛《どくぐも》の一件でも、せつらは思い知らされている。

空気が動いた。

2

それはひとすじの髪の毛であった。本来ならば、気流に翻弄《ほんろう》されるだけの白く長い髪が、意志を持つもののように泳ぎ縫《ぬ》って、せつらの首すじへと向かって来たのである。

確かに空気は動いたがミクロン単位を測定し得る電子装置でも使わぬ限り、それと判断することは不可能な、極微の動きであった。

せつらがそれを看破《かんぱ》し得たのは、これも人知を超越した第六感によるものでしかなかった。

右方をふり向いた彼の眼には、空中にありながら水上のごとく身をくねらせて泳ぎ寄る一匹の蛇が見えた。

彼の首に巻き付く寸前、それは胴の半《なか》ばで二つになった。

ほとんど同時に真逆《まぎやく》の位置でも、もう一匹が血しぶきとともに分断された。

どちらも畳《たたみ》に落ちる前に、一本ずつの髪の毛と化していた。血しぶきは幻だ。

「お見事だね、いつ張った？」

嗄《しわが》れ声は、相も変わらず発信地点がわからない。

「あなたが姿を見せたときに」

卓袱台の向こうに老婆が見えた瞬間、〝守り糸〟はせつらの守護にかかったのだ。

それは数条の金属糸にすぎないが、極微な空気流から敵の接近を探知し、自ら吹きなびき、位置を変え、隙間《すきま》を広げて誘い込むや、糸を交差させ封じた上で切断の刃《やいば》をふるう。

「あたしの毛術《もうじゅつ》を。見事なもんだ。けどね、いまのは小手《こて》調べさ。あたしはここへ入り込んだとき、同じ糸を躱《かわ》して入ったんだ」

音もなく妖糸《おんな》が切断されたのをせつらは感じた。右側だ。その隙間から何かが忍び込んで来る。

別の妖糸が迎え撃ち、こちらもあっさり切られてしまった。

そちらへ向けて、せつらは新たな妖糸を放った。

手応えはあった——跳ね返された手応えが。

「ほほほ、平気平気」

声とは別の方角——左の畳の上に、おかしな物体が蹲《うずくま》っていた。

金属製の蛇の頭に細長いリング・ワイヤーをくっつけた品だ。少し前に観《み》た古臭いSF映画を憶《おも》い出した。放射能の影響で、脳に脊椎《せきつい》がくっついただけの生物が誕生し、脊椎を発条《ばね》のように使って押し寄せて来るのだ。

せつらはワイヤーの彼方《かなた》に眼をやった。操《あやつ》り師の所在を突き止めるのが先決だ。見抜く前に鉄蛇《てつへび》が跳《は》ねた。

その前に焦茶《こげちゃ》の壁が立ちはだかったのである。せつらが両脚《あし》を持ってひっくり返した卓袱台であった。垂直のものを蛇は咬めない。頭は台をぶち抜いた。せつらは右へ飛んでいる。不可視の糸はどこを狙《ねら》う？　それは蛇頭のワイヤーに巻き付くや、螺旋《らせん》を描きつつ操り手の手もとへと走った。畳の間に！　敵は床下に潜《ひそ》んでいたのか⁉

手応えが指に伝わると同時に、低い呻《うめ》き声をせつらは聞いた。蛇頭の動きが止まる。だが、せつらもまた、がっくりと片膝《ひざ》を突いている。畳の間から猛烈な臭いが鼻を叩《たた》いたのだ。いや、せつらの体内には、ドクター・メフィスト調合になる対抗毒素が血液中を巡っている。それをもってしても気が遠くなるほどの悪臭であった。

「腸《はらわた》がねじくれる気分だろうが」

今度ははっきりと床下から、老婆の声が噴《ふ》き上がった。

「あたしに血を流させるとこうなるのさ。〝血蜜花《ちみつばな》〟ゆうてな、半径三メートル以内の生き物は、みんな気が狂っちまう。ほお、よく保《も》っておるね。でも、指はちょっとも動くまい、息も半分も吸い込めんはずじゃ。おお、かわいそうに、苦しそうではないかえ。しかし、何という美しさじゃ。こんな男が世の中におったとは。やはり、北の国に引っ込んでいては遅れるばかりじゃのお」

がちん、と蛇頭が鉄の顎《あご》を打ち鳴らしたのは、とどめの合図か別のこころの動きであったか。

世にも美しい彫像と化したせつらの首すじへ、ぐうっと鎌首《かまくび》を擡《もた》げた瞬間、

「ぐええ——っ」

身も世もない苦鳴が上がるや、もの凄《すご》い勢いで蛇頭は畳の間に引きずり込まれたのである。

明らかに遠ざかる声が、

「真奈……おまえかい？　——でも……これだけじゃない、よ」

怒りとも絶望ともつかぬ思いをぶちまけて、静かになった。

異変が生じる直前、別の臭いが血臭に挑んだのをせつらは知っている。

「せつらさん」

と障子を開けて飛び込んで来たのは、老婆の呼んだ孫娘であった。走り寄った身体から強い刺激臭が漂《ただよ》って来た。もとより〝血蜜花〟には数百倍も及ばぬ臭気だが、妖婆——滝王春奈を逃亡させたのは、これなのだ。

「動かすと吐く」

一〇秒ほど動かず、せつらはようやく、

「あれかな？　昔、何かで読んだことがある」

真奈はうなずいた。

「春奈お祖母《ばあ》さまは、私たちが足下にも及ばない力と技の持ち主ですけど、欠点は一族の

者たちと等しいのです」

「それは――『セブンスター』？」

「いえ、『しんせい』です。〈区外〉では滅多に手に入りませんが、〈新宿〉にありました。これがいちばん効果的なのです」

せつらは障子のすぐ前の畳に、こびりついた黒い粘塊を見つめた。

煙草《たばこ》のヤニ、である。

毒蛇を撃退するには、これにしかず、と言われた古《いにしえ》の方策は、時代を超えて、秋せつらの身を守ったのであった。

「ありがとう」

とせつらは礼を言った。もちろん、言われた方は、本気かどうかわからない。

「古典的な方法でした。ですが、一族の共通の欠点だとしたら、あなたもアウトなんじゃありませんか？」

せつらともあろうものが、このときはじめて気がついた。真奈の顔は蒼白で眼の下にははっきりと隈《くま》が浮いているのだった。この娘はまさしく死ぬ思いでせつらを救ったのだ。

「私にも、ひとつわからないことがあります」

「なに？」

「去り際にお祖母さん――これだけじゃないよって。あれはどういう意味なのでしょうか？　これってヤニのこと？　ヤニ以外にもあの方を撃退した手があったってことかしら？」

せつらは小首を傾《かし》げた。

真奈の顔がみるみる赤くなった。無垢《むく》の天使に会えば、誰でもこうなる。あの老鬼も。

「わかったわ」

真奈は小さくうなずいた。

「ですが——あなたはお祖母さんを敵に廻しました」

せつらの指摘は、真奈の表情をこわばらせた。顔色は死人のようであった。

「いいんです。あの人と添い遂《と》げると誓ったとき、私は世界も敵に廻すつもりでいました。でなければ、人間《ひと》と一緒になるなんてできません」

「それはそれは」

と返してから、

「じゃあ、出掛けてきます」

とせつらは言った。

「どちらへ？」

「今のお祖母さんの隠れ家へ」

「なら、私も一緒に連れて行って下さい。あなたひとりでは危険すぎるわ」

「あなたにもそうです。こんな事態になっても、可愛い孫だと、何もかも忘れてくれると思います？」

「――いいえ」

「なら残って下さい」

「残れば危険はないとお思い？」

「保護者の心当たりはあります。〈新宿〉で唯一、安全な場所です」

「でも」

「僕の指示に従うこと」

真奈は全身から力を抜いた。そういう約束で、彼女はせつらと起居を共にしているのだ。

「――わかりました。約束は守ります」

美しい顔が軽くうなずいた。

春奈からのその電話に、森童子識名は眼を剝《む》いた。

形容しがたい鬼気が、小さな受話器から、憎悪《ぞうお》の炎《フレア》を噴き上げていたからだ。

しくじったのだ。だが、この老婆が実行に移し、それが水の泡と化すなんてことが――。もしそうだとしたら、身の毛もよだつ。再戦は人間の想像を超えた恐怖無惨の連続となるだろう。

しかも、

「真奈が向こうについたよ」

と春奈は言った。

凍りつく識名へ、

「もう孫とは思わないよ。あんたも、一緒になりたいなんて夢物語は、今ここで捨てるんだね。もうこのあたしが許さないよ」

「——どうするつもりです？」

「決まってるさ。婚約までいった男に捨てられ、しかも、そいつを処分しに来た自分の母親まで殺されて、それでも殺した奴の肩を持つ——道理の狂った女は、こちらも狂った仕置にかけてやる。あんたにも手を貸してもらうよ」

「それは——」

識名が言い澱《よど》んだのは、やはり、真奈を愛していたからだが、老婆の怒声にさらされると、たちまち心残りも凍結してしまった。

「幸い、真奈はあんたが自分に未練を抱いていると思ってる。そこんところをうまく使って、あのせんべい屋から——真奈を連れ出すんだ。やしきを見つけたとでも言うんだね」

「しかし、あの人捜し屋が一緒では……」

「だから、まず真奈をおびき出すんだよ」

「え？」

「人捜し屋は必ずあたしたちを捜して出かける。そのときを見計《はか》らって、あんたが乗り込むんだ。あたしと会った。そこへ案内するってね。うまく連れ出したらあたしたちが行くまで、あんたの病室へ入れておき。どこで人捜し屋に見かけられないとも限らない。それに気をつけて、さ、あいつの家へ行っといで」

妖々たる声にねめつけられて、識名はうなずくしかなかった。

3

うす暗い、じめついた室内に、ここしばらくの間、絶えない音があった。

音ではなく、声だ。単なる声ではなく喘《あえ》ぎだ。若い女の官能の呻きが、休みなくこの奇怪な室内を漂流しているのであった。

それに混じって、

「どうだ……感じるか？　わしのキスは？」

潔癖な人間が聞いたら耳を覆うか激昂《げっこう》のあまり一発お見舞いしたくなるような、好色剝き出しの男の声が、聞こえてくる。それも老人——しかも、ひとりきりではなかった。

「おれの女房を二つにした敵《かたき》の仲間め。女房の苦しみをこの身体に教えてやる」

ひとしきりの怨《うら》み節《ぶし》が終わると、何をされているのか、女の喘ぎは悲鳴に変わり、それから粘《ねば》っこい法悦の表現になるのだった。

うす闇だから、何とか見える。

白い女体が天井から吊《つ》るされていた。

その身体にすがりつくように、中年男と老人がその肉体に舌を這《は》わせていく。乳房を揉《も》んでいる。乳首を吸っている。

「何時間になるかな、信介さん?」

「かれこれ、六、七時間ですかね」

と答えたのは、真奈の父・信介である。相手は森童子識名の祖父・牙空。二人に苛《さいな》まれている女体の主は、月島さおりであった。

「しかし、大したもんじゃ、今の娘の肉体《からだ》というのは、いくら責め苛んでも反応してきよる。昔は一時間でイッちまったものだが」

「全く、このおっぱいの張りがあること。いくら舐《な》めても舐めたりません。それに腋《わき》の下——毛も剃《そ》ってないから、田舎《いなか》の草むらを思い出しますよ」

そう言いながら、さおりの右腋の下に唾液《だえき》をたっぷりと含んだ舌を這わせると、女体は身悶《みもだ》えした。

「草むらならば、もうひとつあるぞ」

牙空は跪《ひざまず》く形で、さおりの豊かな臀部《でんぶ》に顔を埋《うず》めた。

あ、と呻いて、さおりは尻を振った。

「やめて……」

それしか出ない。息も絶え絶えなのだ。

「やめていいのか？」

牙空が弄《いら》うように訊いた。

「このぴちぴちした尻を可愛がるのをやめてもいいのか？　え？　こうされたくはないのか？」

言うなり、がっとかぶりついた。

「あぁう」

のけ反《ぞ》るさおりの尻と老人の口との間から、それは闇の中でも真っ赤と知れる鮮血がふたすじ、つうと流れ落ちていた。

すぐに口を離した牙空の唇も歯も赤く濡れている。

「ほおら、わしの牙から分泌《ぶんぴつ》される毒の効《き》き目はどうだ？　いくらでもやりたくなるじゃろう。しかし、おまえが嫌だというのなら、ここでやめるが、どうだ？」

「ああ……やめないで」

とさおりは哀願した。その喉《のど》にも、ぬめらかな腹にも、大胆なサイズの乳房にも、小さな点が二つずつ開いている。牙空の咬み痕《あと》だ。

さおりを数時間にわたって性の狂宴に生け贄《にえ》として捧《ささ》げ、しかもなお貪欲《どんよく》に責めを求めさせるのは、いま牙空が口にしたごとく、その牙から女体に打ち込まれた毒――媚毒《びどく》のせいであった。

もともとは獲物《えもの》を仕留めるための猛毒だったのだが、生け捕りにして嬲《なぶ》り廻したいという一族の性質が、何百年もの間に、即死毒を媚毒に変え、人と言わず獣と言わず、官能の虜《とりこ》にしてからその肉を貪《むさぼ》り、その後、胃の腑《ふ》に収めるというやり方に変わったのであった。

だから、さおりは死ぬまで悶えつづけなくてはならない。その熱い肉体を二人の男の暗い欲望の台に捧げなくてはならない。どれほど嫌悪《けんお》しても、媚毒に冒《おか》された肉体は男たちの責めを求めて反応しつづけるのだった。

「しかし、こんな味のいい娘まで手に入るとは、そのチンピラどもに礼を言わねばなりませんな」

「そのとおりだ。やしきとももども、あんたの女房を二つにしたという人捜し屋を呑み込むのに、役に立つかも知れんしな」

そして牙空と呼ばれる伝説の老人は、その顔も指も現実そのものの好色さで、さおりの尻にまたも歯を刺したのである。

しかし、ここはどこなのか？

沈黙も湿った光なきあなぐらのあちこちから白い瘴気《しようき》が立ち昇り、爬虫《はちゆう》類独特の生臭い臭気が鼻を打つ。聞こえるのは、さおりの喘ぎばかりだ。

そのとき——けたたましい音が鳴った。

電話である。

「うるさいな、いいところなのに」

悶える若い女体から離れて、牙空が移動する気配があった。

「あいよ」

と応じた。その刹那《せつな》に世界は白い光に包まれた。

ああ、そこは!?

「尾《つ》けられてるから、始末していくよ」

こう言って、まだ残っている公衆電話を切り、滝王春奈は、〈新宿通り〉を〈四谷《よつや》〉の方へ歩いて行った。

まだ高い陽《ひ》が、その小さな影を路上に映《うつ》している。やや前屈《かが》みの姿勢は、その突いた杖《つえ》と相俟《あいま》って、誰でも道を開けて通してやりたくなるような愛らしさがあった。

歩行速度も極《きわ》めてゆるい。だが、〈新宿通り〉と〈明治《めいじ》通り〉の交差点を渡り、〈新宿三丁目〉へ入ったあたりで、老婆は、妙な形に上体をひねると、信じられない速度で、ビルとビルの間の路地に入った。

少し間を置いて、同じく交差点を渡ったところで小走りに路地の入口に現われたのは、垂木陽三であった。

なんと、彼はせつらのところを出てから、ずっと見張っていたのである。

「秋の野郎、どうも様子がおかしいと思って、家の外から集音マイクで話を聞いてみりゃ、真奈と一緒にいやがる。おまけに夫婦気取りたあ、僕、僕と春の盛りに花見に来た良家のボンボンみたいな声出しやがるおとぼけぶりとはえらい違いだぜ。あの女たらしめ、今度という今度は面《つら》の皮を剝《は》ぎまくってやる」

こう決心して、しかし、せつらと真奈が、やしきとさおりが消えてしまったアジトへ向かうのを見送ったのは、やはりせつらが怖いからである。〈区外〉の人間のくせに、この探偵は動物のような勘で、せつらが只者《ただもの》ではないことを見抜いていた。そう言ってしまえば〈新宿〉の住人はみな只者ではないが、秋せつらはその中でも一頭どころか百頭も千頭も他を抜きん出た存在と見抜いたのである。

だから、彼はここ一番に賭けた。おかしな色気を出して、何もかもご破算にするよりは、せつらが決定的な成果を上げた瞬間に、それをひっさらう——いわば究極の漁夫の利に賭けたのである。

せつらと真奈がいる以上、真奈の一族は彼女のもとを訪れるはずだと彼は踏んだ。

そして、せつらの家を見張りつづけたのである。

その結果――

「身の毛もよだつ婆《ばば》ぁだが、畜生、どこ行きやがった？」

あることに気づいて、顔色を失い、

「気づかれたか？」

「そのとおりだよ。あたしが止まれば止まる、急げば急ぐ。そんな平凡な通行人があるもんかね」

どこからともなく黒い風みたいに吹き付けた嗄れ声を聞くや、一瞬のうちに垂木は〝超加速〟に入った。

猛スピードで移動しつつ、上下左右に眼を走らせる。

集音マイクでは細かい戦いぶりはわからなかったが、〝超加速〟に入ればどんな敵でもそうそうは手に負えないという自信があった。

現に、マッハをかるく凌駕《りょうが》する垂木の身体は、同時に数カ所に忽然《こつぜん》と出現したのである。

そして、彼はすぐ、路地の近くに積み重なった瓦礫《がれき》の背後にへばりつき、様子をうかがって――いる老婆を発見したのである。

〝超加速〟を解くや、それに伴《ともな》って生じる突風によって、老婆の身体は二メートルも宙を飛んで転がった。通行人たちもスカートを押さえ、カツラを飛ばされまいとする。

「元気かい、お婆ちゃん？」

と老婆の皺首《しわくび》を片手で掴《つか》み、

「立ち聞いたところによると、おれの借りた部屋から、あの兄妹を連れてったのは、あんたらしいな。ひとつ返してもらいてえもんだ」

「何のことだい、離しとくれ。年寄りを虐《いじ》めて何が楽しいのさ？」

老婆は垂木の手に爪を立てたが、加速用の人工皮膚はびくともしない。

「都合のいいときだけ、年寄りになるんじゃねえよ。さ、二人のところへおれを案内するんだ。おれが一介《いっかい》の探偵で終わるかどうかの瀬戸際《せとぎわ》なんだからな」

「そらあ、気が入るじゃろうね」

背後で声がした。

いつ、誰が？　と意識するより早く、垂木は〝超加速〟に入った。その身体が消滅した、と見えるや、一〇メートルばかり離れた瓦礫の山に激突し、同時に全く反対側に建つビルの壁面に亀裂を生じさせて止まった。その首すじに、二つの赤い点が生じていた。

「ほんに〈新宿〉ちゅうのは面白い街だのお、春奈さん」

とにこやかに笑いかけた田舎の好々爺《こうこうや》としか見えない老人は森童子牙空にまぎれもない。

「見ず知らずの男が、いきなりわしらのとこへ来たか。よおし、連れて行ってやろう。これで初対面の挨拶《あいさつ》は済んだ。これで仲間というわけよ。それにしても、ああヤニ臭い」

こう言って周りにざわつきだした人々の眼をはばかるように歪《ゆが》めた唇から、はじめて、二本の黄色い牙が覗《のぞ》いたのであった。

「そんじゃ後はまかせるよ」

と首すじを揉む老婆へ、

「どこかへ行くのかね？」

と老人が訊いた。

「ここまで来る途中で、田舎から連絡があってね。昔、家に来た東京の学者の倅《せがれ》つうのが、是非、あたしに会いたいと言ってきたそうだよ」

「おい、そんな呑気《のんき》な」

さすがに牙空老人が眉をひそめるのへ、老婆――春奈は、こちらも難しい表情になって、

「ただ会いたいだけじゃない。その倅――あたしたちの血を受けた人間だそうだよ」

「…………」

「――というわけで、ちょっと出掛けてくるわ。後はよろしく」

そう言うと、さっさと背を向けて〈靖国通り〉の方へ歩き出し、残された牙空は、

「昔は、あんな冷てえ女じゃなかったのによお」

外見のイメージ通りの情《なさ》けない声でつぶやくと、コンクリの破片にまみれて痙攣《けいれん》中の垂木に近づき、その腕を取った。

「ああ、嫌な匂いがするわ」

それから、遠巻きにしている通行人たちをにらみつけて、

「なに見てる？　見世物《もン》でねえぞ」

と一喝した。


せつらが滝王春奈を追ったのは、真奈をメフィスト病院へ預けてからである。唯一信頼がおける場所とは、ここであった。

真奈は病人ではないが、適当にでっち上げた。そんなものチェック一発でばれる。そこは秋せつら特権で乗りきった。

春奈の動きが止まったのは、〈下落合《しもおちあい》〉の「薬王院《やくおういん》」近くにある一軒家であった。

ここが牙空と春奈の隠れ家でないことは、糸の伝えるやりとりからわかっている。垂木が春奈と戦い、〝超加速〟を駆使して捕まえたものの、牙空に不意を衝かれて逆に捕らわ

れの身となった。糸の距離からして、〈新宿通り〉と〈明治通り〉の交差点近くである。

春奈が公衆電話で牙空に連絡した場所から考えて、争闘地点の近くにいたと思《おぼ》しいが、アジトかどうかはわからない。垂木に関しては、運が悪かったなと思うことにした。

いま、蒼味を増した空を背景に、せつらの前に立つ一軒家は、平凡な二階建てとしか映らない。

しかし、春奈と牙空のやりとりから、内部に待つのは誰か、せつらは想像がついた。

平　竜介
の表札を見て、それは確信に変わった。

あの〈早稲田大学〉准教授——自らを蛇の化身と変えた男の家である。

まず、せつらは〝探《さぐ》り糸〟を侵入させた。

第十二章　虜囚《りよしゆう》恋《れん》綿《めん》

1

すでに二人の会話は始まっていた。要諦《ようてい》は滝王一族への加入を平が切望していることであった。

彼の父がかつて滝王一族の故地を訪れ、牙の一咬《いっこう》に遭遇したものの、生命《いのち》は取り留め、その結果、滝王一族と等しい効能の血を受けた。自分はその上、滝王真奈の血も吸収し、名実ともに一族の列に加わる資格を得た——平はこう言い、滝王春奈の権威をもって、彼の存在を認めさせるよう希求したのである。

対して、春奈はこう答えた。

「里から大急ぎ〝血風便《けつぷうびん》〟が来たから、何事かと思えば案《あん》の定《じよう》、こんな世迷《よま》い事《ごと》かね。あんたがどんな手を使って、あたしらの真似《まね》をしようが、あたしらが胸襟《きようきん》を開いて受け入れるなんてことは、未来永劫《えいごう》にないさ。ただの客として上《うわ》っ面《つら》の付き合いならするけどね。あたしたちの列に加わりたけりゃ、一族の者と契《ちぎ》りを交《か》わすこった。それが外から内へ入る唯《ただ》ひとつの方法さ」

「おお、それなら」

と平は呻《うめ》いた。その満身から漲《みなぎ》る気配が、絶望ではなく希望なのを知って、春奈は躊《ちゆう》躇《ちょ》した。

「それなら、是非とも一緒になりたい娘がいる。滝王真奈――あなたの孫娘を貰《もら》いたい」

「そうくるだろうと思った」

春奈は慌《あわ》てずに言った。

「あんたがそこまで頭がのぼせたのは、真奈の血のせいだろうからね。でもね、世の中はどうでも、滝王一族には、断じて外《はず》せない鉄の掟《おきて》があるのさ。身分の差ってやつがね。真奈が望んであんたに血を分けたんならまだしも、あんたの話から察すると、無理矢理抜いたとしか思えない。いまは裏切り者でも、それとこれとは別だ。一族の者を辱《はずかし》めた罰は、あたしの手からくれてやるよ」

言うなり、春奈の懐《ふところ》から鉄の蛇頭が弾《はじ》け飛んで、平の首すじに牙を立てた。ばかりか、首の半分に当たる肉を一気に食いちぎってしまったのだ。

血しぶきが舞い狂った。のたうち廻ったのは平だ。

ソファを撥《は》ね飛ばし、小卓を破壊し、部屋中を狂走する。

――ここまでをせつらは、平の家の前で聞いた。

勝負あった。こう判断して、彼は玄関から入った。二人を戦わせたのは、むろん、片方が敗れた後の方が御《ぎょ》しやすいという合理的感覚からだ。ただし、その場合、敗れるのは平の方でなくてはならない。目下《もっか》のせつらにとって最大の関心事は、やしきの居場所なのだ。それを知っている春奈が形勢危《あや》うしとなれば、彼はあくまでも現実的利害判断から救《たす》けに入るつもりでいた。

それも杞憂《きゆう》に終わったようだ。

三和土《たたき》に入った瞬間、何とも不快な臭いが鼻を衝《つ》いた。毒ガスの類《たぐい》は血中の抗毒体が迎え撃つが、単なる臭気はもろやってくる。

旧〈フジＴＶ〉で、〝主《ぬし》〟との死闘時にたっぷりと嗅《か》いだ臭気――蛇と血の臭いだ。

それは納得済みである。だが、三和土から上がって、右方のリビングのドアを開いた先には、〝探り糸〟によって知らされていたせつらですら、柳眉《りゅうび》をひそめる光景が広がっていた。

重く濡れた闇が立ち込めているのは、遮光《しゃこう》カーテンを下げてあるだけでなく、雰囲気がもたらすものだ。

真正面に、天井から白い女体がぶら下がっているのを、せつらは見ることができた。それればかりか、床の上にも、これは男も含めた裸体が幾《いく》つか転がり、何体かはかすかながら呼吸を続けている。

だが、せつらが、

「へえ」

と、抑揚もつけずに唸《うな》ったのは一〇畳ほどの中央で、全く別の光景を目撃してしまったせいである。

　黒い蛇が白髪の老婆を絞《し》めつけているのだ。

　眼を凝《こ》らせば、蛇は黒ずくめの平准教授の顔を持ち、そのとぐろのてっぺんから覗《のぞ》く苦《く》悶《もん》に歪《ゆが》みきった顔は、滝王春奈だと知れる。春奈の足下《あしもと》には、金属製の蛇頭とねじくれたリング・ワイヤーが捨て置かれ、ワイヤーは持ち主の苦悶に合わせて、右にねじれ左にねじれを繰《く》り返しているのだった。

「逆さまだ」

　絞めつけられているのは、平のはずであった。その予想が間違ってはいないことは、絞めつけている平の首の右半分からぱっくりと肉が剝《は》ぎ取られ、半分が血にまみれているのでわかる。

　だが、せつらの勝利判断から、ここへ踏み込む二〇秒足らずの内に、一体何が起こったのか？

「これは――こんなに早く会えるとは思わなかったよ、確か、〈新宿〉一の人捜《さが》し屋――秋――せつら君だったな。いや、いいいい、こうなっても、つくづく美しいと感じられるとは、君もこの世のものではあるまい」

　むしろ親近感に溢《あふ》れる口ぶりであった。

　准教授は、ぐったりとした老婆の顔を窺《うかが》って、

「このご婦人も、分《ぶん》をわきまえていれば、今が自分の時代じゃないと、痛い思いなしでわからせてやったものを。彼女は年を経ただけだが、〝闇中道〟をくぐり抜けた私は、一秒ごとに〝進化〟をつづけているのだ。今も、な」

准教授は眼が燐光《りんこう》を放っている。

「前回、私の顔を割ったその武器をもう一度試してみろ。〝進化〟の意味を講義してやろう」

言われるまでもなく、せつらにとって平は単なる邪魔者にすぎない。

音もなく、光もなく、秋せつらの妖糸は平准教授の首に巻き付き、鮮《あざ》やかに両断してのけた——いや、糸が皮膚に食い込む寸前、准教授の蛇体は、凄《すさ》まじい勢いで、その部分をくねらせたのである。

そのパワーと角度に、肌全体から滲《にじ》み出る脂肪状の体液が加わったとき、それは鉄をも切断する秋せつらの妖糸を易々《やすやす》と弾き返した。

「いま全身で同じことができる。弾丸も跳ね返せるし、ナイフ、パンチなどは自らが滑《すべ》ってくれる。そして、〝進化〟はこれに留《とど》まらない。次に会ったとき、お見せしたいのだが、いかんせん、君とは二度と巡り会うこともなかろう」

言葉を切った。その後の含みにせつらの恐怖を炙《あぶ》り出させようとしたのである。

だが、あらゆるものが彼に味方する闇の居間で、秋せつらがそれこそ世界の涯《はて》から戻って来た老水夫が握りしめていた白い花のように揺れると、彼は春奈に巻き付けていた三メートルは超《こ》える身体を反対に旋回させた。

見よ、春奈は回転しながら解放され、独楽《こま》飾りのように廻る右手が床上の蛇頭を摑《つか》んだではないか。

そして動きは変わらないのに、老婆の右手は、その武器をせつらめがけて放った。

〝守り糸〟を無効とする鉄蛇の一撃を、しかし、せつらは微動だにせず迎え入れた。

鉄蛇の頭部は、せつらの喉《のど》前三〇センチのところで急にスピードを落とし、さらに一〇センチほど前進してから勢いよく弾き返されたのである。

平が旋回し、廻る老婆の手の中で、蛇頭は激しく向きを変えつつ、別の角度からせつらに食らい付こうとして、また跳ね返された。

「一本なら切れても二本はどうかな？」

とせつらは、他人事《ひとごと》か、暗記ものみたいな調子で訊いた。

「でも、念のため三本」

千分の一ミクロンの妖糸を三本よじり合わせても不可視は変わらない。

「なるほど、事情はよくわからんが、少なくとも進歩はしたというわけか」

春奈の蛇頭が、せつらの妖糸一本なら断《た》てたことを、平は知らない。

「私も実のところ、今の身体になるまでは、進化と進歩について良い具体例を知らなかったのだが、いま最高の例を出すぞ」

せつらは床を見ていた。森童子識名の技〝すくみ眼〟を思い出したのである。

うす闇に包まれた床に、より濃く平の影が落ちている。

その首の付け根あたりから、何かがせり出してきたのだ。

首らしきものが。ひとつ、ふたつ——八本も！

「——の大蛇《おろち》」

とせつらは口にした。

「私のことは別の名前で呼べ」

と平だったものが言った。

「こうならなくても、君の武器は難なく躱《かわ》せた。こうなった以上——勝敗に戦わずして明らかだ。どうだね、この場で呑《の》まれるか？　それとも——」

急に声をひそめて、

「——一度寝てからにするかい？」

平は余裕綽々《しやくしやく》で返事を待った。せつらは俯《うつむ》いたままだ。悩んでいるな、と彼は判断した。それなら姦《や》れる。普通の人間がどちらを取るか、火を見るより明らかだ。

そのとき、ぞっとするものが、平の首すじを撫《な》でた。それは予感であった。

せつらが、ゆっくりとその美貌《びぼう》をもたげてきた。

「寝てもよかろう」

と彼は平を見つめた。どんな女性よりも美しく可憐《かれん》な柳眉、人間性の神秘を秘めた黒瞳、見たものすべてが気を失いかける鼻梁《びりょう》のライン、そして、とある天才彫刻家と画家とが、その再現に死力を尽くし、自ら無能の宣告を下して生命を絶ったといわれる朱唇《しゅしん》と、まばゆいばかりの歯列――秋せつらだ。間違いない。

それなのに違う、と平の血が叫ぶ。違う。同じだが違うのだ、と。

せつらはこう続けた。

「ただし、私で良ければ、な」

言葉つきも口調も同じ――しかし、〝進化〟した魔性が震え上がるような美しい鬼気に打たれて、平は後じさった。

それしかできないうちに、そのかがやきも飛翔速度も方角も識別しうる子供騙《だま》しの武器がその頭から顎《あご》までを縦《たて》に割った。

「ひいい」

と人間の言葉で叫んだつもりが、蛇の悲鳴だ。

のけ反《ぞ》るその身体の半《なか》ばまでが裂けるや、新たな血が噴出し、必死で隣の座敷へと這《は》い出す隙《すき》に、第三、第四の裂傷が生じた。

「助けて、助けてくれ」

と平は泣き喚《わめ》いた。いま
のせつらと戦う気には、最初からなれなかった。
違う。違う。その美しい若者はいまの平さえ理解できぬ非情の魔人だった。

2

平は部屋の隅《すみ》に追い詰められた。逃げるつもりだが、せつらの妖糸がそれを許さなかったのである。十数カ所にわたって切断された身体は血にまみれ、床も血の海だ。

その中で、秋せつらばかりが黒白《こくびやく》の花のように美しい。

「私と寝たいと言ったが、こう醜《みにく》くてはその気も失《う》せる。いっそ魂《たましい》ばかりが北の国へと飛んで、滝王の誰かとたわむれるがいい」

冷ややかに言い放つ死刑宣告を、しかし、平は恍惚《こうこつ》たる気分の中で聞いた。気が狂わないのがおかしい痛みが、いまの彼には甘美な快感なのだ。冷厳たる氷の声が、甘く切ない愛の告白に聞こえるのだ。

これこそ「私」と名乗るせつらの魔力か。

だが、美しき魔人は、その言葉を履行《りこう》することができなかった。

凄まじい揺れが、そのとき、〈新宿〉を襲ったのだ。

今なお突発的に生じる小規模な〈魔震〉は、年に数百回を数えるという。しかし、いまのそれは、新宿壊滅の日から途切れることなく頻発《ひんぱつ》する〈余震〉の中でも、最大規模のひとつに間違いなかった。

建物全体が縦に揺れ、構造材が砕けて、天井が落ちてくる。

裂けた床がそれを呑み込んだ。いや、床のさらに下に、黒々と口を開けた新しい〈亀裂〉が。

材木や床板や壁に混じって、平の蛇身も落ちた。

のたうち廻りながら暗黒へ吸い込まれていく准教授を、せつらは春奈を横抱きにしたまま見送った。周囲になお破片は落下しつづけているが、彼の頭上からの落下物は、ことごとく数十センチの距離で跳ね返り、しかも彼は空中に立っていた。床はすでに呑まれていたのである。

その黒瞳は、平の前に深淵《しんえん》へと消えていった裸者たちも映《うつ》していたが、それに対する感慨はいささかも窺えなかった。救おうとすれば救えたものか、無駄とわかって放っておいたのか、平との死闘の最中では無理であったのか——それはわからない。

せつらと老婆が家の外へ出るのとほとんど同じくして〈亀裂〉は閉じ、〈余震〉は終焉《しゅうえん》した。

その凄まじい被害は、後の〈区〉の発表によれば、倒壊家屋三百余、死者二千五百余、行方不明三千余、被害総額は五〇億円に達するが——目下のせつらの眼に映じる具体例は、基礎もろとも〈亀裂〉に呑み込まれて消滅した家の跡と、あちこちから上がりはじめた火の手と黒煙、逃げまどい、或《ある》いは立ち尽くす被災者たちの姿であった。そして、そのどれにも一瞥《いちべつ》以外の注目は与えず、せつらは肩の老婆を近くの路上に横たえたのである。

「もしもし」

と呼びかける動きも声も、先刻のままだが、またも違う。というか、もとに戻ったようだ。

「起きてるよ」

老婆——滝王春奈は、こう言って眼を開けた。脱出時に埃《ほこり》にまみれはしたものの、傷はほとんどない。蛇体と化した平に絞めつけられた身体は、全身骨折していそうだが、見た限りでは何ともいえなかった。

濡れた瞳がせつらを映している。それは、黒いかがやきであった。

「いつの間にか、あたしより強い奴に化けてたもんで、不意を衝かれちまったけど、前もって知ってりゃ、あんな無様《ぶざま》なことには——と言っても負け惜しみだね。滝王春奈も墜《お》ちたもんさ。そう考えると、誰かの凄味《すごみ》が惻々《そくそく》と身に沁《し》みてくる——ねえ、あんた、何者だい？」

老婆の瞳は光を放ちはじめた。いつもなら凶気の血光だ。だが、いまのそれは、せつらに切り刻まれながら恍惚とそれを愉《たの》しんでいた平竜介の眼の光と同じものであった。

「答えられやしないね、あんたは私じゃないもの。でも、あたしは、私と口にした男に惚《ほ》れちまったよ」

何と筋の通った、何と奇怪な告白であろう。魔性《ましょう》の一族の誰からも恐れられる大殺戮《さつりく》者が、標的に恋情を訴え、訴えられた方がまた、一〇〇歳も離れた老婆の言葉に表情ひとつ変えず、

「それはどーも」

と返したきりだとは。

「口先で言っても信用しちゃもらえないだろう」

と春奈は続けた。

「だから、裏付けをあげる——やしきの居所を教えてやるよ」

ここで老婆は身をよじって呻いた。地面がまた揺れたのだ。

夢中でせつらに手を伸ばし、せつらのコートの襟《えり》のあたりを掴んで——どう見ても自然な行動である。

次の瞬間、上体が発条《ばね》仕掛けの人形みたいに跳ね起きた。尋常な速度ではなかったのと、それまでの動きから、せつらの反応が少し遅れた。

その首すじに老婆の唇が触れた。それだけだ。次の瞬間、彼女は撥ね飛ばされていたのだから。恐らく次は糸地獄が待っていただろう。だが、せつらは首すじを押さえて、前の

めりになった。苦痛に歪む美貌は、みるみる血の気《け》を失い、さらに暗紫色へと変わった。

「ああ、なんて綺麗なんだろう」

春奈は忘我の状態で呻いた。手が乳房を揉《も》みしだいた。

「あたしが北の里一帯で恐れられてきたのは、それは無惨な殺し方をするからさ。殺し方が残酷を極《きわ》めれば極めるほど、獲物《えもの》の断末魔《だんまつま》は凄まじい。そのときの痙攣《けいれん》する手足、逃げられっこない死に反抗しようと折れ曲がる胴体、そして何といっても苦悶に歪むその顔が、あたしを感じさせるのさ。あたしは牙空に抱かれたって一度も達したことはない。けど、獲物の苦悶を見るたびに極めてきた。三つのときから今まで、何百万回になるかねえ。ああ、でもその中の最高の一回だって、いまのその顔と姿の足下にも及ばない。天の星と海の底の貝くらいの差があるよ」

そして、妖婆は、ごめん、と言った。その眼から涙が溢れていた。

「許しとくれね。やっぱり、あたしはあたしだよ。けど、あんたとの約束は守るとも。だから、安心して行くべきところにお行き」

これだけ言うと、その身体はばたりと路面に伏し、近くの人々の悲鳴を浴びながら、蛇のようにくねくねと地を這いだして、みるみる混乱と死の現場へと姿を消してしまった。

何人かがせつらに駆け寄り、心配する前に恍惚となったが、事態が事態だけに、すぐ自分を取り戻し、

「これは毒だな」

「もう手遅れだよ」

「たぶんね。でも、すぐ病院へ」

「救命車も救急車もすぐには来やしないわ。あたしたちだって、こんな様じゃないの」

口々に言い合う人々の間から、ひとりの女が顔を出した。せつらを見ていた人々も、思わず、はっとするほどの美女であった。

「失礼します」

女はせつらを地上へ横たえると、周りの連中に凶暴とさえ言えるどよめきを放たせた。妖婆のものより、遥《はる》かに長く、濃厚なキスであった。

美女が唇を離したとき、白い唾液の糸が唇と唇とをつなぐのを人々は見た。それなのに、どよめきが怒号に変わらなかったのは、せつらを見つめる女の表情に、誰もが知っているはかない切なさが浮かんでいたからであった。

「追いかけて来て良かった。やはり気になったのよ」

女は真奈であった。

「私の口づけ、お祖母さんには及びもつかないけれど、あなたの身体の中の対毒抗体と合わせれば死なずに済むはずよ」

誰の耳にも聞こえない、せつらにだけ届くはずの、滝王一族の声であった。それなのに、人々は打たれた。その全身から、真奈の思いが溢れていたからだ。誰もがその美女が美しい若者を愛していることを知った。

だから、真奈が呼んだメフィスト病院の救命車が到着し、真っ先にせつらを運び入れても、誰ひとり異議を唱える者はなかった。

せつらの搬入を見つめる真奈の肩を、誰かが叩いた。識名であった。

「あの人捜し屋の家へ行ったら、おまえが出て来たので尾《つ》けた。大層なことをしでかしたそうだが、もう問わん。おれと一緒にやしきのところへ来い」

真奈はうなずいた。


続々と搬入される患者たちとは別に、せつらはまずメフィストの処置を受け、

「二四時間の入院が必要」

と、内科の入院病棟に収容された。

真奈は救命車に乗らず姿を消し、すでに顔色も紙の色にまで戻ったせつらは、ひとり昏々《こんこん》と眠った。

一時間ほどして、二人の訪問者が訪れたのである。どちらも外から外来者専用のカードを受け取ってきた人間ではなかった。

ノックもせずに二人は病室へ入り、ベッドのせつらを見た。近寄る足取りは音を立てな

かった。

「ボス」

と声をかけたのは、さおりだった。

「よう眠っておるわ」

娘のかたわらで、こうつぶやいた初老の男は——滝王信介であった。

滝王信介の両眼が、はや憎悪《ぞうお》の血色に染まっているのは、妻の敵《かたき》を目前にしたからだが、さおりの眼が等しい血光を放っているのは、信介と牙空に犯され、咬まれ、その毒を流し込まれたせいだ。明朗だった顔は、生気を失った凶相に変わり、土気《つちけ》色の唇からは二本の牙が——獣《けもの》に非《あら》ず蛇の牙が覗いている。

「本来ならば、まずおれがひと咬みするべきだが、おまえに譲ろう」

と信介はさおりの背を押した。

「仲間だったおまえにまず地獄を見せられるショックを味わわせてやりたいのだ。これが滝王一族のやり方よ。いいか、まず奴を起こすのだ。自分の運命を骨の髄《ずい》まで思い知らせてこそ、女房を奪われたおれの憎しみは癒《いや》される」

彼が言い終わらぬうちに、さおりはせつらの脇まで来ていた。そして、跪《ひざまず》くと、せつらの顔に顔を近づけ、あと数センチで首すじというところで動きを止めた。

「——何をしている!?」

と信介は唸ったが、もちろん〝眠れるせつら現象〟ともいうべき状態が形成されたのである。

人間の最も美しい顔は寝顔とされる。良かれ悪《あ》しかれ、無防備な精神《こころ》が、本来持つ無垢《むく》や優雅さを露《あら》わにするからだ。

この世で最も美しい若者がそうなるとき、彼は天才たちが描いてきた天使――遥かに美しく可憐な――に似てしまう。

生と死が秒ごとに交差し、風は血の香りを運ぶ〈魔界都市〉にあって、だからこそ、彼はこう呼ばれる。

美しき魔人、と。

3

信介はすぐ、さおりの躊躇《ちゅうちょ》の原因を察した。彼自身も半ば恍惚としながら、

「何をしている。さっさと咬み殺せ――ええい、どけ。おれがやる」

さおりを押しのけて、かっと牙を剝《む》いたその形相の凄まじさに、虚脱状態のさおりまでが、はっと全身をこわばらせた。

「女房の敵《かたき》」

と叫んだのは自分を鼓舞《こぶ》するためだ。彼はなお、せつらの美しさに半ば魂を奪われていた。

ドアが開いたのはそのときだ。そして、二人の刺客《しかく》はこの世の中に、秋せつらに勝るとも劣らない美しい姿と声の主がいることを知った。

「人間の形をしたものが、院内を歩き廻っていると連絡があった。何をしておいでかな」

とドクター・メフィストは言った。

信介とさおりは、文字通り凍結した。秋せつらを取り巻く雰囲気は、こちらも殺気の刃《やいば》がとろけてしまうくらい穏やかな春爛漫《はるらんまん》だが、この医師から吹き付けてくるのは、骨の髄まで凍りつく冷厳さだ。彼らは患者ではなかった。

声を聞いた刹那《せつな》に逃げ口上は通用しないとわかっている。

信介の眼が妖光を放った。光はメフィストの瞳に灼《や》き付いた。

「森童子の家では〝すくみ眼《め》〟というが、滝王家では〝痺《しび》れ眼《め》〟と呼ぶ。昔、我が先祖は、このひとにらみで牧場の中を丸ごと気死させ、ゆっくりと呑み込んだものという」

かつて森童子識名が、せつらを催眠状態に陥《おとしい》れたのと同じ瞳術《どうじゅつ》だ。

その妖光を双眸《そうぼう》に吸い込んで、

「変わった眼をしている」

と白い医師は物静かに言った。

「しかし、私には効《き》かん」

その声と同時に力尽きたか、信介は前のめりに崩《くず》れている。

前へ出たメフィストへ、さおりが躍《おど》りかかった。その二人の間を、倒れた信介が蛇のごとく這い抜ける。

白光が走った。

喉を押さえてさおりが倒れ、信介はからくも病室を飛び出した。蛇身ではまずいとみたか、足を使っての遁走《とんそう》に移る。

光はメフィストの手の中で小さな細いメスに戻っている。反対側の手に嵌《は》めた指輪を空中に閃《ひらめ》かせて、忽然《こつぜん》と現われた看護師に、

「処置したまえ」

と告げるや、慌てた風はなく、しかし、風のごとき速さで、白い医師は廊下へと出て行った。最後の瞬間、せつらの方を向いたのは言うまでもない。

「やられた」

ドアを閉めた途端に、そう洩《も》らした信介を見て、ソファに掛けていた識名は露骨に迷惑そうな表情をこしらえた。

「だから、止めたのに。ここはメフィスト病院ですよ。荒事なんかやらかしたらどんな目

に遭うか、ガイドブックにも載ってたでしょうが」

　識名は舌打ちして、

「せつらは撒《ま》いたんでしょうね」

「せつらじゃない。邪魔が入ったんだ」

それを予測するのは簡単だった。

「まさか、ドクター――」

「メフィストだ。なんと美しい――」

「敵にうっとりするのはやめてくれ」

　と識名は叫んだ。

「私は祖父とあなたの母上の脅威を免《まぬが》れるためにここへ入院した。なのに――ああ、春奈さんがドクター・メフィストと昔馴《な》染《じ》みだったなんて」

　ここで血相を変えて、

「彼は必ず来る。早く出てってくれ！」

「何を言うか、貴様、婿《むこ》もどきの分際で。ふん、心配いらん。尾《つ》けられてないのは確認済みだ。血の痕《あと》ひとつ残しておらんぞ」

「ドクター・メフィストと戦って？」

　信介は沈黙した。彼は戦う前に逃げ出してしまったからだ。それを隠蔽《いんぺい》する心理も手伝

って、信介は虚勢を張った。胸を張り、

「そうとも。そのとおりだ」

どん、と拳《こぶし》で胸を叩《たた》いた刹那、その喉がぱっくり裂けたのである。それなのに一滴の血も噴《ふ》きこぼれず、彼は苦痛だけに身を灼かれながら、床に倒れ伏した。

自らの手で院内を汚《けが》すことは決してなく、しかし、院内の秩序を乱す存在は滅せずにはおかぬドクター・メフィストの手練《しゅれん》であった。

そして、白い医師が病室を訪れたとき、信介の死体ひとつを残して識名の姿はどこにもなかったのである。彼は逃げた。メフィスト病院で院長相手にトラブルを引き起こしたら、患者以外は生きて帰れず、患者が患者でなくなるのもまた容易だとされる。

識名の行くべき場所は、ひとつしかなかった。

懐《なつ》かしい空気が彼を迎えた。じっとりと肌を湿らせ、光を毛嫌いするくせに生あたたかいそれは、束《つか》の間《ま》、北の里に戻ったのかと錯覚を与えた。

「識名かい?」

「そうです。滝王のお祖母さん?」

「そうだよ、年齢《とし》のせいか、あちこち痛めつけられちまってね。いま、傷を癒してるところさ」

嗄《しわが》れ声がこう洩らすや、識名の前方一〇メートルあたりの、白い瘴《しょう》気《き》を噴き上げている地面の上に、人間の——老婆の頭がひとつ、忽然と浮かび上がったのである。

識名の眼には、水をかぶった老婆の頭しか見えない。

識名はそれでもつかえることなく、信介の恐るべき死の模様を伝えた。

「相手はドクター・メフィストです。必ずここへやって来る。早く逃げて下さい」

「ほうほう、あの男を敵に廻したかね。それじゃもういかんね。牙空さんよ、なんで信介を病院で暴れさせたりしたんだね？　あれほど、院内で事を起こさんようにと言うたのに」

闇のずっと奥で、蠢《うごめ》く気配があった。

さっきから、女のすすり泣きとも苦鳴とも聞こえる声が、連綿と続いていたあたりである。

何か、重いものが、こちらへ滑《すべ》って来た。

老婆——春奈の頭上、三メートルのあたりに、すうと老人の顔が持ち上がったのである。

森童子牙空の顔は、まず細い裂けた舌で唇を舐《な》めた。口の周りには何やら墨《すみ》のようなものがこびりついていたのである。

「うろたえるな。いずれは決着をつけにゃあならん相手だったのじゃ」

「どうしてだね⁉」

春奈がさすがに驚愕の口調で、

「あの男さえ押さえておきゃあ、この街では怖いものなしと、あんなにも――」

「おまえさんの、昔の男というのが気に入らん」

牙空は静かに、凄まじい声で言った。

「それで、信介が女房の仇《あだ》を討ちたいと言うてきたとき、止めもせんじゃったのよ。なあに、あげな白《しら》ちゃけた優男《やさおとこ》、文句付けてきよったら、わしが片をつけてやるわ」

少し間を置いて、春奈の声が、

「あんた……まさか……そんな理由で……それで全てを……ぶち壊しに……」

切れ切れの、驚きよりもあまりにも深い絶望の響きに、傲岸《ごうがん》そのものの牙空の顔にも、不安の翳《かげ》が広がった。

異様に重苦しい感情の凝塊《ぎょうかい》が闇中《あんちゅう》に膨《ふく》れ上がった。

低い喘《あえ》ぎが、それを止めた。

「真奈だ――春奈さん、言われたとおり連れ出して来ましたが、あの娘に何をしてるんです？　あれは断末魔の声だ。それなりの罰を与えるだけという約束だったじゃありませんか⁉　あいつは――やしきはどうしたんです？　私から真奈を奪った奴。もう嬲《なぶ》り殺してくれたんでしょうね」

「まだだ」

と牙空が答え、春奈は苦い表情をつくった。

「真奈は春奈さんを裏切った。いわば一族に対する背信者の道を選んだのじゃ。本来なら春奈さんが罰を与える。ところが、どういうわけか、いざとなると気後《おく》れしたらしい、みな、わしにまかすときた。それでいま、可愛がっておるとこじゃ」

「そ、そんなことより、やしきの奴を――」

「おお、憎んでも憎みきれぬ筆頭よ。だが、奴は真奈に怯《おび》えておる。真奈を問い詰めたところ、交通事故に遭ったやしきを助けるため、本来の姿に戻って血を与えているとき、奴が急に意識を取り戻したそうな。みんな見られたわけだ。ま、逃げたくなるのも無理はない。自分のためにそこまでしてくれたと、人間は考えんものだからな。だから、奴はまだ生かしてある。もう少し先に待つ地獄を見せてやるためじゃ」

「それは？　それは？」

識名の声は震えていた。

牙空の答えはそれにふさわしかった。

「真奈にやしきを殺させるのじゃ」

「…………」

「恋い焦《こ》がれた男への思いは、じき憎しみに変わる。そういう罰を与えておるでな。そしてやしきは、この世で最も自分を愛し、同時に最も忌《い》まわしい女に頭から呑み込まれることになる。そうじゃな、死ぬまでにたっぷり半日はかかるじゃろうて。ふむ、見たいか？　そんな顔をしとる。よし、こっちへおいで」

くるりと後頭部を見せた姿について、識名も闇の奥へと歩きだした。

二〇メートルばかりも歩いただろうか。

仄白《ほのじろ》い塊《かたまり》が見えてきた。それが、女の――真奈の女体だと気づくより早く、識名は走りだした。近づくにつれて、ぷんと血臭が鼻を衝いた。

地面に横たわる真奈の身体は血にまみれていた。その血は、彼女の身体中に開いた、二つの小さな傷口から、噴き出してくるのだった。

そのかたわらに、胡座《あぐら》をかいた格好で、やしきが宙に虚《うつ》ろな眼差《まなざ》しを当てている。自分を愛する女に怯えきったこの男は、彼女の責められる姿を見ても、怒りも悲しみも喜びも感じない喪神状態に陥ってしまったのだ。

「真奈に呑まれる前に、意識は取り戻させるで」

牙空の声を背に、識名は真奈に駆け寄ってその身体を揺すった。

突然、真奈がふり向いた。上半身を蛇のようにねじって、識名を見つめたのである。その顔は、美貌をさらに際立《きわだ》たせる凄惨な狂気を湛《たた》えていた。

恐怖のあまり、反射的に身を遠ざけようとした識名の首すじに、真奈がかぶりついた。

肉の裂ける音がして、異臭を噴出させながら、識名はかつての恋人から離れた。首すじを押さえた指の間から、血はとめどなく流れ、したたり、彼の上半身を闇より暗く染めた。

「真奈……これが……私たちの最期《さいご》……なのか……」

声はか細く、糸のようになって消えた。彼が倒れたからである。

真奈は両腕を垂《た》らしたまま、上体を激しく左右に打ち振った。新しい獲物を捜す蛇のようにに、である。

狂気の光を宿した眼が、一点で留まった。

その先にやしきがいた。

「呑んでしまえ」

二人の背後で、邪悪さがしたたるような老人の声が促《うなが》した。

「いま、おまえが愛した男を正気に戻してやる。奴はおまえが怖くて怯えきっておる。報《むく》われぬ愛は憎しみしか生まん。さぞや憎かろう。奴をさんざん弄《もてあそ》んだ上で、ゆっくりと呑み込んでやるがいい」

老人の声は笑いに変わった。かつての恋人同士に恐怖と憎しみの抱擁《ほうよう》を強制し、投げ込んで、殺し合い、狂わせ合う――何たる無惨非道なやり方か。しかも、女の方は、老人が今も愛して熄《や》まぬ恋人の孫娘ではないか。

せつらはまだ眠っているのか？　ドクター・メフィストはどこに？

どことも知れぬ闇の世界で、いま凄絶な恋物語に、ふさわしい幕切れが訪れようとしていた。

真奈が、しゃあ、と放った。

やしきを見つめる眼に、狂気と餓《う》えと——残虐が揺らめいた。

ぐいと頭を引くや、凄まじい身のこなしでやしきの背後に廻り、その首すじへ、朱唇からこぼれる二本の牙を突き立てようとしたその刹那、彼女は反転した。

同時に、まばゆい光が世界に炸裂したのである。

誰かが、ああ、と叫んだ。

いま、天井の照明に照らし出された光景は、病院の一室であった。

あの闇の世界の広さは夢でもあったのか。平凡な一般患者用の病室の床にやしきが倒れ、床に伏せた春奈とソファに仁王《におう》立ちになった牙空のかたわらで、血まみれの真奈が戸口を見つめている。

三人は見惚《ほ》れていたのかも知れない。

戸口に立つ黒ずくめの若者と、電灯のスイッチから手を離したばかりの白い医師——二人の美しさに。

「どうして、ここへ？　内緒にしておくれと頼んだはずだよ、メフィスト先生。昔のよしみでって」
　訴えるような春奈の言葉に、白い医師は平然と、
「約束は守った。私は尾いて来ただけだ。治療を終えたもと患者にな」
　老婆は、かたわらのせつらに焦点を合わせ、はっとした。
「あの大学の先生の家にも急に現われたね。あたしはずうっとあんたに尾けられていたのかい？」
　返事はない。言うまでもなく、せつらの家を出た時に巻き付けた妖糸は、まだ外れてい
なかったのである。せつらの家へ侵入した際、〃守り糸〃を完璧に無効とした妖婆も、死
闘の後の虚脱状態で、ただひとすじの〃探り糸〃に気づかなかったのだ。
　だが、真奈のキスで一命は取り止めたものの、入院時のせつらは完全な回復のレベルに
なかった。さおりと信介が訪れたとき、メフィストがいなければ、実は危《あや》うかったのであ
る。その後、すぐに治療を受け、意識を取り戻すと同時に糸の導く先へ――この病室を襲
ったのであった。メフィストが止めたのは言うまでもない。
「病室を君らの故郷風に模様替えしたのは許そう」
　とメフィストは三人を見据えた。物静かな言葉の余韻《よいん》に不気味なものが含まれていた。
「だが、正当な理由なくして我が病院の一室を汚したのは許さん。たとえ、滝王春奈の知
り合いでも、な。責めはいま取らせる」

言い終えると同時に、右手から送った白光のメス。躱しもできず、しかし、牙空は首のひと振りでそれを咬み止めた。

その両眼が炎のかがやきを放った。メフィストは硬直した。

「わしの〝すくみ眼〟は信介の万倍も強力だで。どうれ、春奈婆さんの昔の恋のお相手を、いま眼の前で抱き殺してくれる」

誰ひとりまばたきする暇《ひま》もなく、白い医師は蛇体と化した老人に二重三重に絡《から》み付かれ——これも一瞬、全身の骨が砕ける音が病室いっぱいに鳴り響いた。

ぐったりとしたメフィストの頭上で、牙空の顔をした蛇が笑った。

「それでは、ご馳走《ちそう》になるとしよう。春奈婆さん、ようく見ておくがええぞ」

最初から最後まで、恐怖と悲しみと驚きのあまりか、呆然《ぼうぜん》と見つめるしかない老婆とせつらの前で、老人はがっくりとうなだれたメフィストの頭を咥《くわ》えた。口は耳まで裂けたのである。ずるりとひと呑みで、腰までが消えた。さらにもうひと呑み——その口に吸い込まれるケープの裾《すそ》を、せつらの眼が映した。

「ははは、これで因果応報。何が〈新宿〉、何が〈魔界都市〉」

牙空の哄笑《こうしよう》は室内に轟《とどろ》いた。

不意に熄んだ。その眉間《みけん》から白い切尖《きっさき》が生《は》えていた。細長いメスは、確かに閉じたドアを貫《つらぬ》いて、老魔の後頭部から額《ひたい》へと抜けたのである。だが、ドアには傷ひとつ付いていない。

それが、音もなく開くと、新たな白いかがやきが入って来た。

「やっぱりねえ」

と滝王春奈が嘆息した。

「どっかおかしいと思ってはいたんだ。昔言ってたダミーってやつだね」

「患者は騙さんが、それ以外は別だ。魂だけは北へ帰るがいい」

そう言って、白い繊手《せんしゅ》が長い首に触れるや、森童子牙空は偽《いつわ》りのメフィストともども床に崩れ落ちた。

天井の照明が点《つ》いてからここまでわずか数十秒。すでに別の動きも生じていた。動かぬ動きが。

せつらと真奈が視線を交わしていたのも、十数秒の間であった。

今日まで丸一日をともに暮らし、あまつさえ、生命さえ救ってくれたこの美女を、せつらはどんな感慨を抱いて見つめるのか。

不意に真奈の顔が歪むと、やしきの方を向いた。

その間に音もなく跳躍したせつらが割って入る。

俯《うつむ》いた顔が、ゆっくりと上がった。

「私と会うのは、はじめてかな?」

真奈が飛んだ。

その首が音もなく、血しぶきも吐かずに落ちたのは、着地したせつらのすぐ後であった。生々しい音が室内を巡った。

メフィストがせつらの方を向いた。何気ない動きであった。

せつらは溜息《ためいき》を吐《つ》いた。こうしなければ、今度の件は終わらなかったのだ、とでもいう風に。

或いは――真奈が最後に飛びかかったのは、自分ではなくやしきにであったことを、彼は知っていたのかも知れない。やしきを無事に取り戻して欲しい。真奈はそう依頼したのだった。

せつらはやしきに近づき、その腕を取った。

肩を貸して歩み去るせつらを見送るメフィストの背中に、

「あたしは北へ帰るよ」

という春奈の声が跳ね返った。

「残念だが、そうはいかん。私に牙を剝いた片割れである以上」

呆然と立ちすくむ老婆の首は、しかし、メフィストのメスが飛来する前に、切断されて床に落ちた。

数日後、せつらは〈歌舞伎町〉のホテルの一室で、月島平太と秘書の本郷と会った。平太の方から特に労《ねぎら》いたいと申し出たのである。

「ドクター・メフィストによれば、倅も娘もじきに回復するそうだ。君には心から感謝する。探偵くんの方も、無事だったらしいね」

失神状態の垂木は、例の病室の戸棚から発見された。

それにも答えず、終始無言でいたせつらが、このとき、あることを訊いた。

二人の男がはっとしたのは、意外な質問だったらしい。秘書が、

「――とんでもない、社長は最初から――」

と言いだすのを、平太は制止して、眼を宙に据えた。

「いいお嬢さんだった。わしは気に入っておったよ」

「それはどーも」

こう言うと、せつらは立ち上がった。もう用はないと言わんばかりの行為に、

「君イ」

と秘書がいきり立ったが、平太はそれを止めて、ドアを抜けて行く黒い後ろ姿を見つめた。

――君はどうだったのかね？

彼は胸の中で尋ねたが、むろん、答えは永久に返ってこなかった。

新書判・あとがき

妖婚《ようこん》という言葉は、誰の手になるものか不明だが、実に不気味な味わいがある。妖《あや》しい婚姻ですよ。片方、ないし両方とも得体《えたい》の知れぬ者同士が結びついてしまうのだ。彼らの一族とはどんな面々が連なり、どんな歴史を持っているのか。婚姻によって生まれた子供たちはどのような存在か？　また、彼らの結婚とは？

考えただけで、ゾクゾクしてきませんか？

中国には、正体不明の妖物と結婚してしまい、初夜の床で貪《むさぼ》り食われたという話も多いが、その手の本を読むと、牛馬、鳥はもちろん、鯉《こい》、蛇、野猿《やえん》、犬、猫、外谷《とやた》さんと多士済々《しせいせい》である。

日本だと、やはり蛇が圧倒的に多いか。多いか、と疑問形なのは、年齢のせいかボケが進んで、何ひとつ具体的な物語が憶《おも》い出せないからである。

動物が人間に化けるのはよくある話だが、婚姻までとなると、化物《ばけもの》と、ある期間は一緒に暮らすという事態が勃発《ぼつぱつ》する。これをリアルな手法で書いたら、新しい〝ご家庭ホラー〟が出来上がるのではないか。

いつもは明るく、挙措《きょそ》も普通な女房が、深夜、家の内外をうつ伏せで這《は》い廻《まわ》る――これって怖くないだろうか。

或《ある》いは――どこから見ても平凡なお父さんが、ひとり台所へ入って、冷蔵庫から卵のパックを取り出し、ひとつひとつ手に取っては、丸ごと呑《の》み込んでいたら？

そんな怖さを狙《ねら》って『妖婚宮《ようこんきゅう》』を書いてみたのだが、うまく的《まと》を射止めたかは、読者のみなさんの判断にまかせたい。

連載の最終回から担当者がワセ・ミスのＯＢ――Ｈ氏から、営業畑八年のＨ氏に替わった。なんだ、同じかよ、名前だけ。

新しいＨ氏は、以前私の担当をしていた。

「絞《し》めますよ」

「刺しますよ」

のＨ氏であり、今回も打ち合わせの際、いきなり部長のＴ氏（そ、あのＴ氏である）に殴りかかろうとしたので、あわてて止めた。理由は、

「ヤロー、いちいちチャチャ入れやがって」

であった。読者のみなさん、お楽しみはこれからです。

しかし、世界一運が悪いのは、私かＨ氏か――たぶん、両方であろう。

〇八年　三月某日　「アナコンダ2」を観ながら

菊地秀行

解説――蛇妖《じやよう》の恋と、失われたせつらの〝恋〟の影

作家　神月摩由璃《こうづきまゆり》

さて、私と同じくこの日を待ち望んでおられた皆さん、平成二〇年の新書版初版刊行より八年目にして、『魔界都市ブルース　妖婚宮《ようこんきゆう》』文庫版の登場です。

今回、人捜し屋《マン・サーチャー》秋《あき》せつらが依頼された【人捜し】の対象《ターゲット》は、〈区外〉のＩＴ超大財閥の御曹司・月島《つきしま》やしきです。東北の名家の令嬢・滝王真奈《たきおうまな》との婚約も整い、前途洋々、何一つ憂《うれ》いもなさそうな彼が、よりにもよって〈新宿〉に逃げ込まなければならなかったのは何故なのか？　果《は》たして彼は何から逃げているのか？

もちろんこれは、マリッジブルーになって家出した世間知らずの花婿《はなむこ》を、優しい両親と美しく献身的な婚約者が捜しに来た、などというような、単純なお話ではありません。せつらの手にかかったら、紆余《うよ》曲折の果てに発見されておうちに帰りました、目出度《めでた》し目出度し、などというお伽噺《とぎばなし》にもなりません。なぜならここは、鏡の裏を覗《のぞ》けば、闇の背後のさらに裏がねじれて悪魔の角となり、無数の触手を率《ひき》いて襲いかかってくる魔界都市

〈新宿〉なのですから。

捜索を始めたせつらの前に、ほどなく、ひどくのっぺりとしていながらも、役者にしたいほどの美貌《びぼう》の若い男・森童子識名《もりどうじしきな》が現れます。

識名は自分が滝王真奈の真実の婚約者であったのだと語り、『これは真実だ。森童子家の識名の名にかけて、口が裂けても嘘《うそ》はつかない』とせつらに宣言しますが、その直後に、せつらと戦うべく蛇体へと変化してゆき、【顔全体が口から前へと突き出し、唇が耳まで裂け】――て、言ってる端から、もう裂けてんじゃん！　この嘘つきっ！

せつらを襲ってすぐに妖糸によって重傷を負《お》わされた識名は、真奈の奪還のみならず、自分の恋人を奪った月島やしきの抹殺《まっさつ》、そして、秋せつらへの報復を心に決めるのです。

そもそも、識名の森童子家と、真奈の滝王家は、東北に覇を競い、殺し合いも辞さない間柄でした。

ところが滝王家の長女である真奈が、婚約者であるはずの、森童子家の息子識名を捨てて東北を去り、月島やしきを選び、更に、やしきが真奈を捨てて〈新宿〉に逃げたことで、生臭い蛇の匂い（う）と黒血に彩《いろど》られた物語が始まったわけです。恋心を踏みにじられた識名くんの胸中は、いかばかりであったかは、改めて考えるまでもありません。【おのれ滝王真奈と月島やしき、この屈辱《うらみ》、いかではらさでおくべきか！】というやつですな。

　ところでやしきが真奈から逃げた理由。これも滝王・森童子両家の血筋に関わることでした。

　『この国の歴史より古いトンネル』を使って一族の故郷・東北から、妖物蠢《うごめ》く〈新宿〉を訪れた真奈の両親は、蛇妖にして土蜘蛛《つちぐも》。この蜘蛛の毒は、メフィスト病院の定期検診と対毒用予防接種がなければ、せつらでさえ命を脅《おびや》かされるほど強烈なシロモノです。

　やしき抹殺と真奈奪還を果たすべく襲い来る、滝王・森童子両家に、蛇精の力と血脈を狙う怪人物まで加わって、物語は複雑怪奇な様相を呈してゆきます。

　そしてついに、次々と襲い来る窮地《きゅうち》を切り抜け、来《きた》る敵を片《かた》っ端《ぱし》から撃退して真奈とやしきを守り抜くせつらに対して、滝王・森童子家は、両家最強にして最凶の刺客を〈新宿〉へと送り込んでくるのです。

　せつらに彼らの来訪を告《つ》げる識名を心底怯《おび》えさせる、【かつて恋人同士だったが、一族全員の反対に遭って、結ばれることが叶《かな》わなかった二人】という、なんだかでっかいフラグを背負《せお》って登場するのは、果たして何者なのか⁉　そしてその人知を超えた攻撃を、秋せつらと不可視の妖糸は如何《いか》にして撃退するのか⁉

　この『妖婚宮』、異種婚がテーマですが、たいていの場合、異種婚は破局するもののようです。雪女しかり、鶴女房しかり。死して墓から甦《よみがえ》り、吸血鬼になった男が元妻の寝室を訪れ、そこで生まれた子供がダンピールとなる（どうやら普通の人間の目には吸血鬼の姿は見えないので太刀《たち》打ちできないが、ダンピールの目には見えるので退治できるのだ、とか色々な説アリ）、という東欧の伝説も、ある意味異種婚といえるのかもしれません。雪女や鶴女房は夫婦どちらも生きているので、未来に希望はありそうですが、こちらは将来、父親である吸血鬼が、一流の〈吸血鬼ハンター〉に成長した我が子《ダンピール》に退治されるという悲劇が待ちかまえているのでしょう。ドラマチックではありますが、酷《むご》い話です。おそらく冬が冷たくて暗くて長いであろう東欧の地には似合いますが。

しかし滝王家も森童子家も、どうやらよほど故郷である東北がお嫌いらしい。冬が暗いの長いの冷たいのと、やたらと愚痴《ぐち》っているから、なるほど〈新宿〉まで来たのは、東北よりはあたたかそうで、人間よりも自分たちに近い存在が多い〈新宿〉まで安住の地を求めてたどり着いたのであったのかと思ったのですが、故郷を容赦《ようしゃ》なく捨て去った者たちには、安寧《あんねい》の地はどこにもない。『真奈奪取のためにはどれほどの血を流してもかまわない』、との決意を表明する彼らを〈新宿〉で迎え撃ったのは、〈新宿〉そのもの、と言われる黒白《こくびゃく》の美貌を持つ非情の男たちでした。

滝王真奈の母・栄《さかえ》は『あたしたちの一族は、北の果ての長くて暗い冬とともにそびえている。それが掟《おきて》なのよ。北の故郷を一歩も出てはならない。でも、自分の娘には、あたたかい土地、光に満ちた土地で一生を送らせてやりたかった』とせつらに訴えますが、そんな気持ちがあるのに、それに対しては何の文句も言わず疑問も持たずに来たというのでは、一族の掟だの強《し》いられてきただのと言ってみても、喜んで受け入れているのと全く変わりません。

そもそも彼らが〈蛇妖〉である以上、本来、蛇の生態としては、薄暗くて湿った環境が暮らしやすいはず。

ということは、先祖代々『冬が冷たくて暗い』土地。真奈によれば、滝王・森童子家の者たちにとって居心地が良い住環境『光も射さない……暗くてじめじめしたところ』を選んで住み着いてきたからこそ、そびえてこられたのでしょうから、そこに文句《アヤ》付けるのは筋違い。

東北は歴史の深い、謎とロマンと神秘に満ちた伝説の国、厳しい美しさに満ちた森の彼方（トランシルバニア）の国です。【東北】という土地のパワーが、彼らの繁栄に力を貸してくれたというのは、想像に難《かた》くありません。他の土地を選んでいたら、ここまでの発展はなかったかも。そして〈魔震《デビルクエイク》〉をくぐりぬけた〈新宿〉には、あちこちに、崩れたビルの瓦礫《がれき》の奥や、深い〈亀裂〉の、さらに深い横穴などにも、彼らにとって居心地のよい棲《す》み家となる場所はいくつもあるはずです。住んでみたくならないとも限りません。もしもこの先、万が一にでも、彼ら〈闇の一族〉が〈新宿〉に住み着いたりしようものなら、〈新宿〉そのもののパワーを受けて、果たして彼ら一族はどうなっていくのでしょうか？　繁栄するのか。衰亡するのか？

結末は、本編をお楽しみください。

そして妖しく美しい、陰惨な物語の最後を彩るのは、いまも愛し合う恋人たちの、尽きることない血の情熱、凄惨《せいさん》な狂気に満ちた真奈の死、識名の愛の果て、メフィストの過去《むかし》、閃《ひらめ》く白いメス。ただ滅びゆくものにこそ愛と美はあれ。

闇の彼方は夢、夢の向こうは美しき死、魔人と呼ばれる美しき男たちは、魔界都市を吹き抜ける風の中に、いかなる声を聞くのでしょうか？

魔界都市ブルース『妖婚宮』、せつらの〝失われた恋〟の哀しいエピソードにも触れながら、闇の向こうの寒い土地の冬の夜の様にしめやかに、いつもよりしっとりとした筆致で送られております。真夏に向けて短くなってゆく夜の中、ペットでもお子さんでも旦那様でも結構です、誰か大切な存在《ひと》と寄り添って、どうぞごゆっくりとお楽しみください。

——ところで、せつらの胸を痛めた女性《ひと》って、誰だかわかりましたか？

（この作品『魔界都市ブルース　妖婚宮』は、平成二十年五月に小社ノン・ノベルから新書判で刊行されたものです）

一〇〇字書評

妖婚宮

切・り・取・り・線

購買動機（新聞、雑誌名を記入するか、あるいは○をつけてください）	
□（　　　　　　　　　　　　）の広告を見て	
□（　　　　　　　　　　　　）の書評を見て	
□ 知人のすすめで	□ タイトルに惹かれて
□ カバーが良かったから	□ 内容が面白そうだから
□ 好きな作家だから	□ 好きな分野の本だから

・最近、最も感銘を受けた作品名をお書き下さい

・あなたのお好きな作家名をお書き下さい

・その他、ご要望がありましたらお書き下さい

住所	〒				
氏名		職業		年齢	
Eメール	※携帯には配信できません	新刊情報等のメール配信を 希望する・しない			

この本の感想を、編集部までお寄せいただけたらありがたく存じます。今後の企画の参考にさせていただきます。Eメールでも結構です。

いただいた「一〇〇字書評」は、新聞・雑誌等に紹介させていただくことがあります。その場合はお礼として特製図書カードを差し上げます。

前ページの原稿用紙に書評をお書きの上、切り取り、左記までお送り下さい。宛先の住所は不要です。

なお、ご記入いただいたお名前、ご住所等は、書評紹介の事前了解、謝礼のお届けのためだけに利用し、そのほかの目的のために利用することはありません。

〒一〇一‐八七〇一
祥伝社文庫編集長　坂口芳和
電話　〇三（三二六五）二〇八〇

祥伝社ホームページの「ブックレビュー」からも、書き込めます。
http://www.shodensha.co.jp/bookreview/

祥伝社文庫

魔界都市《まかいとし》ブルース　妖婚宮《ようこんきゅう》

平成28年7月20日　初版第1刷発行

著　者　菊地秀行《きくちひでゆき》

発行者　辻　浩明

発行所　祥伝社《しょうでんしゃ》

東京都千代田区神田神保町3-3
〒101-8701
電話　03（3265）2081（販売部）
電話　03（3265）2080（編集部）
電話　03（3265）3622（業務部）
http://www.shodensha.co.jp/

印刷所　萩原印刷
製本所　ナショナル製本
カバーフォーマットデザイン　芥陽子

Printed in Japan ©2016, Hideyuki Kikuchi ISBN978-4-396-34229-6 C0193

祥伝社文庫　今月の新刊

江上　剛
庶務行員　多加賀主水《たかがもんど》が許さない

唯野未歩子
はじめてだらけの夏休み
大人になりたいぼくと、子どもでいたいお父さん

垣谷美雨
子育てはもう卒業します

谷村志穂
千年鈴虫

加藤千恵
いつか終わる曲

立川談四楼
ファイティング寿限無《じゅげむ》

西村京太郎
狙われた男　秋葉京介探偵事務所

菊地秀行
妖婚宮《ようこんきゅう》　魔界都市ブルース

南　英男
刑事稼業　弔《とむら》い捜査

岡本さとる
喧嘩屋《けんかや》　取次屋栄三

藤井邦夫
隙間風《すきまかぜ》　素浪人稼業

辻堂魁
冬の風鈴　日暮し同心始末帖

仁木英之
くるすの残光　天の庭

佐伯泰英
完本　密命　巻之十四　遠謀　血の絆